棄婦好威

上

文創風 813

飲歲 著

序 005
楔子 007
第一章 013
第二章 041
第三章 069
第四章 101
第五章 131
第六章 167
第七章 197
第八章 233
第九章 261
第十章 293

序

飲歲

這篇小說是在二〇一九年三月發表第一章，那天對我來說是人生中一個巨大的轉折點，先是看到了被心儀院校錄取的訊息，忙碌了一年的結果終於塵埃落定，晚上我就迫不及待地打開電腦寫出早已在腦海裡徘徊了幾個月的場景，也就是葉未晴死在大雪之中，整篇小說就源於此。

我是一名新人寫手，作品不多，但從我認真寫下第一篇小說的第一個字到今天為止，已有十年之久。說起來可笑，雖然我一直都有一個作者夢，但大多數長篇作品都只有開頭，最多幾萬字是我的極限。好不容易寫完了長篇小說，我又十分害怕讓別人看到，連發都不敢發，我怕別人說：你寫得太差了，你根本不適合寫小說。好在這次這個機會也讓我對自己產生了信心，讓我知道我可以繼續在這條路上前進，我的努力會有回報的成果。

最開始，小說裡的人物，葉未晴、周焉墨等對我來說就像一個公式，各自代表著幾個詞，像周焉墨，遇到什麼事情就該做出符合「沈穩老練腹黑」諸如此類的反應，但不知道什麼時候開始，他們在我心裡彷彿成了真實存在的人，他們開始失控，跳脫出我的控制，有了自己的行為，有了自己的思想，他們於我而言就像朋友一樣，陪我走過一個又一個熬過的夜。作為旁觀者，看著他們的人生一點點前進，彼此遇到、誤會，又彼此成全，最後得償所願，幸福美滿，我為他們高興。

也許前路充滿黑暗，但我對寫作的熱愛已經達到沒有反饋也能一直繼續下去的程度，希望我可以寫出更多更好的小說。感謝出版社和編輯，感謝支持我的讀者，感謝來自家人和朋友的鼓勵。

希望你們能喜歡這個故事。

楔子

寒風從狹小的窗縫中硬生生地擠進來，發出嗚咽的聲響，依稀能覺察到外面的天寒地凍。屋內雖冷，卻也比外面好上不少，至少凍不死人。

偌大的永寧宮內只有寥寥幾名侍女侍奉在側，這年大概是永寧宮自前朝建成至今最冷清的一年，皇宮內個個都是勢利的主兒，見誰不得聖心，連冬日送的炭火都變少了。葉未晴坐在床邊，身上裹了好幾層棉衣，外面披著綴了一圈兔毛的棉絨斗篷，手中捧著汀蘭剛遞給她的手爐，穿得和出行在外的人一樣多。

但她已經算是好的，汀蘭沒有手爐，在一旁凍得直跺腳，這樣的日子已經持續多天，隨著入冬漸深，她們的日子會更加難過。葉未晴不禁眼眶發紅，懷有歉意道：「汀蘭，難為妳還陪著我。」

汀蘭卻一臉受驚的樣子，忙回道：「娘娘，您這是在說什麼？跟了娘娘這麼久，無論如何我都不會離開。能陪著娘娘，是我的福分……」

汀蘭是葉未晴從小到大的貼身侍女，同她一起的還有岸芷，她們一同陪嫁過來。只不過如今只有她還能陪在小姐身邊，而岸芷早已經……

葉未晴還想說什麼，汀蘭卻聽見了外面的聲響，說道：「送膳的人來了，我去接手。」

匆匆轉身，隱去了差點把持不住的情緒。

等汀蘭拿著食盒回來時，她臉上表情已經無異，興沖沖地將食盒放在桌子上，整整齊齊地擺開。四菜一湯，有魚有肉，和周圍冷清的一切格格不入。

葉未晴坐在桌旁動筷，空中傳來一絲刺鼻的煙味，她道：「妳去將窗戶開一小點兒，這炭的煙有些大。」

汀蘭點頭道：「也是，燻久了對小皇子不好。」

窗戶打開後，冷意更甚，但也吹淡了刺鼻的味道。汀蘭笑道：「小皇子可不能有半點差池，說不定等他誕下後，皇上又想起了娘娘才是天底下最好的呢！」

葉未晴不置可否。「隨他吧，我已經不在意了，我現在只想做個好娘親，別影響了孩子，不想那些糟事。」

葉未晴用的膳食沒比以前差到哪兒去，因為皇上親自囑託了御膳房要給她送好的，他們二人之間雖然生了嫌隙，但她肚子裡懷的可是他周衡的第一個孩子。

只不過皇上沒有來看過葉未晴幾次，聖諭不可違，每日餐食要好好做，但在宮中寵妃羅櫻身邊侍女的暗示下，其他沒有交代的東西卻是可以剋扣的。周衡不知道，或者知道了，他也默許。

若是周衡肯在永寧宮多留一會兒，不會感覺不到這裡的寒冷，一切歸根結柢都是因為周衡不愛她，而她蠢笨如斯到最後才明白。

用完膳後，汀蘭不知忙什麼去了，空氣中的煙味散得差不多，葉未晴走到窗邊關窗，卻聽見窗外路過的人正在說話。

「娘娘吃得挺多的，看來還不知道發生了什麼事。」一人道。

另一人嘆了口氣。「若是這件事發生在我身上，我肯定一口都吃不下去，娘娘也真是個可憐人……」

「妳也別盡可憐別人，我們自己也挺可憐的，趕緊想辦法去別的地方當差吧。」

葉未晴關窗的手不受控制地抖了一下，心裡恍若感應到了什麼，越發不安起來，她喝道：「站住！」

那兩名侍女顫巍巍地轉過身來，面色大駭，葉未晴問道：「妳們在說什麼？」

年紀稍小的那個喚做碧春，碧春哆嗦著說：「娘娘饒了我們吧，聖上不讓說，說了……要、要砍頭的。」

「不管妳說或沒說，我都已經知道了，聖上不可能放過妳。妳現在告訴我，我倒可以試著撇清妳們的關係！」葉未晴威逼利誘著。

二人跪在地上，碧春猶豫片刻，才道：「葉老將軍在顯仁殿外被皇上抓起來了……」

窗內的人驀然間面色煞白，狠辣聞名的廢后露出了外人從未見過的驚慌一面，慌慌張張地奔了出去，剛回到屋內的汀蘭連忙跟在後面。

外面正下著大雪，是這一年冬日最大的一場雪，大片雪花飄飄揚揚，路上積雪還未掃開，每踩一腳便深深陷進去，讓人行動遲緩不少。葉未晴一邊用手護著小腹一邊盡力跑著，汀蘭跟在後面心焦地喊：「娘娘！娘娘保重身子，等等我呀！」

顯仁殿外，人影眾多，一邊是手腳被縛的葉家人，一整排跪在地上，另一邊是皇帝周衡，旁邊還站著一位嬌憨的美人，後面跟著數十名弓箭手。

葉未晴一眼掃去，只見一生忠良的父親還有葉家上上下下，嘴裡塞著布條，臉上盡是悲憤與不甘，倔強地抬頭瞪著周衡。

周衡不滿她跑到這裡來，不悅地瞥了她一眼。她急匆匆問道：「陛下這是何意，我父兄怎麼被綁起來了？」

羅櫻偏頭嗤了一聲。「定遠侯密謀造反，被陛下發現罪證，下令即刻處死。陛下念在姐姐肚裡懷有龍種，不讓消息走漏想放妳一馬，姐姐可別做出什麼不該做的事情來。」

「陛下！我父親斷不會做出這種事，罪證何在？請陛下明察！」葉未晴不可置信，定定地看著周衡。

見周衡不理她，葉未晴心下一橫，直接跪下，膝蓋埋在雪中，過沒多久就有滲骨的涼意綿延上來，連肚子都有些許不適，她咬了咬牙，開始磕頭。在一家人性命面前，尊嚴又算什麼？

羅櫻見她額頭都磕破了，添油加醋地說道：「姐姐這是在拿肚子裡的孩子威脅陛下嗎？省了這條心吧，誰知這孩子是不是陛下的。」

這一句話讓周衡當場不耐地擺了擺手，弓箭手會意搭箭，一場箭雨瞬間朝著葉家父兄的方向飛去。

「不！」

淒厲的嘶吼聲和箭頭埋入血肉的咻咻聲混雜在一起，葉家人一個接一個倒地，帶著溫度的鮮血匯成一條小河，將周圍的雪盡數融化，寒風中還冒著絲絲熱氣。

汀蘭嚇得不敢出聲，緊緊地抱著掙扎想奔向前的葉未晴，直到箭雨停歇，葉未晴掙開汀蘭的手，踉踉蹌蹌地跑到屍體前面，第一眼就看到爹爹葉安雙目猶睜死不瞑目，彷彿在對她訴說著什麼。她抱著爹爹的屍體，恨意湧上心頭。

她爹絕不會謀反！欲加之罪，何患無辭，周衡利用完她之後，終於對他們葉家下手了！想不到葉氏一家忠烈男兒，一心駐守邊關保家衛國，卻死在這些讓人不齒的陰謀之中。

她一把抽出父親身上的長刀，轉身向前邁了一步。

羅櫻回頭對著弓箭手驚道：「你們都在幹什麼！沒見到廢后要行刺陛下嗎？御前失職，一個個都不想活了是不是！」

弓箭手們回神，立時搭弓射出，箭雨朝著葉未晴飛去，汀蘭突地衝上去緊緊地抱住主子，箭扎滿了她的背，口中的血沫讓話語含糊不清。「小……小姐……」

葉未晴絕望地閉上了眼睛，若她還是汀蘭的小姐該有多好！

汀蘭在她身上慢慢地滑了下去，然而箭雨未停，一枝又一枝箭埋進了葉未晴的身體，她被箭上的力道帶得後退了幾步，身體終是失了力，仰躺在地上。

箭矢的金屬箭頭冰涼，落在臉上的雪也很涼，她像在冰窖裡凍了幾天幾夜，意識逐漸抽離，五感慢慢模糊，只是雙手還護著小腹，下意識保護著肚裡的胎兒。

周衡無動於衷，只淡淡瞧了一眼，便不帶任何表情地對旁邊的美人說道：「走吧。」

第一章

盛京的春天已經到了，冰雪融化，呼吸間彷彿能察覺萬物復甦的暖意。然而疏影院內卻是愁雲慘霧，侍女們望著在床上已經臥了七日的小姐無計可施，而不知為何，此時她的額頭上流下了密密麻麻的汗。

七日前葉未晴乘馬車上街出了意外，雖然人沒有外傷，但因為撞到頭，當場就昏迷不醒，接下來一連幾日都安安靜靜地躺在床上，好像睡著了一般，就是遲遲未能清醒。

葉夫人請遍了盛京城內的大夫，甚至連太醫也來了，但還是瞧不出個所以然，而現在不知怎的，葉未晴不似往常安靜，不僅眉頭緊皺，還渾身流汗，好像正經歷什麼痛苦的事，突然床上的人睜開了雙眼，毫無神采地看著頭上的紗帳。

岸芷大呼一聲。「小姐醒了！」她和汀蘭立刻圍到床前。

葉未晴聽到熟悉的聲音，微微側過頭看著床側的岸芷、汀蘭，一臉不可置信。這是怎麼回事？她們還活著，居然還是十五、六歲的模樣？

岸芷分明已遭羅櫻所害，汀蘭方才也為了救她萬箭穿心，就死在她眼前……

她驚疑不定地坐起來，下意識摸了摸自己的小腹，一片平坦。

岸芷問道：「小姐您怎麼了？怎麼好像不認識我們似的……」

葉未晴右手扣住床沿，因為用力而骨節分明。她聲音顫抖地說道：「給我拿一面鏡子過來。」

從汀蘭那裡接過鏡子，她看了看鏡中人，一雙杏眼似水，卻帶著些許冰冷，如凝脂一般的肌膚透著粉紅，因著年紀小，雙頰微肉，正好顯露出少女的嬌憨，左邊額頭上有一條紅疤。這一張臉熟悉又陌生，正是她還未出嫁時的樣子。

而她現在正躺在自己未出嫁前的閨房裡，她已經好多年沒有回到這裡了，這座院子存留著她一生中最美好的時光。

她突然想起自己十六歲那年出的意外，乘馬車時不知怎的馬兒突然失控撞到牆，她整個人被甩出車廂，狠狠撞到了頭。當時，她整整昏迷了七日，好幾個大夫都束手無策，不過七日後她自己醒了，沒有一點後遺症。

難不成，她回到了那個時候？

汀蘭忍不住流下眼淚，高興道：「太好了，小姐終於醒了。三殿下帶太醫來看過妳好多趟，始終沒有同意推遲婚期，幸好小姐沒事了。」

三殿下？周衡？

對了，她就是在成親前一個月出的事，當時她醒來後更是一心想早日嫁給周衡，即使頭上還帶著疤。周衡那時待她很好，她覺得周衡不會在意她有疤，反正疤痕很快會癒合。現在想來，自己的想法真是可笑至極，周衡確實不會在意疤，他娶她本就是別有所求，只想得到她背後的葉家勢力，即使她毀容了，周衡照樣會娶她。

二月初七便是他們要成親的日子，距離現在不到一個月了……

葉末晴一直是單純直率的性子，沒什麼深沈的心思，此刻那雙眸子中卻透出滔天的恨意。岸芷不懂小姐為何會露出那種令人害怕的表情，眨巴幾下眼睛，生怕自己看錯。

「小姐現在感覺身子如何，需要喚大夫來瞧瞧嗎？」汀蘭沒有察覺，傻傻問道。

「不必了。」葉末晴回神，現在的她只感覺渾身輕盈，不僅是身子，更是心。

老天又給了她一次機會，猶如脫胎換骨，她所珍視的一切都回到身邊了，她不會讓自己的愚蠢再毀了這一切。只可惜……她那還未出生的孩子，怕是再也回不來了。

葉末晴掃視四周，問道：「我娘呢？還有其他人呢？」

「今日侯爺回京，大家都在門口迎著呢！」岸芷解釋道。

葉末晴恍然大悟。她差點忘了這茬，爹爹常年在外征戰，此次是因為她婚期將近才回京，堂兄葉嘉和二哥葉銳也會隨同回京，只留下大哥葉鳴鎮守邊關。腦海中還殘留著父親慘死在面前的景象，她現在迫切地想出去看看她的親人們。

她道：「我要出去看看。」

汀蘭連忙抓了一件素衣穿在她身上，隨意給她綰了個髮，三個人便出了房間，來到了侯府正門。

葉安的夫人江氏看到女兒已經清醒，又驚又喜地上前拉著她的手轉了一圈，看她各處都無礙才終於放心。葉未晴無奈道：「娘，您在看什麼呢？」

江氏微微紅了眼眶，說話溫柔至極。「妳醒了怎麼就直接下床了？應該躺著歇息，叫大夫過來好好看看才是。」

「娘若是不放心就叫吧，我身上不痛不癢的，真的沒事啊，今日爹爹回來，我急著想來迎一迎他。」葉未晴看著二人相握的手，滋味良多，所有的委屈在看到親人後忍不住傾洩而出，她費了好大力才忍住。

堂妹葉彤嘰嘰喳喳道：「姐姐妳可醒了，這幾日大家都擔心壞了。」

一旁的嬸嬸霍氏也道：「晴姐兒醒了就好，兩件大喜事連在一起，可得好好慶賀慶賀！」

霍氏是葉安的胞弟葉厲之妻，葉厲在朝中任正三品中書令，生有一子葉嘉、一女葉彤。葉嘉從小就對帶兵打仗感興趣，所以跟著大伯葉安四處征戰。葉彤剛及笄，從小便被嬌慣著，尚不知事。

這邊仍寒暄著，大街上已傳來歡呼的聲音，人群自動分為兩邊，留出中間寬敞的大道，一面高高的旗行走在最前方，上面用極瀟灑的字體寫著一個「葉」字。這次西北大捷，敵軍元氣大傷，連連讓出幾座城池，相當振奮人心，人群齊聲歡呼著。

騎著馬走在最前頭的是定遠侯葉安和弈王周焉墨。葉安是個慈父，對獨生女葉未晴一向有求必應，但穿上鐵甲的他可看不出慈父的樣子，而是一個真真正正上陣殺敵的威武將軍。

在他身邊的人眉目如畫，長著一雙似笑非笑的瑞鳳眼，嘴角微微抿起，天生的貴氣透露出他的身分與眾不同。他正是當今皇上年紀最小的皇弟——弈王周焉墨，兩年前奉命派往邊關，此番也隨同回京述職。

第二排並肩的是葉嘉和葉銳。葉未晴激動地看著他們，她和這幾個哥哥感情甚篤，尤其她絕佳的騎射之術就是和哥哥們一起練出來的。

葉嘉含笑回望著她，葉銳也向著侯府大門口招了招手。

周焉墨瞟了侯府門前一眼，看到了身穿素衣形容憔悴的葉未晴，她眼眶微紅泛著淚光，眼神卻是無比的堅毅。他不著痕跡地打量她幾眼，隨即轉過頭望向皇宮的方向。

軍隊一路向前走，他們回京的第一件事就是要進宮覆命。見軍隊走遠了，江氏怕女兒吹到風，拉著她回到了正廳，又差人叫了大夫過來，看過無礙才放心。

不一會兒，侯爺遣人傳訊回來，說晚上睿宗帝藉著慶功的由頭舉辦朝宴，各官可攜帶妻眷入內，讓府裡想去的人都準備著。

葉彤興致盎然，她一向喜歡湊熱鬧，偏頭看著葉未晴問道：「姐姐，妳晚上要去朝宴嗎？」

葉未晴不假思索道：「去啊。」

這話倒是提醒了江氏，她略微擔憂地問：「要不然妳還是別去了，妳大病初癒，怕累著了，大夫都說了宜靜養。」

「娘不必擔心，我想去。再說，一次朝宴而已，有娘陪著，我能累到哪兒去？」葉未晴微微勾了勾唇，她要去見見周衡，若非如此，怎麼在一個月內找出他的破綻解除婚約？

「好吧。」江氏無奈地點頭，回頭吩咐身邊的侍女。「對了，妳去給三殿下傳個話，說晴兒已經醒了，他這些日子沒少往這兒跑，也很是擔心。」

葉未晴也不攔著，兀自撥著茶杯裡漂浮的嫩葉，沈默不語。成親之前周衡深情的形象確實裝得有模有樣，將所有人都騙過去了，沒有人發現他是個為達目的不擇手段的偽君子。

不過，她會將他這層虛偽的皮剝下來，讓所有人都看清他的真面目！

未過多時，葉安領著葉嘉、葉銳回到了侯府，將鐵甲換下後，幾人穿著便服來到了正廳。

葉彤自然和親哥哥更親密，一直黏在葉嘉身邊。葉銳比葉未晴大了兩歲，和她從小玩到大，卻對她一點也不溫柔，常捉弄她。如今雖小孩子心性淡去，不會再做那種調皮事，但二人還保持了和以前相似的相處方式，進來後看到妹妹便偷偷做了個鬼臉，葉未晴無語地拋了個白眼，懶得回應他。

葉安一直趕路口渴極了，拿起茶杯一口氣喝了整整一杯，才問道：「我進宮時碰見二弟了，他說晴兒摔到頭昏迷不醒了好幾日，要我快回來看看，我瞧現在不是好端端的嗎？究竟是怎麼回事？」

葉未晴開玩笑道：「還不是聽說爹爹回京，馬上就醒了！沒事沒事。」

葉彤道：「姐姐說得好像只是睡了一覺似的！」

「差不多，我還有作夢呢。」葉未晴語氣輕鬆，彷彿在說什麼好笑的事。「喔對，我還夢到了爹爹在沙場上打仗，好像弈王替爹爹擋了一刀還是怎地，流了好多血。」

葉銳瞪大眼睛，脫口而出。「妳太神了！弈王確實幫阿爹擋了一刀，那是我們在回程之前打得最凶險的一仗，奕王受的傷到現在都還沒養好。」

葉嘉溫柔地笑道：「一定是血脈相連，妹妹才能察覺我們在前線遇到了危險。」

葉未晴僵硬地笑了笑，說道：「大概也是因為思念過度，才日有所思夜有所夢吧。我還夢到了一些還沒有發生的事，可惜說出來不太吉利。」

霍氏對這些事迷信得很，著急地道：「晴姐兒不妨說說，我們大夥兒斟酌著聽。」

「我夢見……我嫁人後過得並不好，過沒多久就被奸人害死。」葉未晴試探地說。

「這……」江氏面上白了一瞬，望了一眼葉安才找回主心骨，說道：「不能盡信這些，三殿下是什麼樣的人，我們都看在眼裡，決計不會讓妳受委屈的，晴兒別怕。」

葉未晴輕輕點了點頭。她不敢奢望用這幾句話就能勸得動爹娘，說這些只不過為了在他們心裡埋下一根刺，只望日後周衡露出真面目，他們不會受到太大的打擊。

傍晚將至，葉未晴回到疏影院內梳洗打扮。

岸芷翻出葉未晴所有衣物中一件最華麗的繡著海棠的玉紅長裙，可誰知，葉未晴卻擺擺手道：「不要這件。」

這件明明挺好的，岸芷犯愁了，小姐一向喜歡明亮色，亮色也確實更襯小姐呀！可如今的葉未晴卻心想，可能是年紀大了，總覺得那些亮色是屬於小姑娘的，她穿了不太合適，還是素一點習慣。

葉未晴看岸芷為難的樣子，只好自己走到箱子旁指了一條壓在底下的素色羅裙。岸芷將裙子抽出來，質感極好的羅緞立刻垂了下來，上頭是金線刺繡花草紋路，和其他衣著比起來相對樸素。

直到葉未晴將衣服換上後，岸芷才察覺出其中的奧妙，這條裙子的玄機藏在縐褶中，當穿著衣服的人行走起來，縐褶中藏著的金絲瓣菊就會完完全全顯露出來。

汀蘭為葉未晴梳了個隨雲髻，葉未晴翻了翻妝奩裡的首飾，選了一支梅花白玉簪插到頭髮上，一改往日的明豔，整個人顯得素淨典雅不少。

霍氏、葉彤和江氏已經坐在馬車裡等著出發，葉未晴上了馬車之後，狹小的空間顯得有些逼仄，江氏和霍氏正閒聊著，她則看向窗外若有所思。

上一世她清醒之後急切地想見周衡，於是便央著爹娘去了這次朝宴，沒想到卻在他人陷害之下在文武百官面前出了醜，可惜自己識人不清，當時沒有找到真正的敵人。而現在，既然她對即將發生什麼情況都瞭若指掌了，若是重蹈覆轍，還不如上一世死在顯仁殿外。

宮裡，朝宴上一部分的客人已經到了，朝廷同僚們紛紛互相奉承，打點好關係，升官發財才有望。女眷們則是忙著討論近些日子盛京城發生的八卦，和哪家鋪子又進了好布疋、新首飾。

德高望重的太傅羅元德及其家眷早早就到了，羅太傅之女羅櫻隨家裡女眷坐在下側。德安長公主夫家的小輩孫如霜，剛入殿門就張望著羅櫻的身影，她對娘說道：「娘，我去找羅櫻了！」

孫夫人知曉這兩個人素來關係好，便道：「去吧。」

孫如霜擠在羅櫻身邊坐下，問：「妳看我今天這一身好看嗎？這可是訂了幾個月才拿到的衣服，等得我好辛苦。」

羅櫻眼裡閃過一絲不耐，孫如霜眼界小又愚蠢，若不是因為跟德安長公主有一點姻親關係，她也不想跟她演這齣姐妹情深。

她假意微笑。「好看，豔而不俗，沒見對面好多青年才俊都在瞧著妳嗎？」

孫如霜匆匆看了一眼，讓羅櫻這麼一說，對面許多人的視線好像真的都向這邊拋來，她不禁微紅了臉。自己至今尚未訂親，有這種機會當然要好好表現。

此時葉家人來了，作為這場宴會的主角，頓時吸引了所有人的目光。走在前面的定遠侯葉安威風凜凜，不言語的時候自帶威嚴，好像會把人壓垮一寸。其弟葉厲和他有些相像，但又多了幾分文官的儒雅氣質。

緊隨在後面的是葉家第二代。葉嘉身上有著其父的影子，少年英才，平易近人，笑時如春風拂過，和桀驁不馴的葉銳相比，顯然更討女孩的歡心。

看到最後面的葉未晴，則讓人耳目一新。隱隱約約能看到她裙褶中間的金絲瓣菊，隨著走動綻放，有一種婉約含蓄之美。頭上粉嫩的疤痕處則是用稀釋的胭脂畫了一枝梅花，倒是和簪子呼應。

德安長公主之子孫如榆對坐在不遠處的表弟、也就是三皇子周衡打趣道：「殿下可真是有眼光，和這等美人訂了親，怪不得再也看不上別人了。」

周衡笑了笑，沒有出言辯駁。孫如榆聲音較大，傳到孫如霜和羅櫻的耳朵裡，羅櫻立馬變了臉色，孫如霜看出她的不快，恨鐵不成鋼地瞪了堂哥一眼，真是狗嘴吐不出象牙，羅櫻聽到這話該有多難受！

她挽著羅櫻的胳膊，小聲道：「妳別聽我堂哥瞎說，他向來是見人說人話、見鬼說鬼話，妳和周衡才相配呢。」

羅櫻哀怨地看了她一眼。「我知道。」

孫如霜目光一路跟著葉未晴，直到她款款坐下。葉未晴感應到她的目光，衝著她勾了勾唇畔，怎麼看都有些挑釁的意味。孫如霜心火驟然燃起，轉頭跟羅櫻不滿地說：「說到底都是因為葉未晴，妳才得這樣委屈自己！」

羅櫻泫然欲泣。「沒辦法，誰教人家有婚約，又一再逼婚……」

孫如霜立馬想到了主意，為好姐妹出氣。「妳放心，我今天不會讓她好過的。」

開宴時辰將至，睿宗帝來到大殿上，坐在最高處的位置，說了幾句客套的場面話，朝宴才正式開始，侍女魚貫而入，開始一一上菜。

江氏和葉未晴坐在雙人席上，江氏皺著眉看了看桌上油水大的菜，特意挪到了自己那邊，把清淡的菜挪到女兒桌前，叮囑道：「妳現在還是吃些清淡的好。」

葉未晴應了一聲，挾了口涼拌菠菜送到嘴裡，再抬眼，只見周衡正注視著她，手裡端著酒杯示意敬她。她深吸一口氣，努力壓下情緒，倒了一杯酒，忍住噁心，衝他笑著飲了下去。供給女眷這邊的酒是清甜的果酒，入喉下去甘香清洌，果汁似的。

奕王周焉墨坐在周衡上首的位置，正玩味地看著二人。全盛京的人都知道周衡與定遠侯的長女葉未晴訂有婚約，這兩年他身在邊關，雖不熱衷宮中八卦，且周衡私下的德行他也略有耳聞，不過此二人互相愛慕也算是一段佳話。只不過，怎麼今日瞧來總覺得葉未晴看周衡的眼神實是怪異，似乎不像世人口中的那回事？

孫如霜和羅櫻看到他們眉來眼去的，倒是更加生氣。孫如霜沈不住氣，立時行動，挑了一樣最油的菜，使了個眼色要一旁的侍女端起菜，隨著她朝葉未晴走去。

葉未晴放下筷子，拿著帕子擦了擦嘴，餘光看到孫如霜走過來，看來還是一樣的戲碼，沒什麼新花樣。

孫如霜走至桌前，端過侍女手上的菜，殷勤地向葉未晴招呼道：「我看這兒似乎少上了這道菜，這些奴才也真是的，葉將軍的慶功宴竟然敢怠慢葉家女眷，該罰！這菜我還沒動，妳先用吧。」

「不必了，多謝孫姑娘的好意，大概是還沒來得及上而已，我們不急著用。」葉未晴禮貌回道。

孫如霜執意要放下菜，誰知不小心手一滑，整盤菜就這麼掉到地上，油濺得到處都是，葉未晴和江氏趕緊起身，順手拉起裙襬幾分，以免被油沾到。

幸好她們反應快，裙子倒是完好，只是鞋底難免沾到油，連孫如霜自己也避不了，一旁的侍女看見，馬上向前跪著收拾，生怕這些貴人們怪罪。

孫如霜帶著歉意道：「抱歉抱歉，妳沒事吧？」

「沒事，謝謝孫姑娘的好意，這菜我就當吃著了，多謝。」葉未晴笑道，將周衡那虛偽的模樣學了個十成十。

孫如霜心下有些不安，葉未晴性子單純，向來有什麼不快就直說，想激怒她十分簡單，但目前看來，她並沒有不悅的樣子，似乎和以前有些不一樣，但究竟哪裡不一樣，她還真說不出來。

算了，哪裡需要費那麼多心思，她的目的達成就好，接下來就等看好戲了。

孫如霜得意地回到羅櫻身邊，只等時機成熟。

侍女將地上的油污清乾淨後，葉未晴和江氏重新落坐。葉家一向平靜，沒有那些煩擾的後宅之事，江氏少了這些磨練，對人也較無戒心，看不出其中的彎彎繞繞。

又坐了片刻，葉未晴對江氏道：「娘，我出去一趟，很快回來。」江氏點了點頭。

孫如霜的惡意也就上一世的葉未晴看不出來，現在的葉未晴看來卻是透澈無比。上一世孫如霜使計弄髒了她的裙子，而後買通宮女讓她更衣時換上破衣裙，害她在眾人面前出醜。這一世裙子沒事，孫如霜勢必會想其他方法來讓她出醜，反正決計不會如此簡單放過她，必定還有後招，她得防著點。

葉未晴出去後走到一個隱密的角落，招了個宮女過來，拿出一小錠銀子遞到她手裡，悄聲請她去御膳房拿一些能去油污的東西來。

有錢好辦事，那宮女迅速跑了趟御膳房，拿回一個小布袋交給葉未晴。葉未晴打開一看，裡面是一些像麵粉的白色粉末。

她看看左右無人，將一些白粉倒在地上，抬腳在上面踩了幾下，果然鞋底油膩膩的感覺消失，走路穩多了。出來太久只怕孫如霜和羅櫻會疑心，她立刻又回到殿內，眼角瞄見孫如霜和羅櫻嘀嘀咕咕的樣子，心裡覺得好笑至極，果然周衡和羅櫻就是天造地設的一對，都喜歡借刀殺人。

此時殿中走入一群身姿婀娜的舞孃，太子周杭起身對著睿宗帝道：「父皇，這是兒臣特地從淮南請來為定遠侯和皇叔慶功的舞孃和樂師，感念大周將士們在邊疆浴血殺敵，才有盛京的歌舞昇平。」

周焉墨轉著手裡的酒杯，似笑非笑。葉安起身作揖回禮。「太子殿下費心了！」

睿宗帝滿意地點點頭，說道：「那便開始吧。」

絲竹之聲響起，舞孃翩翩起舞，身姿曼妙，腰肢柔軟，確實與盛京的舞蹈風格迥異。透過飄舞的水袖，彷彿能看見淮南當地的秀麗山水，讓人身心愉悅輕鬆起來。

一曲舞罷，眾人拍手叫好，顯然還沒有看夠。孫如霜掐準了時機，趁著眾人意猶未盡之時，開口說道：「淮南的舞固然好看，可我們盛京的也不差。今日是侯爺的慶功宴，不知我們能否有幸一睹侯府長女的舞姿？」

睿宗帝和多位要臣在場，孫如霜本是不該擅自發話的，但見睿宗帝並不生氣，還頗有興趣地看著，她底氣一足，挑釁地看向葉未晴，刻意言語相激，好整以暇地等著看葉未晴出醜。早就聽說葉未晴不擅舞，葉家曾為她請過師傅，她卻怎麼也學不會，甚至還氣走了師傅！

葉未晴這時才了悟，原來孫如霜的後招在這兒。

所有人的目光都看向她，等待她的回答，連葉彤也焦灼地看著她，他們全家人都知道堂姐把師傅氣走的光輝事跡。

只見葉未晴淡定地說：「我不想跳。」

孫如霜不會這麼輕易放過她。「可是，我看在場許多人都很想欣賞葉姑娘的舞姿呢！」

「實在抱歉。」葉未晴道。

羅櫻開口幫腔。「盛京城裡哪位世家千金不是自小習舞？隨意舞一曲，怎麼說也比那些舞孃要強，葉姑娘真的不用藏著掖著，就讓大家一飽眼福吧！」

這話聽起來沒毛病，可一想深層的意思便是說，葉未晴若不跳，就是承認自己的舞技比不上外頭賣藝的舞孃，無異於自己先認輸了，將葉未晴逼到跳也不是、不跳也不是的境地。

葉未晴看了看一臉擔憂的娘親，深吸口氣說道：「那好吧，既然大家想看，我就獻醜了。不過，聽說孫姑娘舞技名滿京城，在我獻醜之後，能否請孫姑娘也舞一曲？」

眼看著好戲即將登場，孫如霜不假思索應道：「自然可以。」

與葉未晴不同，她確實擅舞，但可沒打算上場，反正葉未晴馬上就會摔倒出醜，這支舞根本跳不完，也輪不到她跳了。

「那我今天便跳一曲應景的，獻給前線浴血殺敵的將士們。」葉未晴緩緩走至殿中央，偏頭問樂師道：「可會彈入陣曲？」

樂師稍許為難，他倒是會這支曲子，只不過不太熟。如果殿前失誤，難以想像要承擔怎樣的後果。就在他猶豫之際，大殿內響起一道清冷的聲音。

「我來吧。」

眾人循聲望去，發現開口的竟是奕王周焉墨，著實小小吃驚了一下。這弈王乃是睿宗帝最小的弟弟，年紀輕輕卻地位崇高，平時不愛搭理人的，現在竟主動提出要為定遠侯之女伴奏，看來是在邊關與定遠侯建立了交情，賣人情幫她解個圍。

葉未晴愣了一下，上一世她跟這奕王交集不多，只知道他既神秘又低調罷了，活了兩輩子的她還不知道周焉墨會彈琴呢。

睿宗帝拊掌道：「看來今日皇弟興致頗高，朕已經記不清多久沒聽過你撫琴了。」

周焉墨今日穿了一襲玄色長衫，錦袍鑲著華麗的銀邊，針腳細密，精緻大氣，這一身在世家公子中隨處可見，穿在他身上卻將皇室貴冑氣息展露無遺，頭髮用銀冠高高束起，眉宇之間充斥著三分邪氣、七分英氣。他走到樂師身邊，身姿挺拔，步履輕緩，樂師自覺地為他讓出了位置。

葉未晴確實不擅舞，可是上輩子她嫁給周衡後，因為不甘舞藝落於人後，特地下苦功練習，還請了知名的舞孃來教她。當時那舞孃便說了，既然技巧、天分贏不了別人，那就得別出心裁，編一支特別的舞。所以她別的不會，獨獨擅長跳那支師傅為她編的舞。

葉未晴擺了個起勢，周焉墨坐在琴前，廣袖向兩側輕輕一拋，瀟灑至極。他撫過所有琴弦，然後彈出了第一個音。

入陣曲是為出征的將士送別的曲子，最開始營造了一種悲愴的氛圍，將士遠離故土，來到人煙稀少的邊疆，隱含著與親人告別的感傷，更有著犧牲自己成全大義的凜然正氣。

葉未晴應聲而舞，看客們饒有興趣地看著，孫如霜卻微微變了臉色。葉未晴的腳步怎麼這麼穩，難道她的鞋沒有沾到油？

琴音急轉直上，不似先前悲愴，突然急促起來，用力撥過弦的低音聽起來像是馬蹄踏在地面上，高音像是戰場上不長眼睛的弓箭，激起了在場所有人的緊張感，心忍不住揪起。

葉未晴隨著節奏快速地旋轉，裙褶中的金絲瓣菊完完全全地綻放開來，頭髮在空中形成一道扇形。從她的舞裡竟然能品出幾絲殺氣，就像一個巾幗女將軍衝在最前方取敵人的首級。

周焉墨對這首曲子瞭若指掌，閉著眼睛都能彈。他一邊隨意地撥弦，一邊看著葉未晴，突然嘴角勾起一抹玩味的笑，將入陣曲的節奏變快了一些。

葉未晴十分費力地跟上，在轉身之際只有兩個人能看見的角度瞪了周焉墨一眼。周焉墨卻也不惱，反而越發開心，又加快了節奏。

一曲終了，眾人都被這配合無間的琴曲和舞蹈震撼，他們從未見過這種風格的舞蹈。靜默一瞬後，全場響起了讚譽聲。

葉未晴差點就跟不上節奏，累得出了不少汗，幸虧用了防水的胭脂，不然頭上的疤痕就要露出來了。

周焉墨恢復了冷漠神色，起身理了理袖子回到了席間，好像什麼都未發生過似的。葉未晴心中暗暗計較道，這仇她算是記下了！他和自己無冤無仇，怎麼捉弄起她來了？

江氏驚喜地拉著女兒的手，問道：「妳什麼時候習的這舞？我怎麼從未見過。」

「是以前師傅教的，我當時沒有認真學，後來自己私下又練了練。」葉未晴解釋道，隨即看向孫如霜。「該輪到孫姑娘為大家表演了，孫姑娘舞技名滿盛京，可比我高出不少。」

孫如霜咬了咬唇，進退兩難，只能無助地看向羅櫻，羅櫻也是一臉拿不定主意的樣子。

眾人都看向孫如霜，導致孫如霜更加難堪。既然葉未晴沒摔倒，那她應該也不會摔倒吧……

她滿臉通紅地站起來，走到樂師身邊，隨意說了支會跳的曲子。

同在席間的孫如榆搖搖頭，忍不住對周衡埋怨道：「我這堂妹也不知在扭捏什麼，真是上不得檯面。」

樂師開始奏曲，孫如霜腳尖點地，一動作就感到不太好控制平衡，但此時只能咬牙堅持。

衣襬隨著動作飄起，外人根本看不出問題，只覺得孫如霜雖跳得好，但和葉未晴相比未免失了新意，只有熟悉孫如霜的人倒能看出些端倪，孫夫人在心裡嘀咕，怎麼今日女兒的舞怪怪的？

果然，樂曲還沒過半，孫如霜腳底打滑，一個沒站穩竟臉朝地摔倒，樂師慌亂地停止奏琴，只見孫如霜似乎摔得不輕，趴在地上許久都起不來，殿內一片寂靜，誰都不敢出聲。

孫如榆痛苦地揉了揉額角，不忍直視。雖然孫如霜只是他的族妹，可是這丟人丟得有點大呀！

孫夫人小步跑過去，慢慢將女兒攙扶了起來，孫如霜的腳扭傷了，沒其他外傷，只是太丟人了。她跟著娘親走到一邊，眼淚再也忍不住地流下來，狼狽不堪。

看到此情此景，周焉墨好奇地瞥了葉未晴一眼，她臉上是沒什麼表情，但彷彿已預知這件事會發生一樣，眼裡流露出一絲贏家的神氣。周焉墨沈吟不語，雖然只是世家小姐之間的小風波，可也能看出這葉家姑娘頗有心計。

場面如此草草結束，氣氛一時有些尷尬，睿宗帝清了清嗓子，開口打破僵局，將話題轉移到別的事情上。「葉安，此次你回盛京可要待久一點，有空多來陪朕聊聊。」

「臣正有此意，小女出嫁之前，我會留在京裡多陪陪她，如今敵軍銳氣被挫，應當有很長一段時間不會再來擾亂邊境，臣的長子葉鳴仍駐守邊關，陛下大可放心。」葉安說著說著，感激地望向周焉墨。「臣年紀大了，許多事力不從心，此次一戰，幸而有弈王相助，臣才能安然回歸……」

睿宗帝贊同地點點頭。「你能多些日子留下，朕心甚慰，每回看到你，朕都不禁想起咱們的年少時光。」他的眼神逐漸變得懷念起來。

周焉墨神情未變，放在桌下的手卻緊緊握起，眼中閃過一絲冷芒。

葉安一介武將，不會說什麼好聽話，只能一邊憨笑一邊應道：「是啊，臣也是。」

睿宗帝又看向周焉墨，說道：「弈王此番助陣可說是立了大功，你是朕最小的皇弟，朕兩年前命你派駐邊關，本意是讓你跟著葉安多學學，想不到你表現如此傑出，可得叫朕那些兒子好好向你學學。」

帝王話中似乎警告意味濃厚，葉未晴聽著覺得甚是怪異，周焉墨只比周衡長一歲，睿宗帝和皇子自然都十分忌憚他，但是在她上一世的記憶中，奕王沒有什麼有力的後臺，他的生母只是一個美人，連名字都沒留傳下來，這種品階的在後宮中一抓一大把，而且好像這位美人生下他不久後便死了。

周焉墨斜睨了一眼神色各異的皇子們，不鹹不淡地說道：「若是皇姪們有此等機會，必定表現比我還要出色。」

朝宴結束已是戌時一刻，葉未晴隨著家人一起坐上侯府的馬車啓程回府。

停在葉家後面的馬車遲遲未有動靜，好一會兒之後，一個穿著霽青色衣袍的男子熟門熟路地上了馬車，一掀開簾子，車廂裡已坐了人，只見周焉墨面色沈沈地端坐在內。

周焉墨看了他一眼，沒有說話。原來此人正是深受奕王信任的親信之一，新科狀元裴雲舟，這次也在受邀赴宴者之列。

裴雲舟坐進車廂裡，一開口，便是大逆不道的話。「這皇帝老兒疑心病真重。」

周焉墨閉目養神，語氣冷淡，彷彿臘月的冰。「不多疑就不像他了。明日我便上摺子，說身子需要休養暫不上朝，在家躺幾個月，也方便辦事。」

裴雲舟嘆了一口氣，說道：「皇帝如此忌憚你，恐怕不會輕易放過你，說不定現在正想為你安排個什麼親事，好徹底控制你。」他拍了拍周焉墨的肩嘆道：「我都有點心疼你了，不行的話你不如就先找個人湊合湊合吧。」

「先心疼心疼你自己。」周焉墨臉黑了一分。

裴雲舟這才進入正題。「其實雲姝挺好的，你出去這兩年，她都消瘦了。」

裴雲姝是裴雲舟的妹妹，從小便跟隨隱世神醫尉遲鴻學習醫術、懸壺濟世，在盛京城內頗有名望，因著裴雲舟和奕王的關係，奕王府的人若有任何病傷，向來都是由裴雲姝親自把脈診治。

「看來你很閒。」

「咳咳，就當我隨口說說吧，明天讓她給你看看傷，這兩年她的施針手法越發熟練了，一流的。」裴雲舟說罷，再也不敢繼續往下說了。

翌日，葉未晴起得較早，她昨夜睡得並不安穩，擔心和周衡的婚期將近，她還沒找出應對的方法，輾轉反側許久，打定主意，這一世她可不能坐以待斃，又朝著火坑跳進去。

岸芷早上看見葉未晴的第一眼就發現了她青黑的眼圈，一看便知是沒有休息好的緣故。岸芷將瓷杯放在外面，凍涼了之後放到葉未晴眼下滾來滾去，這樣滾了幾圈，果然烏黑減輕了不少。

岸芷性子比較活潑，常想些鬼主意，而汀蘭性子就沈穩些，做事穩妥。這兩個貼身侍女的忠心不用多說，前世都是因為她才丟了性命，而她也沒讓她們享到什麼福。

葉未晴想到內疚得很，翻了翻妝奩裡的首飾，裡頭首飾數量眾多，價值不菲，戴也戴不完，以後還有很多地方要用到錢呢，這種身外之物留一些在身邊就夠了……

汀蘭看葉未晴翻了半晌，以為她是拿不定主意，於是便指了指其中的碧雲點翠花簪，說道：「小姐，我覺得這支好看。」

岸芷搖了搖頭，指向另一支。「我覺得那支寶藍點翠珠釵，才更配小姐今日的衣裳。」

葉未晴想了想，心裡有了主意。「不配衣服的話，妳們覺得哪個最好看？」

汀蘭道：「我還是覺得碧雲點翠花簪最漂亮。」

岸芷摸了摸下巴。「不談衣服的話，我覺得那燒藍鑲金花鈿最好看。」

葉未晴拿出花簪放到汀蘭手上，又將一對花鈿放到岸芷手上，她們二人迷茫地互相瞧瞧，不知道這是什麼意思。

葉未晴和顏悅色地解釋道：「既然覺得好看，就送給妳們吧。」

岸芷連忙將花鈿放回去，推辭道：「這怎麼行？小姐的東西，我們下人怎麼能用。」

葉未晴拍了拍她的手，試圖讓她安心。「別在我這兒說什麼下人不下人的，我不認為妳們就該甘於人下。」

「如果我們真戴了，怕是會被嬤嬤們訓斥……」汀蘭不安地說。

「誰若是不同意，讓她來找我，我看看誰有這個膽子？」葉未晴說道，語氣平平淡淡，卻有強大的氣場，讓人相信出自她口中的承諾是認真的。

岸芷和汀蘭感激無比，她們在葉家當差的待遇本就比別人家的侍婢要好上許多，平日活兒少，小姐待她們如同姊妹，現在又給了她們這麼重的賞賜，能頂上好多個月的月錢。

岸芷和汀蘭齊齊道：「多謝小姐！」歡喜地把首飾收了起來。

葉未晴又挑出幾支喜歡的簪子，然後將剩下的首飾裝進盒子裡，岸芷疑惑地看著她，葉未晴解釋道：「等會兒我們上街將這些賣了。」

岸芷訝道：「為什麼要賣？是小姐不喜歡了嗎？」

葉未晴搖頭。「最近需要的銀子多。」

汀蘭不解。「若是小姐缺銀子，就去管侯爺要呀，侯爺一向對您有求必應，哪用得著小姐變賣首飾？」

「我不想讓爹知曉這事，妳們也仔細點，別叫外人知道。」葉未晴囑咐道。她打算要做的事解釋起來實在費勁，更不想為此說謊騙人，一個謊言開了頭，便要不斷用更多謊言去彌補缺漏，她不想將心思放在這上面。

岸芷和汀蘭乖順地點了點頭，把小姐的話都記在了心裡。

外頭突然有人敲門，汀蘭到外室將門打開，外面站著的正是跟在江氏身邊的趙嬤嬤，只見趙嬤嬤身後站著一名男子，是個陌生面孔，汀蘭沒有見過。

葉未晴出來一看，趙嬤嬤慈笑介紹道：「小姐好，侯爺知道上次小姐出門磕碰到了，躺了好些天人才清醒，侯爺不放心，特地從軍中撥了個人過來做小姐的貼身侍衛。他叫高軒，身手不錯，人又老實，侯爺吩咐，以後便讓他跟在小姐身邊。」

上次的事究竟是意外還是人為，她心中也不敢確定。不過若是身邊有個貼身侍衛，她辦事確實更安全些。

「爹果然不放心。」葉未晴笑道：「那便麻煩趙嬤嬤代我謝過爹。」

趙嬤嬤走後，她打量了守在門口的高軒幾眼。高軒相貌平平，一看便是較為忠厚老實的那種，穿著洗得有些褪色的貼身布衣，袖口緊緊紮了起來。

葉未晴想了想，回到內室抱起桌上的盒子，吩咐岸芷、汀蘭在家等著，她走出房門口，路過高軒的時候對他道：「正好我要出門，你要跟著去嗎？」

高軒點頭，抱拳稱是。「侯爺吩咐我要寸步不離地跟著小姐。」

葉未晴來到了街上，先是隨意逛了逛，高軒果真寸步不離地跟著，她突然想到，不對啊，變賣首飾得瞞著爹爹才行，如果讓高軒一直跟著，她怎麼逃得過他的眼睛？

接下來，她開始試圖藉著擁擠的人流甩開他，但幾次都沒有成功。

「你能不能先在這兒等我？」葉未晴笑道，只是這笑怎麼看怎麼覺得帶著些脅迫的意味。

「可是侯爺吩咐要我一直跟著小姐的。」高軒不敢違背侯爺的命令。

葉未晴嘆了口氣。「他只讓你保護我，我有危險時你再出現就好了啊！若你執意跟著我，那我出來做什麼事可不許跟他說。」

高軒低頭。「是。」

葉未晴問：「如果侯爺問起來，你怎麼說？」

「小姐不讓說。」

葉未晴一噎。「……行吧。」

時間不多了，辦正事要緊！她直奔目的地，走進一間首飾鋪子，開始跟掌櫃洽談買賣，她帶來的首飾都是極為金貴的，平時沒怎麼用過，比鋪子裡絕大部分正在售賣的都要好，自然能賣得好價格。很快地，她帶出門的金絲楠木盒中一盒子首飾，現在變成了一盒子銀兩。

回府的路上，葉未晴想著之後如果只靠節省用度來攢錢，終究不是長久之計，要想真正賺錢，須得經商。既然她知道幾年後世事會如何變化，自然也能從中琢磨到生財之道，只是，這會兒她卻想不起來盛京會流行什麼、怎樣去賺錢。

不過既然決定要跟周衡對抗，就得有這樣的財力才行，何況她不單要毀了與周衡的婚事，更要讓暗中陷害她家的人都付出慘烈的代價。

周衡長袖善舞，這個時候已經有不少勢力暗中支持他，要扳倒他沒有那麼簡單。大皇子現在勢頭雖好，但是為人荏弱，年幼時即被立為太子，終日學習為君之道，沒有危機意識，所以上一世自然鬥不過周衡，這一世還看不出變化，不過目前為止，葉家和以羅太傅為首的羅家還是站在太子這邊。

二皇子周景現在在南方治理水災，在眾皇子之中，他一直顯得毫無野心，這幾年哪裡有天災人禍，他便跑到哪裡去幫忙，遠離權力中心，周衡根本不將他放在眼裡。但葉未晴卻是打心眼裡敬佩周景，他一心為百姓著想，不像那些貪官只顧著中飽私囊，上趕著處理這些事只為了搜刮民脂民膏。如果他真有半點野心，上一世裡怕早已經身首異處。

其他比周衡小的皇子們一部分是太子一派，一部分是周衡一派，剩下的保持中立，整體情勢大致跟上一世差不多，只有她是其中最大的變數。

葉未晴正想著事情，視線無意識地掃過旁邊的酒樓，突然被招牌上極具風骨的三個字吸引了——「卿月樓」。

卿月樓在盛京頗有名氣，文人雅客們常來此小聚，樓分三層，一、二樓開放給一般散客，三樓則是貴客限定的包間，每一個包間都有不同的特色，裡面放了琴棋書畫供人打發時間，許多小官下朝之後便會來這裡品美酒、聊是非。

有了！一絲想法在她腦海裡閃過，一個計劃便隨之而生。前世羅櫻在她面前炫耀時曾提起過，周衡在成親之前便與她有苟且，每月初一兩人都在卿月樓私會。當時把她氣得不行，正好如了羅櫻的意。

這情報現在正好派上用途，讓她可以利用來解除婚約！

再看卿月樓周圍，左側是一家當鋪，右側是一家還未開張的店鋪，看不出來是做什麼行當的，牌匾上蓋著一塊紅布，應是不久後就會開張。

一抹笑浮現在葉未晴臉上，她高興地道：「回府。」

待回至疏影院，葉未晴立即吩咐岸芷和汀蘭把門窗都關得嚴嚴實實，然後叫高軒進屋裡來。這樣的行為顯然不合禮數，岸芷和汀蘭一直在門口守著，生怕被什麼人看到。

高軒一顆心七上八下的，但是主子的命令不敢違抗，他只能硬著頭皮進了屋。葉未晴就坐在凳子上悠閒地喝著茶，看到他進來，放下茶杯說道：「我有一件事想請你幫忙。」還未等高軒回話，她繼續說：「這件事有點難，但是你不許拒絕，一定要完成。如果你敢拒絕，我就要去跟爹告狀……」高軒好奇地抬眼看她，她放低聲音悄悄道：「說你偷看我沐浴。」

高軒聽了，差點給她跪下，愁眉苦臉地問：「小姐，究竟是什麼事啊？」

「我要你扮個道士。」

第二章

還未開張的奇貨鋪裡，小廝正在掌櫃的指揮下將一個個貨架擺放整齊，預備之後放各式各樣珍稀的物件，譬如毛皮、古董之類，這些貨架都是上好的古木所製，彰顯著主人的良好品味。

因著搬運的動作，空中飄著薄薄一層的灰，陽光透過窗櫺照著灰塵，讓人有一種閒適的錯覺。

正在忙碌之際，突然出現了一個道士，緩緩步入鋪子，掌櫃愣了一下，問道：「這位道長，您有什麼事？」

這道士正是喬裝改扮的高軒，他換上了一身道袍，下巴上貼了長長的鬍鬚，手裡拿著拂塵，這樣一打扮還頗有些仙風道骨的氣質。

高軒揚了揚拂塵，故弄玄虛地到處看來看去，最後壓低聲音高深莫測地說道：「我見此處陰氣甚重，特來提醒，你知不知道，這裡從前死過好幾個人……」

「死過人？」掌櫃驚訝道，他從沒聽說這裡死過人，死過人這店面還這麼貴，莫非被坑了不成？

高軒點頭，正色道：「如果不好好處理，冤魂作祟，恐怕會鬧得你們店根本沒辦法做生意。」

「那依道長之見，我們該怎麼辦？」掌櫃心裡十分焦急，沒細想便問出口。

「是有一法子可解，但是只有這一次機會，你們可要把握，不然我也沒有辦法。」高軒徐徐切入正題。

「道長請說。」

「二月初一，你們就將鋪子開張之日定在二月初一，這是那些冤魂往生的日子，只要在那日放上一整天的炮竹，怎麼熱鬧怎麼操辦，就能超渡冤魂。」高軒繼續道：「這法子不難吧？」

掌櫃聽到解決的方法如此簡單，十分高興道：「沒問題沒問題，多謝道長，我記下了。道長大恩大德無以為報，這點小意思收下。」

說罷，他就要去取銀子，高軒急忙擺手拒絕。「不必如此，貧道也只是路過而已，看這裡怨氣甚重特來提醒，只希望店家千萬要照著我的話做。」

「是是。」掌櫃作揖道。

高軒說完葉未晴吩咐的話，不敢多留，立刻離去。走了幾條街後，一把扯下假鬍子，他的臉上已經冒出細密的汗。老實的他一向不慣撒謊，做這些事委實是難為他了，只是葉未晴身邊可信賴使喚的人少，爹爹的人馬還是可靠的，不得不請他幫這個忙了。

高軒離開之後，奇貨鋪的掌櫃記住他的話，正要向裡間真正的店主上報，裡間的二人卻走了出來。

裴雲舟笑道：「這事你怎麼看？」

周焉墨看了看掌櫃，冷冷說道：「看來你找的這個掌櫃腦袋不太靈光。」

掌櫃立即出了一腦門的冷汗，就是因為今天不知颳了什麼風，這間鋪子的買家、真正的店主竟然大駕光臨，他緊張得很，總感覺四周冰冷又陰森，所以道士一來搬出那套說辭，他就信了。

畢竟這種事寧可信其有，不可信其無，為了生意興隆，他也沒錯啊！

裴雲舟看著被嚇到不敢說話的掌櫃，無語地看了眼周焉墨，這人面無表情的時候確實有些嚇人，當年他見到周焉墨的第一眼，也被他的樣子唬住了，他很能理解掌櫃的感受。

此時一名男子悄無聲息地走到周焉墨和裴雲舟面前，神色恭敬。「回王爺，那人進了定遠侯府。」

定遠侯府？周焉墨神情一凝，他在邊關兩年，和定遠侯及葉家幾個兄弟都很熟悉，他們無緣無故派個假道士來胡說八道有何用意？況且他們也不像會布置這種事情的人，除非……是那個小丫頭？

葉未晴的臉在他眼底浮現，這丫頭花樣真不少，有點意思。周焉墨吩咐道：「去跟著葉未晴，她去了哪裡、做了什麼都即時向我匯報。」

「是。」男子頷首抱拳，隨即消失在眾人眼前。

掌櫃猶豫地問道：「王爺，那我們開張定在哪日啊？」

「就聽那道士的，二月初一。」周焉墨淡淡道，雙手負在身後向裡間走去。

裴雲舟補充。「別忘了多買些炮竹，要放上一天啊！」

掌櫃點頭哈腰地應下，看來自己是保住這飯碗了。

侯府大門前，一輛馬車緩緩駛近停在門口，黑檀木車廂外牆嵌著流光溢彩的寶石，上好的墨綠色絲綢包裹住前面和側面的小窗，下面垂墜著青綠色的流蘇，顯見馬車上的人非富即貴。

馬車內響起一道冷漠的聲音。「東西呢？」

跟在外頭的小廝趕緊將手上的東西遞上前，畢恭畢敬道：「三殿下，這是從淮南燕回樓請來的廚子做的糕點，這種糕點是淮南當地的特色，香甜細膩、美容養顏，女子都喜歡吃，在盛京城極為少見的，葉姑娘一定會喜歡。」

「嗯。」周衡接過來，裝著糕點的盒子用淡青紫的雲錦精緻地包裹起來，隔著雲錦還能摸到裡面方正的稜角。

雖說他和葉未晴好事將成，可也得注意經營，還好這種小事不用他親自費心，吩咐下去就能辦得很好，這些手下也算沒有白養。

他拎著盒子步下馬車，緩步走到侯府門前，守門的小廝見了他立刻進去通報，未過多時便有人領他進去。

葉安近來留京養身，倒是清閒得很，聽聞殿下來訪，立刻帶著江氏到了正廳迎接，今日是休沐日，葉厲也在家，又帶著二房一家子人都來了正廳，霎時間好不熱鬧。

周衡打過招呼，將盒子放在身旁的桌子上，彬彬有禮地笑道：「這是替未晴帶的糕點。」

江氏看著自家姑爺，越看越滿意，說道：「三殿下有心了。」

「我想著她愛吃，從淮南燕回樓請了廚子特地做的。」

「呀！那裡的廚子可難請了，平時要是誰從淮南帶回來幾塊糕點，大家都爭搶著要嚐的。」霍氏小小驚呼了一聲，意識到自己的失態，趕緊用帕子捂住了嘴。

盛京攀比之風嚴重，這些夫人小姐就愛比來比去，霍氏瞪了瞪旁邊不長出息的女兒葉彤，心想著若是她也有這樣的女婿，就可以在其他人面前趾高氣揚，享受眾人的羨慕了。

葉彤也很無辜，她不比晴姐姐出色，也沒那麼幸運，連去別人家過端午都能結識如意郎君。

周衡和葉未晴的結識正源於去年端午，某京官新建府第，落成後邀請官家好友們過府遊玩，江氏帶著女兒前往，受夫人款待來到園子裡憑欄賞景，哪知葉未晴倚靠的那處欄杆不知怎的突然鬆脫，她硬生生從高處跌落，正好為周衡所救，自此開啟了兩人的緣分。

江氏喚來趙嬤嬤，因為成親在即，未婚夫妻不能見面，所以她讓人將糕點送去給女兒。

趙嬤嬤將糕點送到時，葉未晴正在屋裡忙著針線活，看到趙嬤嬤進來，連忙將手中的針線活放在身後一藏。

趙嬤嬤並沒有發現異樣，上前幾步將食盒放在桌上，樂道：「小姐，三殿下來了，現在正在前廳呢，這是他特地給小姐帶的糕點，聽說是三殿下從淮南燕回樓請的廚子做的，看看全盛京誰有這等待遇啊？小姐真是好福氣。」

葉未晴沒什麼興趣，只是掃了一眼，淡淡說道：「知道了。」

趙嬤嬤訝異於小姐的反應，以往不曾這麼冷淡過，以為是小倆口鬧彆扭，她沒有多問，又回了前廳。

岸芷上前打開食盒，問：「小姐，妳現在要嚐嚐嗎？」

「不要，怕吃了噁心。」葉未晴拿出方才藏在身後的針線活繼續忙。

「啊？」汀蘭吃了一驚。

葉未晴繼續道：「看了就噁心，妳們如果想吃便拿去吃，就這樣扔了也怪可惜的。」

岸芷和汀蘭對視一眼，總覺得小姐自從醒來之後變得有些不太一樣，不僅是穿著打扮、言行舉止，尤其是對三殿下的態度，以前是一日不見如隔三秋，現在則是一副很厭惡的樣子，像是巴不得都別見面。

葉未晴手裡拿著一隻嬰兒穿的小巧可愛的虎頭鞋，雖然還未做完，卻已經是活靈活現的樣子，可以想像小孩子若穿上了該是何等可愛。岸芷和汀蘭越來越捉摸不透小姐了，不知小姐做虎頭鞋做什麼？若是為了給以後的小少爺、小小姐穿，是不是有點太早了啊？

葉未晴看鞋看了好一會兒，最後輕嘆一口氣，將多餘的針線剪短，起身把那一隻鞋放進角落的一個大箱子裡，上了好幾道鎖。

她忍不住想起上一世她那無緣出世的孩子，那是與她血脈相連的骨肉，一切都能重來，只有孩子不會再回來了……

她的骨肉甚至沒有姓名，沒來得及看這世間一眼就匆匆離開了，而傷害他的凶手正在正聽言笑晏晏，她真恨不得現在就拿著劍衝出去殺了他。

二月初一，一如這半年以來每個月的初一，一名戴著白色帷帽的女子來到了卿月樓。

女子低著頭，單獨前來，夥計雖然看不清楚女子的面貌，但是見到她便不敢怠慢，馬上按照以往吩咐過的要求，領著女子上到三樓。

卿月樓的夥計們對她都已經很熟悉了，知道此人是個貴客，因為和她相約的人每次都會將整個三樓包下來，如此豪氣，可以想見對方是多大富大貴的人家。

此時，整個三樓都是空的，和一、二樓的喧鬧形成強烈的對比。三樓有很多雅間，但羅櫻直接走到其中的一間前面停住腳步，只見門外寫著「晚櫻」二字，因為與她名諱撞了一字，所以周衡就將幽會的地點定在這裡。

羅櫻推開門走入包間，想著這兩個字，心裡頗不是滋味。晚櫻晚櫻，是暗指她誤了綻放的時機，比葉未晴晚一步嗎？想到六天之後，心愛的男人就要另娶他人，她就心煩！正室的位置被葉未晴搶走了，她該怎麼辦？先不說她堂堂一個太傅的女兒不能委屈做一個側室，光看她爹是太子人馬的立場，也不可能同意她跟周衡有任何牽扯！

她咬了咬牙，沒關係，別想太多，錯的是爹，不是她！總有一天，三殿下正室的位置會是她的，時間也會證明爹爹的想法是錯的，皇子之中最值得支持的是周衡。如今，她能做的就是先牢牢抓住周衡的心，再慢慢著手對付葉未晴。

想到這裡，羅櫻的心稍稍鎮定了些。屋內只有她一個人，周衡還沒有來。她迅速地拿出早就準備好的帶有催情作用的香，放到香爐上燃起來。

過了一會兒，羅櫻隱約聽到了上樓的腳步聲，趕緊端坐好。周衡走到了門前，他只帶了一名心腹，名叫離火。

周衡囑咐再三。「守在這裡，半步也不能離開。另外，別隨意進來打擾我。」

「是，殿下。」離火點頭，他知道周衡在裡面做什麼，他可不敢打擾。

周衡推門進去，臉上換了一副溫柔的笑容。羅櫻立即站起來，聲音甜膩。「衡哥哥，你來啦，喝點茶吧。」她拿起茶壺，沏了一杯茶遞給周衡。

周衡喝了一口，微皺了眉，說道：「沒有上次的好喝。」

羅櫻眼波流轉，望著他的眼睛像帶著星辰似的。「衡哥哥這麼喜歡上次的茶？一直讚不絕口的，我可要問問掌櫃究竟是何種茶了。」

「上次的紅茶帶著絲絲甘甜，喝起來別有滋味，以前甚少喝紅茶，新奇而已。」周衡頓了一下，接著道：「不過沒有妳甜。」

「哎呀。」羅櫻喊了一聲，扭頭做害羞狀，不再看他。

此時，酒樓旁邊的鋪子正好開張，炮竹聲大作，聲音震耳欲聾，兩個人要大聲說話才聽得見，空氣中瀰漫著濃烈的火藥味，掩蓋了催情香的香味，破壞了這旖旎的氣氛，羅櫻有些忿忿地說道：「今天沒趕上好日子，真吵。」

「櫻兒不開心，我讓離火下去讓他們別放炮了如何？這樣妳能否開心些？」周衡溫柔又細心地哄道。

「不用，就算停了，我依然心煩。再過幾天衡哥哥就要成親了……」說到此處，羅櫻泫然欲泣，眼裡閃著淚光，別過頭，彷彿不想讓周衡看見，但停下的角度又恰好能讓他注意到。「其實我最近一直為這件事煩憂著，衡哥哥成親之後，我是萬不能再去打擾你的，不然我成什麼了？畢竟我爹爹身為太傅，姑姑更是皇后，我不能讓羅家顏面掃地。」

周衡一下子變了臉色，緊張地問：「櫻兒莫非是想離開我不成？」

「我也沒有辦法，我要為羅家考慮的。」羅櫻醞釀許久的眼淚終於蓄滿眼眶，一滴滴掉落下來，哭得梨花帶雨。

饒是周衡也忍不住生起一絲憐惜之情，他確實對不住羅櫻。他握住羅櫻的纖手，用商量的口吻說道：「櫻兒，妳知道我娶葉未晴是為了什麼，我不能放棄這次機會。等我得到侯府的勢力後，一定會娶妳，為妳辦一場風風光光的婚禮，好嗎？」

「你每次都這麼說，可什麼時候是個頭？我也會累的。」羅櫻緩緩地將手從周衡包裹的雙手中抽了出來。

「我可以起誓，我這輩子絕不負羅櫻，三年之內必會以正妻身分迎娶妳。若有違此誓，天打雷劈，不得好死。」周衡做了個發誓的動作。

羅櫻看著他一臉真摯的模樣，好一會兒後，柔柔弱弱地說道：「那好，衡哥哥，我就再相信你一次。」

與葉未晴相比，周衡確實更喜歡羅櫻一些。羅櫻嬌憨柔媚，什麼事都聽他的，女子就該如此讓人省心，才值得呵護愛憐。葉未晴出自將門，女子該學的琴棋書畫弱了一些，騎射倒是出色，性格明朗大方，若是受了什麼委屈自己便會討回來，倒顯得她性子有些硬邦邦的，雖然曾經對他表過幾次心意，卻也不能做到羅櫻這般，為了他萬般忍讓。

羅櫻又為他倒了一杯茶，蔥白一樣的手指握住茶杯，身上傳來若有若無的清香，雪白的脖頸露在外面，他嘗過這凝脂般的肌膚味道有多麼美妙，不禁感到喉嚨乾燥，將一杯茶一口飲了下去。

與此同時，定遠侯府——

葉未晴央求爹娘在她出嫁前陪她出外逛街，一家三口步行出門，趙嬤嬤、汀蘭和高軒隨同，臨出門前，葉未晴暗地裡給留下的岸芷使了個眼色，岸芷會意地點了點頭，便從後門溜出去辦事了。

幾人沿著熱鬧的街走著，葉未晴突然問道：「爹爹，您覺得三殿下是個怎樣的人？」

「儒雅有禮，做事踏實認真，是個好孩子。」葉安如實說道。

「其實爹爹起初並不是這樣想周衡的吧？」葉未晴眸光黯了一瞬。

「這也沒錯，我起初是不中意他，是妳在我面前說了很多他的好話，我才逐漸改觀，我寶貝女兒喜歡的人哪裡能錯了？妳從小就特別有主意，誰的話也不聽。」葉安揉了揉她的頭，像小時候一樣。

葉未晴沈默不語，她從小就固執得很，決定的事，無論別人說什麼都勸不了，所以，都是她一意孤行的緣故，才導致了上一世那樣的局面。

「只要他能讓妳過安安穩穩的日子，爹便放心了。」葉安柔和地笑道。

「爹就不怕聖上以為您會幫著周衡嗎？」葉未晴面上嚴肅多了一分，氣氛突然正經起來。

「在街上說這些做什麼，別讓人聽了去。」江氏拉了拉女兒的手，勸告他們不要在這裡說這些。

「不怕，我葉安又沒做虧心事。」葉安大大咧咧地說道：「我和聖上這麼多年交情了，他知道我是什麼樣的人，再說周衡這孩子一直老實本分，沒做什麼逾越的事，聖上不會多想的。難道因為這樣，我還不能嫁女兒了不成？只能挑揀那些他不會誤會的人？」

葉未晴心裡突然有些同情起阿爹來，他不知道周衡的謀劃。周衡是一個野心強盛的人，暗地裡圖謀皇位，娶她也只是為了得到葉家背後的勢力，為了達到目的，所有人都可以成為他鋪路的白骨。聖上與爹爹雖年少時便相識，可是再好的情誼也怕猜疑，上一世周衡策劃謀反，聖上便認為葉家也參與其中，將她關至青牢裡，直到周衡舉兵拿下盛京才把她救出來，但自那以後，他大功告成，她已無利用價值，他就恨不得早點弄死她了。

江氏笑道：「怎麼，不想嫁給三殿下了嗎？女兒家嫁人前總是會不捨娘家的，娘當初也是這樣。」

趙嬤嬤也道：「是啊，當年我是夫人的陪嫁丫鬟，夫人出嫁前哭了一天呢！妝都花了，補了好幾次。」

葉未晴笑了笑，什麼都沒說，幾個人逐漸走近卿月樓，還離得遠遠的就聽見炮竹聲響，熱鬧極了。

她若無其事地領著爹娘來到此處，自有其用意，她跟高軒使了個眼色，高軒輕點了個頭，看向遠遠人群中一個小廝，小廝接到命令，立即退出人潮辦事去了。

前些天尚未開張的奇貨鋪子牌匾上的紅布已經揭下，上頭寫著文雅的「青山古淮」四字，裡頭展示的各式珍稀玩意兒吸引了不少人圍觀，但是價格高昂，許多人只是進去看看。

鋪子裡間有兩人正悠閒以待，周焉墨今日又破天荒地來巡鋪子，讓裴雲舟很是驚訝。奕王府名下有不少產業，都是他幫忙置辦的，周焉墨只負責出錢，一向對這些不太上心。

周焉墨似乎看破了他的想法，淡淡道：「我只是好奇今日會發生什麼事情。」

「我也沒說什麼呀……不用和我解釋。」裴雲舟奇怪地看向他。

「你難道就不好奇？」周焉墨冰冷地睨了他一眼。

裴雲舟連忙點頭道：「好奇！弈王殿下的一片苦心我明白！我知道都是因為我好奇，弈王殿下才在百忙之中抽空過來陪我，對此我感激不盡。微臣無以為報，只能為英俊的殿下倒一杯茶！」

裴雲舟裝作感激涕零的樣子，適時地遞上臺階，周焉墨就順著穩穩地走了下來，接過茶杯，意思意思嚐了一口，說道：「尚可入口。」

因著新鋪子開張，炮竹燃放不停，卿月樓這一帶一整天都熱鬧得很，酒樓生意興隆，一、二樓坐滿了客人，掌櫃和小二忙進忙出，無人注意到後院的角落裡，一簇火苗漸漸燃起，這裡正好擺放著柴火，火碰到了木料後燃燒得尤其快，沒多久火勢就慢慢變大。

一樓最裡間的客人是最先發現的，本來坐了一桌子的文人雅客正侃侃而談，透過窗子發現後院有火光，立即慌忙地叫喊往外衝，外頭的其他人聽到動靜，也凝心留神，發現竟是走了水，霎時大亂，有的從門外逃走，有的從窗戶跳出，左右二樓也不高，摔不死人。

外頭街道上原就聚集了許多人，現在這些人看到卿月樓走了水，更是遠遠地圍成一圈圍觀，又想看熱鬧又怕走近了火傷到自身。

離火百無聊賴地站在三樓的包間外，一動也不敢動，樓下的動靜很大，可他不敢違抗周衡的命令擅自離開，所以也不知發生了何事，只覺得隔壁鋪子的炮竹煙味未免太重，今天有些熱，他站著不動還出了不少汗，三殿下不愧是三殿下，這種情境下也有心情抱得美人歸。

離火抽出自己的劍，擺弄了幾圈劍穗，耳朵裡開始隱約聽得走水啦、走水啦的叫喊聲，他往樓下一看，開始有人提著水衝進衝出忙著滅火，他一驚，顧不得怕打擾裡面二位的好事，用盡全力拍門，門從裡面另外上了鎖，他每拍一下，門鎖便撞門發出清脆的噹噹聲。

「殿下！不好了，走水了！」離火用力敲門。「殿下，快出來！」

周衡自然是聽到了動靜，立馬起身，抓起自己的衣物狼狽套上，羅櫻亦是面色劇變，手抖得不成樣子，好不容易勉強將衣服穿好。

離火還在外面不停敲門，周衡拿出鑰匙將鎖打開，臉上的神情已經是無比陰沈。離火知道自己闖了大禍，這次回去一定逃不了處置，只希望主子看在他以往的功勞上饒恕他一命。

羅櫻緊緊地跟在周衡後面，周衡看了看樓梯，樓梯連接至一樓，那邊火勢正盛，救火的人也多，不可能從那裡出去。他又望向一側的窗，只好從窗口出去。

「別怕，我帶妳出去。」周衡不忘溫柔地哄著身邊美人。

「嗯。」羅櫻微微點頭，依然瑟瑟發抖。

周衡將手環住她的腰，卻突然想起什麼，連忙脫掉外衫罩在她的頭上。羅櫻只覺眼前一黑，隨後被人托起來，雙腳離開地面，然後馬上便又踏到了地上。

周衡帶著羅櫻安然無恙地到了外頭，看著外面圍了一圈的人，目光都落在他的身上，好奇地探視著，他便覺得氣不打一處來，但又無法衝著這些百姓發作。這時，他尚未發現人群之中有其他熟人，除了葉未晴一家之外，還有羅櫻耿直的爹——

羅太傅正擠在人群中動彈不得，一臉焦急。

他正急著要前往孫府探視女兒，方才他原在自家書房翻閱著手中的信件，最近局勢不太平，鬧得他心裡異常煩悶，趁著夫人出門燒香去，他屏退所有人不准進書房，為的就是認真想想這些事中包含的利害關係。

正凝神思考之際，外頭卻來了人通報，說孫府派人傳來消息，說羅櫻在孫府出了事！羅太傅一驚，細問之下才知道原來是一早女兒和孫家小姐孫如霜相約，前往孫府作客，不料在花園時不慎被蛇咬了。孫府已找了大夫先作處置，但事發突然，目前狀況不宜被挪動，所以還是通知一聲請太傅去看看情況。

羅太傅一聽，再也顧不得什麼公事了，便在那自稱孫府小廝的人領路下，一路來到卿月樓附近，走路時還如同往常一樣習慣性地將手負在身後，可是袖子下牢牢絞起的雙手卻透出了面上沒顯現出的擔憂。

孫府和羅府距離並不遠，羅太傅一心念著女兒，沒有發現路線不是走向孫府，反而是走向鬧市，而且不知為什麼這裡會圍著這麼多人，擋得他寸步難行，他一閃神，連孫府小廝走到哪兒去都看不見了，餘光瞧見似乎有什麼東西從空中飛了下來，他抬頭一瞟，便看見周衡環住一女子的腰，兩個人從三樓跳了下來。

羅太傅不可置信地睜大雙眼，那不是三殿下嗎？那名女子……那名女子為何衣物如此熟悉？櫻兒似乎有一件款式類似的……

他想起從前有一塊皇上賞賜的布料，女兒十分喜歡，他便送給了女兒，女兒為此高興了許久，找了裁縫製成新衣，很是寶貝著，平時都捨不得穿。此時眼前的女子以外袍擋住了臉，但是看衣物和身形，就是女兒沒錯！他絕不會認錯！

他左右張望，剛才那孫家小廝明明就走在他的前面，現在人硬生生地不見了，而說被蛇咬了的女兒，結果卻衣衫不整地跟男人出現在大街上，這到底是怎麼一回事！

他心中憤怒和傷心交加，卻又不敢上前認女兒，若是他這樣做，全盛京城明天就都知道女兒做的好事，他的顏面就丟盡了！

葉安夫婦也全程目睹了這場好戲，剛起火時，葉安還想入內幫忙救人，還好卿月樓的夥計說裡頭已經沒人了，火勢太大他們不準備再進去了，葉安才沒去成。

周衡的衣服斜斜垮垮地披在身上，腰間的帶子也是胡亂地繫了一氣。旁邊女子衣服穿得還算整齊，但也能瞧出穿衣時的一絲慌亂。圍觀的人一看便知是什麼情況，紛紛小聲議論著。

「等會兒悄悄護送她走。」周衡低聲吩咐離火。

「是。」離火只覺自己無顏面對主人，頭低得不能再低了。

葉安哪裡讓自己的女兒受過這等委屈，當下臉色便難看起來。江氏發現周衡的第一眼也臉色蒼白，看了看女兒，怕她經受不起如此大的打擊，果然這孩子神色怔怔，怕是還沒反應過來，江氏心疼得不得了。汀蘭、高軒見此情形互視一眼，拉著趙嬤嬤退在一旁靜觀其變。

葉安力氣大，很輕鬆地就從人群中擠了出去，走到周衡面前。看到未來岳丈，周衡難掩錯愕，渾身瞬間緊繃起來，眾人的指指點點他還不在乎，可被葉安看到了那就是出了大事。

周衡心裡正盤算著要找一個怎樣的藉口，但他也想不出，事實明晃晃地擺在眼前，說此事另有隱情也不會有人相信。

他只能弱弱地道：「伯父，並非您想的那樣……」

「殿下，我將自己的女兒交給你，你就是這樣待她的？你還是不是人！」葉安氣急，攥起拳頭一拳捶在他的胸口，用了七、八成的力，周衡被拳頭的力量帶得倒在地上。

「抱歉，我可以解釋。」周衡艱難地用手支地，站了起來。

「還有六天便是你們成親之日，殿下卻在這裡同別人行齷齪之事，我真是錯看你了！」葉安雙手握拳，眼裡都是紅血絲，恨不得在周衡身上打幾個窟窿。如今這境況，他是萬萬不能將女兒嫁給這種人，還好在沒成親前發現，若是成了親，一切都覆水難收了。

他深吸一口氣，努力平復自己的心情，繼續道：「婚約就此作廢，我會將你送來的東西盡數送回去。」

周衡低著頭，沒有說話，現在他多說話只會更激起葉安的怒氣。

葉安看了看站在他身後瑟縮的女子，氣不打一處來，伸手便要揭開那女子頭上罩著的外衫，不料剛伸出手，便被攔住。

羅太傅語重心長地說道：「侯爺，這大街上，還是為殿下留一些面子吧，事情別做得太絕。」

葉安想了想，同意他的說法。周衡畢竟是皇子，總要為他留些顏面，況且他葉安也不是那種會將怨氣撒在女子身上的人，所有的帳，他會找周衡慢慢地算。

原本圍觀的人就不少，現在又聚集更多了，開始有人議論紛紛。

「那不是三皇子嗎？」有人小聲嘟囔道。

聲音不大，卻瞬間吸引了周圍人的注意，都好奇地問起來。「真是三皇子？那女子又是誰？」

「看不見臉，我哪兒知道？不過三皇子我是錯認不了的，一定是他！」

有人聽說過周衡和葉未晴的事，疑惑道：「不是說三皇子對將軍府的獨生愛女十分深情嗎？看來這坊間傳的佳話都是假的。堂堂三皇子居然鬧出這種事來，真是丟臉。」

此時葉未晴才挽著娘親的手慢慢地從人群中走出來，一臉落寞與傷心，甚至還有一絲不可置信，似乎眼前發生的一切都不是真實的。她聲音顫抖地說：「知人知面不知心，沒想到你竟是這樣的人。」她當然知他人知他面知他心，再清楚不過周衡是哪種人。

「你就如此迫不及待嗎？不顧你我大婚將至，急著與他人行這種苟且之事，我又不是那種不通情理之人，不允你收通房，我從未想過要自己霸占你一個人……」葉未晴傷心指控著，可是淚水就是不落下來，可能是自己開心極了，實在是哭不出來。她狠狠地掐了自己的大腿一下，才終於逼出眼淚。「你怎麼能這樣對我……」

「未晴，我……」周衡一時百口莫辯。

層層人群後面，周焉墨正靠在新鋪子門框上看著這一切。從頭到尾一路旁觀的他大致能猜到這是葉未晴設的局，看來她早就知道周衡私下在外面幹的那些破事了。

只見葉未晴雙手捂臉，淚水從指縫中流了出來，像是傷心過度似地抑制不住顫抖的身體。

「我今天倒要看看，什麼女人能將你迷成這個樣子？」她一把抹去眼淚，走到羅櫻面前想揭開她頭上的外衫。

羅櫻聽到這話，心裡怕極了，又因為眼前不能視物，只得胡亂向後倒退了幾步。

羅太傅急了，上前抓住葉未晴的胳膊，原本只想將人拉開，不慎沒控制好力道，葉未晴被這麼一扯，順勢重重跌倒在地。

她驚呼一聲，捂住自己的腳踝，直接坐在地上一動不動。葉安看到這一幕，原本就消不下來的火又燃得更旺，顧不得同僚之間的禮儀，衝上前指著羅太傅的鼻子大罵：「羅元德，你敢傷我女兒！我們葉家哪個男人都能一掌把你拍死，你可要想清楚！」

不想繼續在這裡鬧下去，葉安蹲在女兒面前，在汀蘭的幫助下揹起女兒，衝著周衡冷哼一聲，甩頭便走出人潮，江氏、趙嬤嬤也在高軒護送下跟在後頭一同離去。

羅太傅臉上冷汗冒出，今日他與定遠侯是結下大梁子了，只是幸好女兒的身分未被揭露，不然不知會鬧出怎樣的軒然大波。現在他也沒辦法帶女兒走，只能照舊裝作毫不知情，對周衡行了個禮，說道：「三殿下，我先走了。」

周衡點點頭。圍觀的百姓們見事情結束，也都唏噓著各自散開，只餘卿月樓的夥計們連聲叫苦，繼續善後，今天真是不吉利，好好的酒樓怎麼會走水呢？驚擾了所有客人，更得罪了皇家貴客，這也真是的！

見人潮開始散去，周焉墨怕自己行蹤暴露，閃身回了裡間。

裴雲舟一直跟在他身側，忍不住問道：「你怎麼對這位葉家小姐這麼感興趣？」周焉墨以前對什麼事都愛搭不理的，最近真是奇怪，主動在宮宴中幫葉未晴奏曲，又為了她更改鋪子開張之日，今日還特地前來察看動靜。

「我只是好奇而已。」周焉墨正色道。

「那看到今天發生的一切，還有三殿下這副狼狽樣，現在你心裡應該很舒爽吧？」裴雲舟敲了敲桌面，打趣道。

「顯然沒有。」周焉墨皺著眉，不知為什麼，葉未晴流淚的樣子總是在他腦海縈繞不去，就算一切都是安排好的，她就是想解除婚約，但見她傷心難過，他一想到便覺心煩。

另一邊，葉安揹著女兒在回府的路上。

葉未晴安心趴在父親的背上，牢牢地圈住他的脖子，父親好多年沒有這樣揹過她了，好像只有在小時候才會這樣揹。記得小時候的自己不喜歡走路，總是嚷著要人揹，而家人永遠能縱容她的任性，尤其是爹爹，揹她揹得多了，導致她在別的孩子已經會走路的年紀還是走得歪歪扭扭，最後被娘親勒令不許再揹她。

爹總是很寵著她，可能因為是女孩子，哥哥們都沒有這種待遇。可是哥哥們也沒有因她得了更多的寵愛而妒忌，大哥葉鳴年紀最長，懂事也早，總是讓著她。二哥葉銳與她年紀相近，兩個人從小就是冤家。堂哥葉嘉雖是葉厲所生，也待她客客氣氣的。

侯府是個溫暖的地方，是支撐她活下去的信念，上一世拖累了家人因她而死，她一直心懷愧疚，這一世她一定要保護好自己的家人，不能再讓人有機可乘，偽造罪證構陷叛國。

葉未晴臉上淚痕未乾，貼在葉安背後，葉安能感覺到衣服濕漉漉的。他雖是粗枝大葉的鐵漢子，此時也不敢多說什麼惹女兒更傷心，只能一路上沈默著回到侯府，將女兒揹回房裡才放下，不過片刻，大夫就被請來為葉未晴看腳上的傷勢。

其他家人聽說了這事，都跑到疏影院來，圍了葉未晴一圈，很是擔心。

大夫捏了一下關節，問道：「疼嗎？」

葉未晴搖了搖頭，大夫又捏了幾處，輕微轉了轉腳踝，得出結論。「沒有傷到骨頭，不過傷了筋。我開幾帖膏藥貼在傷處，仔細養養就會痊癒的。」

「多謝大夫。」葉安拱了拱手，又吩咐小廝。「送送大夫。」

等大夫走了之後，葉銳才敢發洩自己的怒氣，一拳狠狠砸在桌上，罵道：「周衡這個王八蛋，居然敢這樣對我妹妹！」

葉未晴心疼地看了看桌面，幸好沒有被他砸出什麼破損。

葉銳接著道：「以後再讓老子碰到他，沒他好果子吃！」

葉嘉臉色也很難看，只是他們再怎麼樣也不敢對三皇子動手，不然那就是蔑視皇威的大罪。不過雖然做不了什麼，他心裡也是極為不快的。

葉彤羨慕地看著哥哥為姐姐抱不平，心想若是出這事的是自己，只怕他們便不會做到如此地步了。

霍氏出口安慰道：「沒事的，盛京這麼多適齡出色的公子，改日我再替晴姐兒物色物色，找個比那周衡還要好的，讓他眼紅後悔去吧！」

這麼多人照顧著她的感受，葉未晴只覺心裡湧上一陣暖流，一雙杏眼紅紅的像小兔子一樣，說道：「多謝阿爹阿娘、嬸嬸哥哥們相勸，這些道理我都知道，只是一時轉不過這個彎，時間久了會好的，現在……我想自己待一會兒。」

她這樣說，眾人不敢再留，只得趕緊出了屋子，一時間，屋裡只剩下汀蘭。

葉未晴收起悲傷的神態，問道：「岸芷還沒回來？」

汀蘭皺了皺眉，擔憂道：「是啊，按理說事情都辦完，她該回來了……」

剛說完，岸芷便輕聲推開門走了進來，將門仔細關上後，她才碎唸道：「真是的！明明都談好了價錢，事後卻非要再加五兩銀子，我怕他纏上我們，只得乖乖給了他。」

岸芷所說的，正是她安排放火的夥計。原來，卿月樓的那把火，正是她照著葉未晴的吩咐事先雇人放的，為了確認不會傷到人，她還去盯著。

「給錢好辦事，給了便給了吧。」葉未晴回道。

原本岸芷和汀蘭只是照小姐的吩咐去做，卻不知究竟是為了什麼，到現在她們才明白了事情的全部真相。汀蘭不由崇拜道：「小姐不愧是小姐，原來早就察覺了三殿下不是好人！」

岸芷卻癟癟嘴。「可是我覺得這仇報得不過癮，只是取消了婚約，沒能讓眾人看到那蕩婦的臉！」

葉未晴胸有成竹地笑道：「沒關係，第一步達到目的就好，時間還長，往後有他們受的。」

她現在還不能讓周衡起疑心產生防備，不然以後對付他可就不好辦了！

羅太傅先行回了羅府，在小巷中的側門外看到女兒的兩個貼身侍女站在那裡，氣不打一處來。他走上前去，喝道：「都在這兒站著幹什麼？跟我回去！」

兩個侍女嚇得渾身一抖，她們不知道發生什麼事，照著事先想好的說法要幫羅櫻圓謊。

「老爺，小姐去找孫二小姐了，孫二小姐不喜人多，小姐便讓我們在這裡等她，到時孫二小姐會差人將她送回來的。」

羅太傅懶得聽。「進來再說！」

兩個侍女跟在後面戰戰兢兢地回到府內，走進了羅櫻的屋子，羅太傅剛才在周衡面前，不敢表現出自己的怒氣，只能強壓著表情，裝得與他沒有關係，完全是為了維護皇家的顏面才出手，現在回了自家府第，沒有外人，他再也掩飾不下去。

他坐在桌旁，胸口起伏不已，還是無法平息，拿起桌上的茶壺摔到地上，伴隨著刺耳的破裂聲，碎瓷片飛得到處都是，侍女們嚇得直接跪在地上。

這時候離火將羅櫻護送回府，確定周圍沒有人，羅櫻才拿下周衡的衣服遞還給離火。她內心忐忑不安，不知道方才爹爹有沒有認出她，最好是沒有，她得盡快換下這身衣服，不能再穿了。

羅櫻剛進閨房，看見的便是地上的一片狼藉，還有爹爹盛怒的面容。她心裡猛地一跳，看來爹已經發現是她了。

羅太傅看見她回來，沒有和她說話，反而是先對著旁邊侍女道：「去將夫人請過來。」侍女惶恐地點點頭，揉了揉已經跪疼的膝蓋，趕緊跑了出去。

羅櫻和父親一個站著一個坐著，半晌無話，甚至眼神都沒有交流。羅櫻想了一會兒，也定了心，不似先前驚慌。她原本就認為自己沒錯，羅家若是站在周衡這邊，以後官場的發展定會更好，是爹爹對局勢瞭解不清，她瞞著家人偷偷與周衡私會，對自家明明是有利的。

過沒多久，從外頭燒香回府的羅夫人悠閒地邁著小步過來了，羅太傅見人到齊，將侍女都遣了出去。

羅夫人看到地上的茶水和瓷片，一驚問道：「呀，怎麼了這是？」

羅太傅冷哼一聲。「瞧瞧妳閨女做的好事！不知廉恥，與男人在外面廝混，被抓個正著！若不是我在旁護著，現在全盛京的人都知道她什麼德行了！」

「老爺你說什麼呀？哪個男人？」羅夫人開始緊張起來。

「是三殿下。」羅櫻鎮定地答道。

羅夫人聽了吁了口氣，還好是三殿下，不是哪個沒權沒勢的野男人。

「妳們說，這事該怎麼辦？」羅太傅恨鐵不成鋼地看著女兒。「現在葉家姑娘要與三殿下解除婚約，我也把定遠侯給得罪了。」

羅櫻定定地看著他，跪了下來，聲音清脆。「爹，我要嫁給周衡。」

「不可能！妳要是嫁了他，誰都能猜出和他私會的女子是妳，以後羅家還有什麼顏面在盛京待下去？皇上那頭有妳姑姑在，不會對羅家怎樣，可是太子殿下一定會怪罪下來。」羅太傅原本怒極，此刻卻又生出一絲無奈，拍了拍大腿。「妳這是什麼眼光，怎麼偏偏選上了那個周衡？他都要成親了呀！何況他和太子向來不是同路人，妳這是讓爹難做啊！」

羅櫻不答，反而拋出一個問題。「爹為何如此支持太子？」

「太子是我一手教出來的，未來必然是位仁君。」太傅說起太子來，眼中閃過一絲驕傲。

「我見則不然，太子生性荏弱，若是一路走來沒有靠爹輔佐，他根本沒有任何主意，更很難走到這一步。我認為，三殿下才是繼位的最佳人選，有魄力有擔當有手段。女兒一點都不傻，不會明知道三殿下快成親了還刻意做出這些事情，女兒是為了我們羅家著想，才願意如此委屈自己。」羅櫻雖然跪在地上，卻仰著頭，眼中彷彿有傲視萬物的驕傲。

羅太傅氣得說不出話來。女兒這一張臉像極了夫人年輕時的樣子，繼承了她的美貌，笑的時候頰邊有梨渦微現，嬌憨動人，以往他一直把她當成小丫頭，可是不知不覺女兒也長大了，有了自己的主意，甚至做出這種事來。

都是他疏忽了管教，不然也不會發生今天這種事。他嘆了口氣，道：「朝堂上的事妳知道什麼，走錯一步便是萬劫不復，這些哪輪得到妳一個小丫頭操心？妳該想的是周衡污了妳的身子，妳以後該怎麼嫁人！」

羅櫻聽得忿忿不平。又和她來這套說辭，若不是這些說辭絆著她，她也不會棋行險招，採取這種方式！但這個人畢竟是她爹，她不能不敬。

「姑姑雖是皇后，可是身下無所出，太子也畢竟不是她親生的，現在能聽您的主意，以後也能聽別人的主意來對付羅家，只有跟對了主，羅家的根基才能更加穩固。」

「既然櫻兒喜歡那三殿下，你就讓她嫁給他嘛，能干涉到什麼大業？再怎麼說，三殿下也比你之前給櫻兒物色的那些人好！」羅夫人不懂他們說的是什麼，只知道周衡好歹也是個皇子，有頭有臉的，羅櫻嫁過去也能風光些。若是以後周衡再受封個什麼，那豈不是更長臉了？

「婦人之仁，和妳們說不通！櫻兒這幾日就待在房間裡，不許出來，我會盡快為妳找到婆家，別妄想再和周衡有什麼來往！」羅太傅一甩袖子，踹門走了出去。

羅夫人也「唉」了一聲，趕緊追了出去。

羅櫻不甘地從地上站起來，面目有些猙獰，與平時笑意盈盈的樣子判若兩人。

左右她這一盤已經將賭注押在周衡身上，付出太多收不回了，那索性就將全部身家都押下去吧！

第三章

這幾日，葉未晴過得舒坦極了。知道她心情不好，別人都不敢來打擾，飯也是做好了才送過來，疏影院從來沒這樣清靜過，她每天睡到日上三竿才起床，腳上的扭傷要養著，不能隨意下地，這幾天吃得多、睡得多、還不活動，看鏡子都能感覺到自己似乎渾圓了不少。

她問汀蘭。「我看起來是不是胖了許多？」

汀蘭道：「小姐確實身上多長了些肉呢，不過我覺得現在更好看，原來太瘦了！」

葉未晴原還想少吃一點，現在這決心又沒了，汀蘭老實巴交的，說話都是發自內心的。

從上一世嫁給周衡後，到重生回十六歲的這些時日，她從未如此開心輕鬆過，直想著，擺脫了和周衡的婚約，她是不是也可以擺脫上一世的命運了？

這時，原本出去拿蔻丹要給葉未晴染的岸芷，卻匆匆地什麼都沒帶便回來了，一臉緊張地說：「三殿下又來了，現在在大廳。」

「什麼？」葉未晴一愣，周衡做的這些事已經是板上釘釘，現在又來做什麼？就算跟爹道歉，爹也不會輕易原諒他的。但……按周衡的手段，他若是買通了什麼人替他作偽證，說服了父親怎麼辦？如今她是萬萬不能再嫁給周衡了。

她道：「給我找一根枴杖去，快！」

岸芷隨即從外頭找來一根長木頭，勉強可以拄著當柺杖，葉未晴起身，撐著柺杖一拐一拐地走到鏡子前，拿了些妝粉撲在臉上，臉上的紅潤被遮蓋住，瞬間蒼白了不少，又覆在唇上一些，原本紅潤的唇也沒了血色。

看看鏡子裡的自己，準備好了，葉未晴出發前往正廳，熟練地一拐一拐走了進去。

正廳裡，所有人都在，面色嚴肅。周衡抬眼看見臉色蒼白、一臉病容的葉未晴，心裡隱隱有些後悔，晴兒雖然性子烈了些，可也是真心待他的，若是初一那日他沒有去卿月樓，也不會造成今天這般局面。他已經跟父皇呈報了此事，父皇斥責了他一頓，但也不能作主不讓葉家退婚，他只能自己前來，希望婚約之事能有轉圜。

周衡起身想去扶葉未晴，卻被葉未晴躲了開來，他只得訕訕地又坐了回去。

葉厲苦口婆心地想打圓場。「晴兒，三殿下是誠心來道歉的，哪個男人沒有幾個女人，是不是？只是婚期將至，他做出這種事情是不太好，不過他也向我們保證以後不會再做這樣的事，而且他立即就將那女子打發了，絕不會讓她進門。」

葉未晴冷著臉沒有回應，心裡有些意外，沒想到他居然直接認錯，不過到底也沒供出羅櫻的身分。

葉銳聽得臉色鐵青，抑住想暴打周衡的衝動，說道：「妹妹，如果妳不想原諒也不用勉強，沒人會逼妳！」

葉安和江氏不說話，他們心裡當然是不情願的，可是這種事還得看女兒自己決定。

「殿下想要我原諒？那好辦啊。」葉未晴看著周衡。「你做什麼，我也做什麼，我們就扯平了。」

周衡痛心疾首地看著她。「未晴，我負了妳，妳懲罰我便好，千萬別賭氣去做這種出格的事情，畢竟妳是女子。」

葉未晴被這論調噁心得要吐了，這世道對女子向來不公。若是沒人管她，她倒是想找個沒人認識的地方，如果有錢養上十幾個小倌，每天光看著也開心。

葉銳冷言冷語道：「是嗎？我倒覺得妹妹的提議甚好。」

「未晴，我知妳怨我、恨我，這件事全是我的錯，我保證以後不會再這樣。」周衡懇求道：「不必現在答覆我，等氣消了妳再仔細考慮。」

葉未晴自嘲地笑了笑，說道：「殿下，你以為我是因為一時生氣才這樣說的嗎？你錯了，我很冷靜，你回去吧！我們之間已無婚約，雖然我是真的喜歡過你，不過你選擇了負我，就不該後悔。」說著說著，她指尖微顫，痛苦地合上雙目，上一世的記憶清晰地浮現腦海。

她是真的喜歡他，即使後來羅櫻也入了宮，他為了羅櫻百般責難她，她也沒有想過要與周衡和離，甚至還為他出面鏟除擋路的權臣，背負千古罵名。

民間百姓對她議論紛紛，說她狐媚惑主、殘害忠臣；連葉家忠君愛國的名聲也被她拖累，爹爹不再是百姓們尊敬的英雄，而是奪權的外戚，是紅著眼對皇位虎視眈眈的白眼狼。

明明是為了周衡，她才做到這個地步，誰知到頭來，周衡卻反過來拿這些整治她？

有時她路過羅櫻寢殿外，還能聽見裡面的歡聲笑語，永寧宮卻從來都是冷冷清清的，白日裡沒有一個人過來，她只能看書打發時間，晚上她就拄著頭看窗外的星星，與燭火對坐。

大哥後來回到盛京，送她一隻藍色眼睛的小白貓，她有了貓可以逗，總算有點事做，可是羅櫻卻毒死了牠。沒了貓之後，岸芷怕她太過心傷，拚命找話和她聊，給她解悶，結果後來又礙了羅櫻的眼，羅櫻使計讓周衡處死了岸芷。岸芷不在，她擔心自己連汀蘭都保護不了，便也少和她說話解悶，自己又回到了拄著頭看星星的生活。

無論她擁有什麼，羅櫻都要想辦法搶走，不能搶的那就毀了。周衡在一旁看著，一言不發，甚至有時候還火上澆油地踩上一腳。

如果站在這裡的，還是原來那個十六歲的葉未晴，她可能會被周衡這副樣子欺騙，心軟原諒他，畢竟這顆心曾滿滿都是他。

可是現在的她已經死過一次了，她深知周衡是沒有心的，他真心愛的只有權力，就算周衡覺得自己愛她，也不過是愛葉家能帶給他的權力罷了。

什麼英雄救美，戲本子裡爛俗透了的套路，也只有以前天真的她會相信。

「你回去吧。」葉未晴再睜開眼睛時，那一雙杏眼裡再也不見悲痛之色，取而代之的是堅毅與決絕。葉厲看得不由一愣，到嘴邊勸說的話也嚥了回去。

「這次妳不想原諒我，那我便下次再來求妳原諒，直到妳原諒我為止。」周衡扯出了一個勉強的笑容來，眼神別提有多真誠了。

「堂堂三皇子何必如此卑躬屈膝呢？你不欠葉家的，以後不必來了，我不會鬆口的。」葉未晴懶得再與他多說，又拄著枴杖走了出去。

枴杖點地的聲音一下一下，像是敲在周衡的心中，讓他沒來由地一陣心慌。

隨著枴杖的聲音漸漸變小，葉銳斜睨了周衡一眼，淡淡嘲諷道：「三殿下要務在身，以後還是別往我們侯府這小地方跑了，我妹妹說什麼你也聽到了，別再做徒勞無功的事。」

周衡那張笑起來如沐春風的臉頓時有些垮的跡象，放在木椅扶手上的手將木頭摳出兩道印子，但他依然保持了一貫溫潤有禮的風度，客氣地說了幾句話後才告辭離去。

三皇子離去後不久，宮中傳來旨意，宣定遠侯入宮。

睿宗帝正和弈王於議事殿中交談。

「你的傷勢如何了？」睿宗帝隨著年長，聲音越發低沈起來，語氣中是不容置疑的權威。

「臣弟的傷正在恢復中，只是還未大好，走路有些困難。」周焉墨站在殿下，卻身形不穩，好似無力支撐，隨時可能會摔倒一般。

睿宗帝佯怒，對著旁邊的總管太監張順罵道：「還不快給弈王找個凳子來？」

張順迅速地跑到一邊，抱了個凳子放到周焉墨身後。周焉墨坐下後，蒼白的面色才緩和一點。

「早知道你傷得這麼重，朕今日就不該叫你來了。」睿宗帝自責道：「再過幾日就是德安長公主的生辰了，聽說這次要大辦，那時你身子能好嗎？」

周焉墨立刻恭順地答道：「那時應該可以走動了。」

「那好，到時你就順道將朕的賀禮也送去，替朕好好祝賀她。近日事情太多，朕實在是抽不出空。」睿宗帝疲憊地捏了捏自己的眉心，另一隻手遞出冊子，張順接過，立即小跑遞到周焉墨的手上。

德安長公主是睿宗帝與弈王的長姐，馬上要到不惑之年，難得的生辰宴自然要好好操辦一番。

「是。」周焉墨頷首。

周圍的小宮女眼神都不住地往弈王身上飄去，周焉墨只是靜靜地坐著，便能吸引一眾人的目光。兩年過去了，如今的弈王更加英姿勃發、風度翩翩，一雙眼看過太多生死，變得有些漠然，可身姿挺拔、從容不迫，是年輕公子中最出色的一個。睿宗帝雖然與他同輩，但日漸蒼老，近幾年尤其老得厲害，烏髮中摻雜了不少白。

睿宗帝也注意到了這一點，自己逐漸老去，弟弟卻逐漸成熟，本事又比他那一眾皇兒要強上許多，他怎麼可能無視這種威脅？也因此，不得不忌憚著他。

算算時間，葉安也差不多快到了。

「你先退下吧。」睿宗帝揮了揮手。

周焉墨跪下行禮，而後起身緩步走出殿外，恰好葉安步上殿前石階，二人碰了面。

和周焉墨在邊關駐守兩年，葉安著實十分欣賞他，覺得他膽識過人、身手不凡，在危機時能捨命相救更是難得。朝中局勢風雲詭譎，他遠在邊關雖然參與得少，可也明白奕王的處境艱難，兩年的同袍情誼令他產生了一種惺惺相惜之感，這幾日本來要去弈王府看看他，卻因女兒的事耽誤了，不禁愧疚於心。

「弈王傷勢如何？」

「已無大礙，侯爺請不必擔憂。」周焉墨頎長的影子投在白玉階上，輕描淡寫地回道。

「那就好，奕王殿下千萬保重身子。」葉安鬆了口氣。「陛下傳喚，葉某先進殿了。」

「請。」

周焉墨點頭，拱手讓定遠侯先行，走下臺階的過程中聽到了殿內傳來的對談。

「衡兒的事朕知道了，不只他，連朕都覺得對不住你啊！」睿宗帝道。

葉安與睿宗帝相識多年，所以睿宗帝同他說話的語氣甚是隨意，不似君王與臣子，而是多年的舊友。

「皇上切勿擔憂，那是兒女們自己的事，就讓他們自己決定吧。」葉安不欲多談，他雖然有氣，卻也不能當著帝王的面罵他的兒子。

「我知道你已發話解除婚約，朕沒有意見，解除了也好，給衡兒一個教訓，好讓他記得。」睿宗帝徐徐開口。

葉安點了點頭，不知道接什麼話。

「但是朕還是想同你做親家，你可還記得，從八歲起，你就在朕身邊伴讀，直到後來你隨葉老將軍去了邊關、娶妻生子，那時朕就想，若是我們能成為親家該有多好啊！」

睿宗帝目光鎖著葉安，葉安微微皺起了眉，感覺他似乎話裡有話。

「想不到朕還沒發話，去年端午兩個小的倒有緣湊在一塊兒了，衡兒跟朕說時，朕還高興了一把，可惜……衡兒沒這等福分……不然你再看看朕其他的兒子如何？太子已經有了太子妃，就不考慮了。老二雖未娶親，但常年在外，行蹤不定，也就罷了。但是老四尚未娶親，我倒覺得他是個合適人選。」

四殿下周淩從小性格頑劣，長大後雖收斂了，卻風流成性，屁股後面一堆爛桃花，這種人他為人父的根本不予考慮，只有聖上才把自己的兒子當個寶。葉安心裡泛上厭惡，想拒絕又不好明說，只能道：「這……這種事臣決定不了，還得看未晴自己的意思，一切都要她同意。」

「她若是真不喜歡老四，那老二其實也是不錯的。」睿宗帝卻突然固執起來，一心想同葉安做親家。

葉安有些為難。「這……臣若是隨意決定了，怕是女兒數月都不會理我。」

睿宗帝想了想，突然有了主意。「我看這樣吧！德安長公主生辰將至，我下旨讓老二火速趕回盛京，和老四一起赴宴，那時讓他們接觸一下，看看未晴自己的意思如何。」

「這……」葉安沈吟，二殿下周景名聲倒是不錯，若是作為女婿定比周衡強，只不過他可不捨得讓女兒跟著他在外地賑災，但眼下他不能直接拒絕皇上，只能讓女兒自己來決定了。「那便依陛下的意思辦吧。」

葉安從宮中回到侯府後，將睿宗帝的話原模原樣地跟江氏講了一遍，要妻子轉達給女兒知道，屆時一道去參加德安長公主的生辰宴。

江氏內心十分煎熬，這孩子看樣子還沒從被三殿下背叛的悲痛中走出來，皇上就又要給她牽別的紅線，這可叫他們夫婦如何與她說？何況德安長公主的生辰宴，幾個皇子也一定會到的，萬一女兒看見三殿下又傷心了怎麼辦？

算了，只能順其自然了。

江氏來到女兒的房間，見女兒正襟危坐地在看民間話本呢。

「晴兒，過幾日是德安長公主的生辰宴，侯府已經接到帖子了，妳想跟娘一道去嗎？」

江氏怕又激起她的情緒，補充道：「不想去就不要去，沒關係。」

葉未晴閒了好些日子，正覺無聊呢，江氏這麼一問，她喜在心中，故作猶豫了半晌，最後勉強道：「我若是不去，娘不就孤零零一個人了嗎？」

「不用考慮這些，我也可以和妳嬸嬸一起。」江氏語氣溫柔，不願勉強女兒。

「別人都有女兒陪著，就娘沒有怎麼行，女兒還是陪娘一道去吧，到外頭透透氣也好。」葉未晴彎了彎唇畔。「正好我的腳也好得差不多了，不用再拄著那難看的枴杖了。」

江氏憐惜地摸了摸女兒的頭，葉未晴抱著娘親，覺得安心極了。

阿娘上一世是怎樣的結局呢？她沒看到，不過大致能猜到，也是死在周衡的手下吧。

所以這德安長公主的生辰宴，她必須要去，那裡聚集了所有能人文臣，隨便一個說不定就是能扳倒周衡與羅家的關鍵，每個可以認識更多人的機會，她都不能放過。

德安長公主生辰宴當日，葉未晴特別打扮了一番，挑了一件流彩暗花雲錦襦裙，裙頭上繡著祥雲，外面披了一件金絲梅花紋紗袍，頭上插了支白玉桃花金步搖，每走一步便搖晃幾下，不算喧賓奪主，也不算失了身分。

汀蘭忍不住在旁邊笑嘻嘻地說道：「小姐真是越來越會搭配了，這一身衣服看似普通，穿在小姐身上就像活了一般，好看極了！」

岸芷卻反駁道：「哪裡是搭配的緣故，明明是小姐人好看，才襯得衣服好看！」

葉未晴忍不住被她們逗樂，說道：「行了，別奉承我了，就妳們嘴甜會說！」

霍氏領著女兒葉彤出了院子，正來到侯府門口準備上馬車赴宴，恰好碰到葉未晴和江氏。

霍氏看見葉未晴的穿著，微微驚愣，以前葉未晴喜歡穿大紅色，好看是好看，可是瞧多了便有些膩。最近她開始穿起素淡的顏色，感覺氣質也變了，多了分優雅從容與高貴，更襯得起將軍府大小姐的名號了。

霍氏笑道：「晴姐兒真是大姑娘了，出落得越發漂亮。」

站在旁邊的葉彤微微低下了頭，葉未晴注意到了堂妹這個小動作，葉彤今日穿了一身嫩粉色繡花百蝶裙，倒是像十五歲少女該穿的衣服，嬌俏且靈動，令人看了心生歡喜。

葉未晴讚賞地笑了笑，她倒是想這樣穿，但不免就是故意裝嫩了。「如果能選，我倒想像妹妹這樣嬌俏一點。」

幾個人說說笑笑，上了馬車。

德安長公主十五歲就嫁給孫家長子孫義，生了一兒孫如榆、一女孫如瀾。孫義的弟弟孫勇也育有一子一女，孫如霜便是他的女兒。

孫府已經到了一批賓客，此刻廳內賀客如雲，坐在最顯眼位置上的便是德安長公主，今日她穿了一襲深紅色牡丹鳳凰錦衫，公主威儀盡現。她在孫府掌管中饋幾十年，把所有人管得是服服貼貼，沒有人敢忤逆她。

此時孫如霜上前為她祝壽，德安長公主只是冷冷地應了一聲，沒多說什麼。德安長公主一向不喜孫如霜，自從她在朝宴上出醜後，更嫌她丟了孫家的臉，態度愈加冰冷。

孫如霜碰了一鼻子的灰，只能悻悻地回到座位。她左右張望，看見羅櫻也到了，就坐在離她不遠處，可一雙眼連瞧她也不瞧，不禁有些生氣。

她在朝宴上出了那樣的醜，羅櫻是她的姐妹，不來安慰她便罷了，難不成也要像伯母一樣因此冷眼相待嗎？

孫如霜越想越不是滋味，索性走到羅櫻身邊，想直接找她問個明白。

羅櫻餘光看見孫如霜走過來，只當作沒看見，自顧自地看著前方。

孫如霜委屈地問道：「我又怎麼惹妳了，為什麼妳跟其他人一樣，對我都是這樣的態度？」

羅櫻看了她一眼，眼中閃過譏諷，反問道：「那我還要問問妳，為何走漏風聲？」

「妳這是什麼意思？我不明白妳在說什麼，什、什麼風聲……」孫如霜被她問得一愣，她沒做過什麼對不起她的事呀！

「妳就別裝傻了，我與周衡的事只有妳我二人知道，一直都是妳替我打掩護，為何我爹突然就發現了？」羅櫻這幾日在家十分難受，被罰抄了許多遍女德。抄書倒是次要，她也不怕家人知道，但就怕自己和三皇子的事在爹的阻攔下就這樣吹了。想來想去，這件事一開始就不應該被人發現才對！

孫如霜震驚極了，捂住嘴止住驚呼。「什麼？你們的事被妳爹發現了？」

羅櫻皺了皺眉。「妳這是什麼反應，難道妳不知道此事？」

「我當然不知道！妳爹什麼時候發現的？難不成妳以為是我告的密？我怎麼可能這麼做！」孫如霜這才明白羅櫻生她氣的原因。「妳也知道，我一直是支持妳的啊！就算真的有人走漏風聲，也不會是我。」

「真的嗎？」羅櫻懷疑地看著她，見她表情不像有假，這才換了副表情，親熱地環著她的胳膊笑。「好吧，那我就相信妳，果然還是姐妹好，是我誤會妳了，實在抱歉。」

「妳知道就好了，現在其他人對我是什麼嘴臉，妳也瞧見了，我只有妳這個姐妹了。」孫如霜感動地靠在羅櫻肩膀上。

另一頭，江氏帶著女兒來到孫府，正一起將賀禮獻上，葉未晴對德安長公主瞭解不多，上一世沒有接觸過幾次，只知道長公主的脾氣有些古怪，不喜笑。但面對著她們，德安長公主居然和善地笑了笑，客氣道：「多謝葉夫人、葉姑娘，有心了。」

孫如霜看見德安長公主這截然不同的態度，心中泛上怒氣，伯母怎麼如此偏心，憑什麼對她這麼冷淡，對外人這麼和善！

羅櫻將她的表情盡收眼底，拉了拉她的袖子，表面勸慰道：「對妳這麼好的姪女這麼兇，對那個葉未晴就這麼和顏悅色，長公主真是厚此薄彼。」

孫如霜越發委屈，她這些日子難熬極了。「若不是在朝宴上出了醜，伯母也不會這樣對我，在家連那些小小的婢女都敢對我不敬，我再不濟也是孫府的小姐，她們是什麼？」

羅櫻冷哼一聲。「說起來都是因為葉未晴，在文武大臣和皇上面前讓妳這般出醜，她害起人來倒是一點都不含糊。」

幾句話就輕飄飄地將仇恨都引到了葉未晴的身上，反倒讓孫如霜忘了，自己其實是自食惡果。

「我這口氣確實嚥不下，可她爹是葉安啊！我也不能拿她怎麼樣！」孫如霜何嘗不想報仇，可是定遠侯府的人無論是葉未晴的爹還是那幾個哥哥，她哪位都惹不起。如果被發現了，有她的好果子吃！

「若妳想教訓她，我倒覺得有個方法可行。」羅櫻附在孫如霜耳邊悄聲說道。

「什麼方法？」孫如霜一顆好奇心被吊起，她恨不得馬上就好好教訓一下葉未晴。

「妳可以去問問妳哥呀，他人面廣，肯定能想到辦法幫妳整治葉未晴，又不會被發現是誰幹的。」羅櫻慢慢引導。「他可是妳的親哥哥，一定會幫妳的。」孫如濱是官家子弟中出了名不學無術的紈袴子弟，成天惹是生非，這個時候不正好幫妹妹出氣？

「那妳覺得如何教訓她比較好？」孫如霜想到葉未晴的慘狀，隱密的興奮湧了上來。

羅櫻嘴角微微勾起。「也不必太狠，她再怎麼厲害也只是個女子，找些人將她綁起來扔到小巷子裡，恐嚇幾句踹上幾腳，就夠她怕的了。」只要幫她做到這些就好，後面的她自然會補上。

離開宴還早，她們正商量著壞主意，與此同時，江氏則同其他幾家夫人閒聊著，葉未晴和葉彤在一旁靜靜等著。

葉未晴見葉彤呆呆地向某個方向望去，但那邊站了許多人，也不知她到底在看什麼，忍不住好奇地問：「妳在看什麼？」

今日葉彤居然沒和她說幾句話，委實反常，她這個妹妹可是一向能說會道的。

葉彤絞了一下手，連忙收回目光，眼中帶著心虛，說道：「沒什麼，就隨意看看。」

葉未晴眼角餘光瞄到賀家人正在向德安長公主獻禮，其中一名身姿婀娜的女子面覆輕紗，談笑間眉眼彎彎，正是她的閨中好友賀苒。

這個賀苒，表面上賢良淑德，所有人都對她稱讚有加，私下裡可是古靈精怪得很，和她算是興趣相投，沒少和她一起做壞事。

獻完禮，賀苒就急忙提著裙子跑到葉未晴的旁邊，一過來便撲到她身上，嚷道：「晴兒，我上個月染了嚴重的風寒，我娘不准我外出，沒想到錯過那麼多事。」

葉未晴知道她說的是解除婚約的事，便道：「錯過就錯過了，又不是什麼好事。」

「妳看，我現在還沒好，戴著面紗怕將病氣過給別人。」賀苒說著說著，蹙起了一雙秀眉。「我見妳似乎也並不怎麼難過，也是，何必為了三殿下那樣的人傷心呢！」

葉未晴噗哧笑了出來，隔著面紗捏了捏她的兩片薄唇。「小聲點，叫三殿下聽到了，就該將妳這小嘴縫起來！」

賀苒笑了幾聲，拉了拉她的胳膊，說道：「坐在這兒多沒意思，走，我們去後院看看，聽說孫府花園很別致。」

葉未晴道：「行。」

賀苒剛要拉著葉未晴走，就看見旁邊孤零零的葉彤，不好把她晾在這兒，就順便叫上了葉彤。「彤妹妹，妳要不要一起？」

葉彤驚喜地愣了一下，一直點頭道：「要、要！」

葉未晴越看越覺得葉彤今日實在有些怪異，整個人不知在想什麼，老是出神。

三人向花園走去。當年德安長公主嫁過來之前，整座孫府都重新修繕了一遍，因為德安長公主喜歡山水，才特地打造了這個花園。

迴廊交錯，曲徑通幽，倒是別有一番情趣，剛走過一扇門，便聽裡面有溪水聲回響，原來有一條小溪斜著穿過花園，水流貫通了整座孫府。

葉未晴走到溪邊，現在天氣還有些小寒，水位不高，露出溪邊的石頭，被水沖得十分光滑。溪裡有幾條金銀鱗錦鯉和花秋翠錦鯉，顏色鮮豔繽紛，在水裡游來游去，溪邊放了一些魚食，葉未晴捏了一點點撒到水裡，那些魚便都擠過來爭搶吃食，吃完了也不離開，彷彿是在等人繼續餵。

賀苒見了也想餵食，捏了一大把便要撒進去。葉未晴攔住她，說道：「照妳這個餵法，魚都要撐死了。」

「怎麼，牠們個頭這麼大還吃不了這些嗎？」賀苒疑惑道。

「這麼多賓客一人餵一點，魚早就飽了。」葉未晴指了指其中的一條。「妳看，牠肚子都撐成那樣了。」

賀苒道：「也是喔。」便也學著葉未晴只捏了一點魚食撒進去。

葉彤將手伸進水裡想逗逗那些魚，卻將魚都嚇跑了。她無奈地說：「我們還是去別處看看吧。」

賀苒笑了幾聲，幾個人又沿著小溪走，一道小石橋連接到對面，石橋另一邊有假山，看起來倒是個好玩的地方。

今天的葉彤不知怎的，竟然有些安靜，賀苒為了打破尷尬，便主動找葉彤說話。「彤妹妹，家裡為妳許了親沒有？」

「尚未……」葉彤答道。

葉未晴玩笑道：「妳年紀比她長，還未出閣，倒惦記起別人來了。」

「我哥都還沒娶親，我急什麼？要急也是他先急！」賀苒笑道，突然想到什麼，轉頭問葉未晴。「對了，其實妳可以考慮考慮我哥啊！他人挺好的，鐵定疼妳，雖然現在官小，不過以後肯定還會升的。」

葉未晴對她的哥哥賀宣有些印象，似乎在國子監裡任職，學問不錯，為人賢明通達，長相也充滿了書生氣。上一世裡後來確實也升了官，在一眾文官中算才學上乘。

她無所謂地道：「都行。」

「什麼都行，這種事哪裡能隨隨便便的？當然要精挑細選了！不過我敢保證，妳若是嫁過來，我只會有妳一個嫂嫂，我哥很專情的！」賀苒見她不排斥，開始說起自家哥哥的好話來。她知道，其實自家哥哥早就對葉未晴很是欣賞，可惜之前她與三殿下訂了親，旁人也不好再去打擾。

她說得正興起，一旁的葉彤滿臉憋得發紅，想說什麼又不敢說。

兩人講著講著，轉到假山後方，青瓦白牆旁邊露出一張石桌，桌旁赫然坐了五、六個人，將她們方才說的話一字不漏地聽了進去。

賀苒驚了一下，難為情地拉拉葉未晴的袖子。葉未晴幸災樂禍地看了她一眼，反正她剛才可沒說什麼，都是賀苒自己在說，尤其是這一眾人中間也有周衡，不知道他聽了那些話作何感想。

這樣想著，葉未晴落落大方地微微屈膝，行了個禮。「幾位殿下真是好興致，尋到這麼個清幽的地方說話。」

石桌旁坐著的正是周焉墨、周衡和二皇子周景、四皇子周淩，還有一位巧笑倩兮的女子，身著上好錦緞所製的碧霞雲紋裙，手上戴了幾個明晃晃的孔雀翎紋金鐲子，正是德安長公主的女兒孫如瀾。

「未晴……」周衡果然面色怪異地看了看賀苒，原本這幾人說話時都心照不宣地不敢提這件事，反倒讓賀苒揭到了眾人面前。

周景知道父皇叫他回來，就是為了看看這個葉未晴，便讓坐著的人挪了挪座位，給她們三人挪出地方，道：「如此碰巧，不如在這兒歇息片刻。」

賀苒接話道：「好啊，恰好我們也走累了。」於是拉著葉未晴和葉彤坐了下來。

三個位置，葉彤坐在中間，賀苒坐在左邊挨著孫如瀾，葉未晴坐在右邊挨著周焉墨。

周焉墨今日依然穿著玄色衣裳，外面披了一件玄色繡銀的斗篷，臉上的線條宛若雕刻，一雙眼淡漠地看著所有人，雖然未發一言，卻矜冷孤傲得讓人無法忽視。

四皇子周凌則貪戀地瞧了葉未晴好幾眼，睿宗帝將對周景說的話同樣對他說了一遍。葉未晴的確是他喜歡的類型，但是三皇兄正坐在這兒，二人婚約雖作廢，三皇兄的心思他還是知道的，他不敢做什麼，只能將視線轉移到旁邊的賀苒身上。她的臉上雖然覆著面紗，但也能瞧出鼻梁高挺，是個美人兒。

孫如瀾在這圈人中間，一頭霧水地聽著他們講她聽不懂的東西，但她又十分好學，便問：「剛才講的呢，繼續講呀！」

經她提醒，周景想起來他們原先正在談論邊塞戰事，便道：「方才說到，軍隊的將士得減少死傷，否則這樣下去只怕軍隊人數會越來越少。」

「死傷是不可避免的，否則叫將士惜命，無異於要他們貪生怕死，可不利於戰爭求勝。若想減少折損，只能靠更堅固的戰車和更鋒利的兵器。」周衡道。

「可惜要打造更堅固的戰車和更鋒利的兵器不是一朝一夕便能成功的，這樣豈不是陷入了死局?戰爭頻仍的情況下，兵力不足，無法戍守邊疆，該如何解?」周景努力思考。

周焉墨食指在石桌上隨意點了幾下，淡淡地道：「與其想如何減少折損，還不如想怎樣讓人們自願參軍。」

周凌道：「皇叔在邊關待了幾年，的確看得比我們透澈。」

周衡點頭贊同。「不少將士嫌路途遙遠，不想離鄉背井，在路上便逃跑了。」

周景建議道：「這樣如何？自願參軍者，其家人可得重賞，如此一來，將士們沒有後顧之憂，自可增加參軍意願。」

周焉墨搖了搖頭。「此法收效甚微。」

幾個人都陷入了沈思，而孫如瀾則是不知道說什麼，保持沈默。

葉未晴道：「我倒有個法子，不知管用與否。」

周景道：「且說來聽聽。」

葉未晴回想了一下前一世那些大臣是如何解決這個問題的，分析道：「邊疆人口稀少，將士們若需常年駐守邊關，便得離鄉背井、遠離父母妻兒，長久下來，不願去也是人之常情。可若是募民充實邊疆，便可以解決人們不願離鄉從軍的問題。」

周焉墨驚訝地瞥了她一眼，興趣稍微被提起。「那該如何募民充邊呢？」

「人都有趨利避害的本能，其實並不是每個人都只想待在城裡，對部分百姓來說，移民去邊疆反而是更好的選擇。」葉未晴勾了勾唇畔。「比如說，在京城犯法之人，可能得面臨嚴重的刑罰或者漫長的監禁，此時讓他選擇刑罰或是流放邊境，他當然會心甘情願地選擇流放。再比如，許以低階官職，讓有奴僕的人家自願獻出奴僕從軍。總之，以利益驅使，待邊境百姓變多，經濟日漸發展，對戰事也有利。」

周焉墨緩緩點頭。「有道理。」

這個方法也許真是切實可行的，利用人性對利益的渴望來達成目的，解決燃眉之急，這小丫頭確實很有手段。

「時候不早了，我們也該回前院了。」孫如瀾道，饒是她想再多學一些，也不能耽誤了母親的生辰宴啊！

眾人回到前院時，德安長公主正同幾位女眷說著話。

「近日北狄人過來擺市，那市集裡頭有許多新奇玩意兒，晚些大家可以結伴一起去逛逛，我就不去了，最近總感覺身子乏。」德安長公主提議道：「對了，別的不說，就說北狄盛產寶石，這些北狄商人帶來的首飾成色尤其好，每件都好看極了。」

「真的呀，等會兒一定要去看看！」幾位夫人都動了心。

江氏轉頭，給葉未晴遞了個詢問的眼神。北狄人極少來到盛京，當地的特產在盛京也極罕見，葉未晴知道阿娘想去，便點了點頭。

她一邊聽著夫人們寒暄，一邊密切關注著周衡的動向。她記得，上一世的這個時候，她才嫁給周衡幾日，剛過新婚他就十分繁忙，似乎在找對太子不利的證據。

此時周衡正入席，身旁坐了一位渾身充滿正氣的男子，頭髮用金冠束起，長了一雙劍眉，僅淡淡和周衡打了聲招呼，兩人便再也無話。

葉未晴看那人很是眼熟，認出那人正是諫官李宵徵，在上一世的記憶中，她常看到李宵徵出入周衡宮中，想來是不久之後被周衡收入麾下。

一直以來，周衡都沒有表露出對皇位的野心，人人都當他無心朝政，連她爹也被他這一點騙了，才會答應把女兒嫁給他。但她自己很清楚，周衡早早就在為自己的皇位籌謀布局，他現在最大的對手是誰？當然是太子。

所以他拉攏李宵徵的意圖便十分耐人尋味。李宵徵與太子有什麼關聯？他在扳倒太子這件事上又能起到什麼作用？

這些問題她暫時還得不到答案，但是可以確定，李宵徵在其中必定扮演一個重要的角色。

果然，沒一會兒，周衡轉頭開始和李宵徵談起話來，李宵徵面色逐漸沈重。

生辰宴結束時，天色將晚，賓客們陸續起身告辭，幾名夫人約好了一起去北狄人擺的集市逛一逛，於是領著自家寶貝女兒，結伴來到孫府不遠處熱鬧的街上。

集市上人滿為患，百姓們無論買不買得起都湊過來看熱鬧，葉末晴擠在人群中感覺都快要喘不上氣來了。

好不容易擠到一個攤位前，幾位夫人試來試去，碰到喜歡的付了銀子，又前往下一個攤位走去。

葉厲的俸祿少，所以霍氏和葉彤花錢總是緊巴巴的，不像江氏看上了什麼就買。葉彤一直盯著一對紫水晶耳墜看，眼裡閃著渴望的光，葉末晴將錢袋遞給她，慷慨道：「喜歡就買，北狄人的東西少，不買可能就要再等一年了。」

葉彤拿著錢袋，感動了許久。「謝謝姐姐！」

葉彤最終也沒有抵抗住誘惑，將那對耳墜買了下來。

趁著幾人向前走，葉未晴實在被擠得喘不上氣來，只能對江氏說道：「娘，我去旁邊人少的攤位看看，這兒太擠了，等下再回來找您。」

江氏點了點頭，囑咐道：「千萬別走丟了！」

另一邊的攤位不知為何，與其他攤位相比人很稀少，葉未晴走過去才覺得呼吸暢快了些。

這個攤位的老闆竟然是一對姐弟，年紀很小，大一點的姐姐比葉未晴要矮上一頭，二人的臉上稚氣未脫，長得有三分相像，模樣很是俊俏，帶著北狄人的影子。

他們面前擺了一些首飾，但是成色不好，種類寥寥，和其他攤位一比顯得格外可憐。

葉未晴疑惑地問：「你們的貨都賣完了？」

弟弟搖頭，一臉委屈道：「我們就只有這些，今日還沒賣上兩個，這位漂亮姐姐要不要帶走這支步搖？很配妳喔！」他拿起其中一支步搖，在葉未晴面前晃了晃。

「多少錢？」葉未晴問。

姐姐用手指比了個二。「二十兩。」

葉未晴搖了搖頭。「你們賣得比別人貴，東西成色又沒別人好，我為何要買你們的而不買別人的？」

話一撂下，姐姐眼眶漸漸發紅，說道：「我們原本從北狄帶了許多東西來賣，可是來的路上遇到了強盜，他們將值錢的首飾都搶走了，只留下這些給我們……若是不賣上這個價，根本不夠我們回去的路上買燒餅吃。」

葉未晴同情地看了看這兩個孩子，又問：「只有你們二人？你們的親人呢？」

「沒有，我們是孤兒。」弟弟微微垂下頭，聲音也變沈了些。「迫於生計，只能長途跋涉到盛京來做買賣，誰知道倒楣碰到了這樣的事。」

「姐姐可憐可憐我們，買一支步搖吧！」姐姐乞求道。

葉未晴難掩內心的訝異，這麼小就過著這麼辛苦的日子，實在令人同情。這些北狄人每年都會到盛京來販賣特產，獲利無數，或許她也可以從中尋到些賺錢的門道，同時又能幫助這兩個孩子。

想了想，她神色鄭重地看著姐弟二人，說道：「這些東西我不想買，不過，我倒是有個法子能幫你們。這樣吧，你們若想早日回家，明日就來定遠侯府找我，若有下人問起，說找大小姐即可，我有事同你們相商。」

姐弟二人立刻明白過來，眼前這位小姐是要伸出援手，感激道：「多謝貴人！」

「若是今日累了，也可以不必擺攤了。」葉未晴含笑道：「切記明日一定要來找我。」

姐弟二人雙手合十，彎腰鞠了好幾個躬，直到葉未晴消失在他們的視線中。

離開姐弟二人的攤位，葉未晴走向方才江氏等人逛的那個攤位，一時卻找不到娘親的身影，她又在人群中尋了幾圈，也是一無所獲，看來她們是走散了。怕娘擔心，葉未晴只得邊找人，邊往自家方向走去。

突然，什麼硬邦邦的東西抵在她的腰窩，她剛偏頭想要看看是什麼東西，身後卻傳來一聲低喝。「別看，往前走！」

說罷，那硬邦邦的東西又向前遞了遞，這回葉未晴感覺到了，抵在她腰窩的竟是一把匕首！

她瞬間渾身緊繃，只得僵硬地往前走，幾次想回頭卻都被身後的人制止，身後人忍無可忍道：「再回頭看，便剜了妳的眼睛！」

葉未晴再也不敢回頭看了，只有眼角餘光似乎看到後面的人穿了一身黑色布衣，臉長得普普通通讓人無法記住，而且並不只有他一人，他的同伴也混在人群當中。

她深吸了一口氣，試著商量道：「若是你想要錢，我可以給你。」說罷，摸了摸自己腰側錢袋的位置，空無一物，她這才想起來錢袋之前就給了葉彤。

身後的人看她沒有下文，卻也不惱，看來並不是衝著錢財來的。若真不是衝著錢財來的，那就難辦了。

在擁擠的人潮中，匕首藏在身後那人的衣袖裡，被很好地掩蓋住，而周圍也沒有人注意到他們的異樣，兩人在人潮中只能一點一點挪動，葉未晴沒有辦法逃走，想逃跑的瞬間就會中刀。

她只能將計就計，跟著身後人推她的方向走，起碼要到開闊一點的地方才能嘗試逃跑。不然等阿娘發現她走散了，回府通知阿爹和哥哥們出來尋她，就算她還沒成功逃走，阿爹和哥哥們也一定可以救她。

就是不知道，這黑衣人是誰指派來的，又想對她做什麼？

突然間，背後抵著她的匕首更用力了些，一陣狠狠的力道將她推到另一個方向，葉未晴沒站穩差點摔倒。

穩住腳步後，她不敢耽誤，直直往前走，但後面不知怎麼了，傳來砰的一聲，她不敢回頭，打算走到人少一點的地方再回擊逃走。以前總嫌學功夫累，現在她卻開始後悔沒有自保之力，以後一定要乖乖跟爹爹學功夫。

男女相比，體力懸殊，打不過他們，只能用一些特別的招數來制住他們了！

此時她已經走到集市尾端，人潮散去了些，葉未晴相準機會，深吸一口氣，凝聚起全身的力氣突起發難，轉身就朝著後面的人胯下一腳狠狠踹下去。這一腳力度相當大，連她自己都能感覺到腳疼，她就不信都這樣了，這人還有辦法抓她？

不料，剛回身邁出逃跑的步子，下一刻手腕就被捉住了！

背後傳來男人盛怒的聲音。「葉未晴，妳、在、幹、什、麼？」

葉未晴還掙扎著想跑，卻甩不開握住她手腕的那隻手，最後只能認命地僵硬回頭，當她一對上身後之人，立時驚訝地睜大眼，知道自己死期將近了——

周焉墨的身影赫然在目，他身材頎長，披著玄色繡銀斗篷，一身貴氣外露，臉色卻黑沈到了極點，眼神中透出的殺意讓她狠狠打了個寒顫。

周焉墨鬆開手，葉未晴將手背到身後，另一隻手揉了揉被他捏疼的手腕。

「王爺……我……我不是故意的！我以為你是壞人。」她小聲辯解道，卻怎麼看怎麼心虛。

周焉墨痛得眼冒金星，卻得硬生生忍住，幸虧這一腳踢偏了，這小丫頭出腳力道還真不小！他好不容易才從戰場上九死一生活著回來，卻差點栽在這小姑娘手裡，真是……

「我救妳一命，妳敢暗算我？」周焉墨的聲音冷得跟冰碴子似的，目光沈沈地盯著她。

「我不知道是你，快讓我看看你傷得如何？」葉未晴下意識地探出手，周焉墨驚了一下，立時抓住她的手腕。

葉未晴尷尬地停止動作，意識到自己的行為踰矩了，二人沈默著，僵持了半晌，她無力地開口道：「我送你去看大夫吧？」

周焉墨冷哼了一聲。「哼，妳若是踢傷了我怎麼賠？這可關係著皇室命脈。」

皇室命脈……葉未晴嚇愣了。若是弈王真因此不能人道，她會怎麼樣啊？入獄、問斬，她家也會受到牽連，這一世仇還沒報，該連累的都連累了，這不是比上一世還慘？

不行，這件事不能鬧大，儘量私了吧！私下解決好，別鬧到明面上去。

葉未晴焦急地拽著他的胳膊，催促道：「你還是快去醫館看看吧，別耽誤了，否則能治都拖得不能治了。」

周焉墨卻紋絲不動，任她如何拉都不動，僅僅拋下兩個字。「不去。」

「不用怕，我會讓所有人閉嘴，不會讓此事傳出去，王爺千萬別硬撐。」葉未晴勸說道。

「不必。」這頭驢是怎樣都拉不動。

「你真的可以放心，以後你不提這事，我不提這事，不會有別人知道。」她苦口婆心地勸說，就差沒跪下磕頭求他了。

「我說不必了，耳朵有問題？」周焉墨失去耐心，就算真傷到了，他怎麼可能跟個小姑娘去醫館看這傷？都怪自己愛管閒事，念及和定遠侯的交情才出手救她，倒害得自己陷入這莫名其妙的局面。

說罷，他理了理被她抓皺的斗篷，逕自向前走，留給她一個孤傲的背影。

葉未晴急忙跟上，問道：「你去哪兒啊？」

周焉墨深吸一口氣，努力壓抑自己的怒氣。「送妳回侯府，妳和家人走散了，一個人在外頭太危險了。」

新月悄悄爬上漆夜，辰星幾點，路上偶有幾個行人，燈籠泛著澄黃的光，被風吹得搖搖曳曳。前方這人的背影和投在地上的影子，彷彿上面寫了四個大字：我很生氣。

剛出門時還是一天中日頭最盛的時間，葉未晴穿這一身正好，入夜後寒氣上來，卻顯得有些單薄。風一吹過，她忍不住瑟瑟發抖，心中碎唸這弈王倒是不識好歹，穿得這麼厚，也不知將斗篷借她穿穿。

終是一路無話回到了定遠侯府，周焉墨停下腳步，連身子也不轉，只是頭向著侯府大門的方向偏了偏，示意她該進去了。

葉未晴微微欠身，道謝。「多謝王爺相救，王爺還是去醫館看看吧。」

周焉墨咬緊了後槽牙，這丫頭半句不離讓他去醫館，倒是很關心他傷沒傷到。

他轉過身，走到葉未晴面前，一股子威壓的氣勢傳了過來。葉未晴雙手抬起，左手捏著光滑小巧的耳垂，右手一摘便取下一只耳墜。

那是一只鑲著瑩潔光滑的白玉珠子耳墜，她伸手放在周焉墨手中，周焉墨不解地看著她。

「這是欠你一個人情的憑證，以後有什麼忙我能幫上，拿著此耳墜來找我就是。」葉未晴一臉正色地說道。

周焉墨不屑地看了看手心，問道：「我有什麼事會需要請妳幫忙？」

葉未晴對於他把她看低了的舉動很不爽，便故弄玄虛道：「你可知諫官李宵徵？他可有些耐人尋味的秘密，可能周衡會有興趣。」

李宵徵有什麼秘密，她不知道。不過她小小透露一點蛛絲馬跡讓周焉墨知道，若是他查得出來，搶在周衡前面得到此人的效忠，也未嘗不是一件好事。反正，周衡的敵人就是她的盟友。

周焉墨面色肅了肅，問道：「妳知道些什麼？」

「言盡於此，王爺想知道還是自己動手查吧。」葉未晴含笑道。

「哦，告辭。」周焉墨冷地瞥了她一眼，轉身就走了。

這，這就走了？葉未晴被噎住，瞪著他的背影直到他消失在視線中。這弈王真是一點都不拖泥帶水，她又在外面吹什麼冷風呢？

弈王府與定遠侯府只隔了一條街和幾座府邸，周焉墨沒多久便回到了弈王府。門砰的一聲被踹開，周焉墨黑著一張臉走進大廳，裴雲舟一臉心疼地看著那名貴的雕花木門就這樣慘遭毒手。

身為奕王的親信，他一向隨意出入弈王府。但已經記不清有多久沒見周焉墨這樣氣過了，不由好奇地問道：「怎麼了這是，誰惹你了？出去辦個事這麼久才回。」

周焉墨不想提，一個字都不想提，這件事說出來也未免太丟人，叫裴雲舟知道了指不定要怎樣笑話他。

周焉墨冷冷道：「不想說。」

裴雲舟便也沒再管他，自顧自地斟了一杯茶。

周焉墨道：「周衡開始接觸李宵徵了。」

裴雲舟點了點頭。「魚上鉤了，一切都在預料之內。」

今日可真是諸事不順，唯有這件事能稱得上令人開心。大腿還在隱隱作痛，周焉墨越想越生氣，看著眼前的木凳也覺礙眼，索性一腳將木凳踢飛。

裴雲舟看得目瞪口呆，能讓周焉墨氣到如此程度，卻又只能拿門和凳子撒氣的究竟是什麼人什麼事？他越來越好奇，笑意控制不住蔓延在臉上，這可不能讓周焉墨看見，忙飲了口茶掩飾過去。

他一定要查一查發生了什麼事，好讓他也樂呵樂呵。

第四章

葉未晴一進府，便看到急得團團轉的岸芷，岸芷看到她，馬上撲了上來，問道：「小姐，妳可去哪兒了？侯爺和夫人都急壞了！」

「這不是回來了嗎，我爹娘人呢？」葉未晴問道。

「夫人回來說妳突然不見了，侯爺帶人去將集市圍了起來，應該正在一處處搜呢！」岸芷回道。

「那快遣人去告訴他我回來了，不必擔心。」葉未晴道，阿爹阿娘肯定急死了。

葉安收到消息後，馬上返回侯府，看到女兒安然無恙後才安心，知道是周焉墨出手相救，大大感激，決定改日有機會一定要親自登門道謝。

葉未晴安撫了受驚的爹娘，然後便回了自己的院子，但又越想越不安心。這弈王若是放不下面子，一直不去看大夫，病情耽誤了可怎麼辦？他自己不在意，她可是害怕得緊。

擔驚受怕中，葉未晴找出一件斗篷披上，和高軒一起出了門。

二人提著燈籠，直奔最近的一家醫館。

進了醫館，卻看不見人，葉未晴焦急喊道：「可有大夫？」

一名老者掀開內室的簾子，慢慢地走了出來，說道：「哪位是病人？」

「病人在弈王府，大夫可否隨我走一趟？」葉未晴問。

「弈王府？」一雙纖長蔥白的手撩開簾子，內室又走出一名容貌清麗的女子，穿著杏白色襖裙，肩若削成，腰如約素，端莊出塵。她答道：「我就是大夫，走吧。」

女子揹起了旁邊的藥箱，葉未晴猶豫道：「是位姑娘……算了吧，能不能換個男大夫來，病人情況較為特殊。」

女大夫蹙起細眉說道：「每個病人的病情都是特殊的。」

「呃……但這位病人可能不希望讓女大夫來看。」葉未晴委婉地提示道。

「我可以知道是弈王府的哪位受傷了嗎？」女大夫問道。

「不瞞妳說，正是弈王。」葉未晴咬了咬唇，希望這姑娘能被弈王的身分嚇退。

「那便走吧！弈王的傷都是我在看的。」女大夫淡淡地說道。

葉未晴恍然大悟，看來這女大夫是周焉墨專屬的大夫，那他應該不會那麼抗拒了吧，畢竟都是熟人了。葉未晴擺個手勢，趕緊將人請了出去。

只是這一路上，女大夫問都不問她一句關於弈王的病情，真是好生奇怪。按理來說，大夫都應先初步瞭解病人的病情才是，而且怎麼她聽聞弈王受傷，一點都不著急？

三人走至弈王府門前，守門的護衛看到女大夫，竟然不需入內通報就直接開門，看來這女大夫真是與他們熟識的，葉未晴放下心中的顧慮。

幾個人走到正廳，一路暢行無阻，完全沒有人攔他們。

廳中正坐著二人，一人身著玄衣，一人穿著霽青色長衫，葉未晴認出穿著霽青色長衫的那人正是新科狀元裴雲舟。

前世裴雲舟在官場也是極為知名的人物，據說出身貧寒但才華橫溢，中了狀元後官場之路平步青雲，是眾多書生所崇拜的人物。她對他也頗為欣賞，卻沒有機會結交，很是遺憾。

裴雲舟看到葉未晴後愣了一下，不懂她為什麼會深夜出現在此處。「葉姑娘？」在看清身後的人時，更是一頭霧水。「雲姝？妳來這兒是……」

「哥哥。」裴雲姝敷衍地打了聲招呼，馬上轉到正題。「聽說王爺受了傷，我來替他看看。」

裴雲舟挑了挑眉梢，打量了周焉墨幾眼，他出去一圈居然受傷了，還瞞著沒說？

周焉墨面上染上慍怒之色，銳利的目光掃到葉未晴身上，問道：「妳找的大夫？」

葉未晴淡淡笑道：「是啊，正巧遇上了你們王府的大夫，我就請她過來了。王爺快來給大夫看看，別想那麼多，身體要緊，男人麼，傷到那裡可不是小事。」

裴雲舟含在口中還未嚥下的茶一口噴了出去，桌上和地上都留下了水漬，他被茶水嗆到，不停地咳，咳到眼眶含淚。

裴雲姝原本還沒反應過來是什麼意思，看到她哥的樣子終於明白過來幾分，臉頰染上幾絲薄紅，微微側頭赧然。

周焉墨冷著臉起身，慢慢走到葉未晴面前，居高臨下地看著她，語氣無比正經。「既然葉姑娘如此擔心，我幾次三番說無礙妳都不信，不如就請葉姑娘親自看看，也較能安心。」

葉未晴心中閃過一絲慌亂，正想用什麼話搪塞過去，沒想到周焉墨一把拽住她的腕，她被迫踉踉蹌蹌地被他拉著走向旁邊的房間，跟在後面的高軒立時閃到周焉墨面前，但還沒來得及出手攔他，就被幾個突然冒出來的暗衛制住，手腳動彈不得。

周焉墨冷哼一聲，拉著葉未晴進了屋子，裴雲姝著急地跟過去，周焉墨卻在她進來之前關上了門，聲音從門內傳來。「我有事與她說。」

裴雲姝只好尷尬地停在外面，側耳想聽他們在說什麼。

葉未晴沒想到周焉墨會來這一齣，不滿地問：「弈王有什麼話不能在外面說，非要在屋裡說，不怕裴姑娘誤會了？」

「她誤會什麼？」周焉墨皺了皺眉。

葉未晴瞪大眼，難不成他還不知道裴雲姝的心意？方才她去醫館找大夫，一提奕王府，裴雲姝馬上就出來了，之後無論是表明弈王的傷都是她治的，還是帶她旁若無人地走進弈王府，無非都是在宣示主權罷了。

葉未晴挑釁地看著他。「當然是誤會我和你有什麼。」

「那可能……不是誤會。」周焉墨勾了勾嘴角，眼中閃起玩味的光。

裴雲姝在外頭聽到這話，再也聽不下去，眼睛紅紅地走了。

看著門上投下的陰影消失，周焉墨才放下心，打算說些正事，卻看見葉未晴微微抿著嘴，明顯是有些緊張。

她在怕他？

這個整天算計人的小姑娘，居然也會怕他？

捉弄之心漸生，不知為何每次看到她，他都想嚇一嚇，看看她會出現什麼可愛的反應。

他的手覆上自己腰間的衣帶，一點一點拉扯，故意廝磨著她的理智。葉未晴嚇得一激靈，雙手捂住眼睛，喊道：「不是吧，周焉墨，我不看我不看，你別脫衣服。」

周焉墨不說話，短促低沈的笑聲從他喉中逸出，葉未晴口不擇言地亂罵。「快放我出去！你這人有病是不是？你到底有什麼不可告人的怪癖，趕緊讓裴姑娘來給你看看！」

說著，她不敢睜開眼睛，只能閉著眼去開身後的那扇門，但是那扇門早在進來時就被周焉墨閂上了，她怎麼也打不開。

慌亂中忙活了半天，身後也沒有動靜，葉未晴察覺不對，轉過身來，將眼睛睜開了一條小縫。這樣的話，如果看到什麼不該看的，她還能閉上眼假裝自己沒看見。

只見周焉墨恢復正經之色，抱著雙臂站在她面前，一臉認真地探尋，葉未晴索性睜開眼睛，氣得臉泛薄紅，斥道：「王爺想玩鬧盡可找別人，小女子恕不奉陪。」

「本王做什麼了？」周焉墨擺出不解的樣子，實際上卻心情大好。「我倒是不懂葉姑娘為何突然捂上眼睛，說一堆莫名其妙的話。」

好啊，現在倒成了她的不是了，她就不該捂什麼眼睛，反正上一世也成過親，什麼沒見過？看了反而是周焉墨吃虧！這樣一想，反而鎮定了許多。

她毫不示弱地上前一步，只餘一邊的耳墜上頭白玉珠一晃一晃的，身上的暗香也一下子鑽進了他的鼻子。她仰頭微笑道：「沒什麼，王爺就當我胡言亂語吧。怎麼樣？不是要讓我看病嗎？快讓我看啊！」

周焉墨語滯，這小姑娘是不是學過變臉，臉一套一套地變，就是沒有一張真。

鬧了半天，還沒說到正事，但他突然又不想單刀直入，默了一會兒，說道：「慢慢慢，今日妳說的那個募民移邊的策略很好。」

葉未晴傻了，難不成他就是想同她說這個？這可是上一世肱骨大臣們提出來的策略，若說單純是由她所提出，未免會引起懷疑，只怪自己當時沒有考慮太多，逞一時口快。她不知道周焉墨是不是在試探她，只能說：「我是……跟在爹爹身邊薰陶久了，也就學到了他的一些想法。」

周焉墨深深地看了她一眼，他和葉安相處兩年，知道他是什麼樣的人，只知道帶兵打仗，對各種謀略鬥爭知之甚少。也就是他總待在邊疆，若是在盛京裡做官，能不能在漩渦中存活都兩說。這樣的策略，他是萬萬不可能想出來的。

「哦。」周焉墨不置可否。

葉未晴狐疑地看著他，不知他想說什麼。

她問：「王爺還有事？」

周焉墨問道：「妳很恨周衡？為什麼？僅僅因為他負了妳？」

提到此人，她平靜無波的眸中似乎撕開了一道裂縫，目光變得銳利起來，卻還是極力掩飾情緒，點頭承認。「沒錯，我很恨他，怎麼，你這個做叔叔的想替他討公道嗎？」

她現在還拿捏不準周焉墨的立場，說話還需萬分小心。

周焉墨看穿了她的想法，似笑非笑地看著她。「我自己本就如履薄冰，哪能替他討公道。」

「那王爺問這事的目的是？」葉未晴目光灼灼。

「卿月樓的事明明是妳一手策劃的，偏偏還要裝得跟隻小綿羊一樣。」周焉墨勾了勾唇。「我只想說，妳刻意和我提到李宵徵，無非是想用我的手干涉太子與三皇子之間的鬥爭，只是我自身尚且難保，沒辦法如妳所願。」

葉未晴垂下眼簾，有些倔強地說道：「好吧，那我便自己來。」

他一動不動地盯著她。「不過，我捉到了在集市上挾持妳的賊人，是兩夥人。」

兩夥人？葉未晴聞言一怔，看來她重生回來的這段日子還得罪了不少人。那些歹人沒被爹爹抓到，原來是被弈王抓了，葉未晴在心裡默默記下了恩情。

「現如今他們就關在這裡，明日妳可以過來聽聽他們說了什麼。」他又道。

葉未晴微微欠身。「多謝王爺。」

一隻手突然伸向她腰側，葉未晴驚了一下，隨即想起方才周焉墨是怎樣捉弄她的，說不準這次也是在捉弄她，所以她強迫自己鎮定下來，一動也不動。

「啪」一聲，門開了，原來他只是將門閂打開。

周焉墨似未察覺她的異狀，慢慢走了出去。二人回到正廳，裴雲舟看見他們，尷尬地咳了一聲，問道：「看完了？」

葉未晴一愣，還沒想到要怎麼回，要命的是，周焉墨淡淡地應了一聲。「嗯。」

裴雲姝姣好面容的臉上有些蒼白，憤憤地朝別處看去，就是不看眼前的二人。

時間不早了，葉未晴不想多留，便與他們道了別，只是回去的一路上卻止不住在想事情。其實這一次她來弈王府，不僅是為了關心弈王的傷，更是想親自到奕王府探訪一下，看看一向神秘低調的奕王有沒有藏什麼秘密。

果然，皇親貴族就是不一樣，王府表面上看來門戶洞開，實則從裡到外都戒備森嚴，透露著詭異的氣氛。所有的小廝看來都是練家子，剛才那突然冒出來制住高軒的幾人更是身手不凡，訓練有素。她以前便覺得周焉墨不簡單，現在更覺得他不尋常，身上隱藏著極大的秘密。

她對他身上的秘密越發好奇起來，甚至蓋過了想知道是誰買凶挾持她。

翌日，前一天在集市擺攤的兩姐弟早早就來找葉未晴。葉未晴詳細地問了他們北狄的情況，原本的計劃也漸漸有了輪廓。既然北狄的貨物在盛京如此受歡迎，其他地方想必也是，她可以從長計議，在盛京開間鋪子，把北狄的貨物販賣到大周各地去。

只要多雇幾個人手，讓姐弟倆帶領他們回北狄採買物品，等她的人手熟悉了路線之後，小孩子若不想再顛沛流離，也可留在盛京幫她照看店面。

既然已有了明確的想法，接下來她拿出私房錢交代岸芷好好安頓這對姐弟，再找人手去操辦各項事宜。由岸芷負責安排這些事，她十分放心。

然後，她便帶著高軒去了弈王府。雖然實際上帶高軒去也起不了什麼保護作用，但是高軒昨天回來後一直心有餘悸，更是非要跟著她不可，葉末晴無法，只得讓他跟了。

弈王府的小廝將她領到大廳，今日的周焉墨只用一根竹簪綰起髮，銳氣稍減，又添慵懶，整個人似乎溫和了許多，這樣一看才發現他的鼻子和周衡長得有點像。周衡相貌英俊，溫潤平和，不然她也不會愛上他，不過周衡和周焉墨一比，就顯得黯淡無光了。

這些皇親貴族長得都不差，弈王生成這樣，他母親會是何等絕色呢？只可惜從沒聽說過什麼關於他母親的消息，她也只能推測弈王的母親該是位美女。

「妳來了。」周焉墨淡淡地看了她一眼，跟帶她進來的小廝比了個手勢，小廝會意，行了個禮後離去。

「走吧。」周焉墨起身步出廳外，走過彎彎繞繞的路，來到一間不起眼的屋子前，邊走邊用手中的摺扇有節奏地輕輕拍自己的手心。

葉末晴沈默地跟在他身後，看他推開門，一股子潮濕腐朽又血腥的氣息撲面而來，有十來個人被扭曲地綁著躺在地上，地上點點血跡，每個人的身上都有傷痕，皮肉翻出還未結痂，看來是新添的傷，幾處衣服破破爛爛，明顯是被鞭打的。

周焉墨突然覺得讓一個小姑娘看到這樣的景象實是不妥，皺著眉偏頭看了她一眼，見葉未晴臉上沒有任何表情，也就放下心來。

「你的人打的？」葉未晴問道。

周焉墨點了點頭。

葉未晴含笑道：「打得好！」

周焉墨挑眉看了她一眼，說道：「他們被打怕了，一直盼著妳來。」

葉未晴笑了笑。盼著她來，他們交代了一切，就可以不用繼續遭這罪嗎？那可不一定。

那幾個歹人口中都堵上了布，正悶聲哼著，周焉墨道：「摘了。」馬上便有幾人索利地上前，將所有人口中的布都摘了。

「誰指使你們來的？」葉未晴問。

幾個人瘋狂地喊著。「是濱哥讓我們來的！我們只是幫他的忙，沒想把您怎麼樣，求求您大人有大量放了我們吧！」

葉未晴心中了然，他們口中的濱哥大概就是孫如霜的哥哥孫如濱。

另一夥人卻瑟縮著不敢說話，只是聲音微弱地說道：「是羅府的一個婢女給了我們銀子……」

「哪個婢女？她給銀子要你們做什麼？」葉未晴問道。
「不認識，給了許多銀子……讓、讓我們……」那人猶豫著不敢說出來。
弈王府的人立刻上去狠狠踢了一腳，惡狠狠地說道：「說啊！」
「就是讓我們那個……說是把那又白又嫩的姑娘綁回去，任我們要怎樣就怎樣，她給的銀子又多，我們就同意了……」他低下頭，不敢看葉未晴。
「哦……我明白了。」葉未晴恍然大悟，心下升起一股惡寒。
雖說是由婢女出面，但背後指使的必是主子，這個羅櫻心思真是歹毒非常，連毀女子清白的事都敢做，更別說一邊和孫如霜裝作好姐妹，一邊攛掇孫如霜出頭了。
若不是周焉墨出手相救，昨晚她的下場恐怕會十分淒慘，先被孫如濱的人擄去嚇唬一番，然後緊接著再中羅櫻的圈套，她一個弱女子獨自面對這麼多壯漢，根本無法逃脫。
周焉墨挑了挑眉，他的眼線遍布全城，所以早就知道周衡和羅櫻的事，各方勢力包括羅家的動向他都有所掌握，又有什麼事他會不知道？
葉未晴狠狠掐著手心，決定非給羅櫻一個狠狠的教訓不可。
她看了看自己的雙手，白淨無瑕，卻摸過無數親人的鮮血，她早已身在地獄，無法重回光明。她會手刃所有的仇人，將他們拉入地獄……
過了幾日，便到了春獵的日子。大周每年都有春獵與秋獵，朝廷官員們會帶著家眷前去參加，比一比誰家獵到的獵物多。

草長鶯飛，春意融融，這一回葉未晴為了節省用度，沒有做新的騎服，穿的是去年做的騎服。這一年她身子長了不少，穿著竟有些緊，但也因此將弧度更好地勾勒出來。

葉未晴那海棠紅的騎服無比惹眼，頭髮高高束起，看來更顯英姿颯爽，頗有將門之女的丰姿。獵場上不少世家公子見了，在一旁竊竊私語起來。周衡聽到了面色有些難看，心裡又有些後悔，背負著這樣的心情，這些時日他甚至都沒和羅櫻聯繫過。

葉未晴翻身索利地下馬，站到了葉銳身邊，動作行雲流水，更是惹眼，葉銳察覺到那些紈袴們的目光，不滿地瞪了回去。

葉未晴武功不行，騎射倒還可以，每年春獵、秋獵都能小小地出一把風頭，因此這向來是她最期盼的日子。就如同現在，她早已迫不及待想下場圍獵，好不容易聽完睿宗帝說的一大堆話，鼓聲密集地敲起，意味著春獵正式開始。

葉安側過頭看著他的子女，笑道：「去年銳兒射下的獵物還沒有未晴多，看看今年是否還是這樣。」

葉銳稍顯尷尬，卻還不服地說道：「還不是怕她輸了會哭，我今年可不會讓著她了！」

葉嘉無情地拆穿他。「晴妹妹哪會因為這種事情哭？你就別找藉口了。」

葉銳又道：「其實我是手疼！」

葉未晴笑嘻嘻地上馬，在葉銳面前繞了幾圈，故意氣他。「二哥，輸不可怕，可怕的是輸了還非要找藉口，看著吧，你今年不手疼，應該是肩疼了！」

說罷，不等葉銳還嘴，葉未晴駕馬一溜煙地跑了出去，葉銳氣呼呼地又裝了一把箭矢，趕緊跟上了妹妹的腳步。

葉未晴騎著馬跑進林子裡，看見一隻趴在草叢中的兔子，凝神搭弓，箭剛射出，葉銳就射了一箭打偏她的箭，偏偏不讓她射中獵物，一直在旁邊搗亂。

葉未晴無奈，連哥哥也不叫了，喊道：「葉銳，你能不能做點大人做的事！」

葉銳裝傻。「啊？怎麼了，我們不就是在打獵嗎？大人不能打獵嗎？」

葉未晴氣得拿弓抽了他幾下，說道：「公平競爭懂不懂！連你妹妹都贏不了，太丟人了吧！」

葉銳哈哈大笑，跑到一邊去了。葉未晴這時才能安心認真打獵，不多時就看到了一隻鹿，幾箭射出，鹿奄奄一息地躺在地上，葉未晴將自己的獵物放在馬背上，等中午回去可以給阿娘、嬸嬸和葉彤烤鹿肉吃。

剛要出發去下一個地點，卻聽身後一陣倉促的腳步聲傳來，居然是岸芷慌慌張張地跑來了，一看到葉未晴，便撲了上來，眼淚嘩嘩地流了一臉。

能讓岸芷慌成這個樣子，究竟是什麼事？

「小姐，汀蘭被羅夫人抓起來了，羅夫人冤枉她偷東西，說要剁了她的手，妳快隨我去看看吧！」岸芷泣道。

葉未晴抓著她的手緊了一下，深呼吸幾次讓自己平靜下來，說道：「別慌，我回去看看。」

扶著岸芷一起坐上馬，二人策馬一路飛馳回去，來到羅家的帳子裡，只見汀蘭哭泣地跪在地上，半邊臉紅腫著，臉上浮起一個紅紅的掌印，羅夫人和羅櫻趾高氣揚地坐在上首。

羅夫人看見葉未晴進來，冷笑了一聲，說道：「葉姑娘可算是過來了，管管妳這丫頭吧，手腳不乾淨，居然伸到我們羅家來了。」

葉未晴尋了個凳子坐下，淡淡地說道：「我倒是不知道我的侍女手腳怎麼不乾淨了。」

「櫻兒丟了支簪子，正在四處找呢，沒想到竟然就從她身上掉出來了。」羅夫人拿出一支銀簪，又指了指汀蘭的頭上數落道：「妳再看看她頭上戴的什麼？有婢女戴這種首飾的嗎？不知道又是哪兒偷來的。」

葉未晴瞄了一眼汀蘭頭上的首飾，正是她賞給汀蘭的碧雲點翠花簪。

她一點都不相信羅夫人所說的話，說到底如果羅家人要找碴，指不定什麼時候將銀簪偷塞在汀蘭身上，汀蘭也是百口莫辯，就算只是直接扔在地上，也能空口說是從汀蘭身上掉下來的。

汀蘭哭喊道：「小姐，我真的沒有偷東西！」

「沒事的，別怕。」葉未晴輕聲安撫汀蘭，而後對著羅夫人冷笑一聲，說道：「羅夫人真是好眼光，看得出我家婢女頭上的花簪名貴得很，正是我賞的。」她說著說著，拿起桌上的銀簪，在手裡把玩了幾下，然後放回桌上。「這支銀簪比她頭上的差遠了，她都有了那麼值錢的花簪，又去偷普通的銀簪，這不是違反人之常情嗎？」

羅櫻輕蔑地看了眼汀蘭，回道：「人的貪心總是無窮的，能變賣銀子的東西當然越多越好。」

「我們定遠侯府的下人月銀不少，吃穿用度可寬裕得很！」岸芷在旁邊不滿地辯解。

葉未晴問道：「不知是羅夫人身邊的哪位婢子發現汀蘭身上藏著簪子？」

一位面容嚴肅的嬤嬤從羅夫人身邊站出來，說道：「正是在下。」

葉未晴刻意上下打量她幾眼，搖了搖頭，嘆道：「果然一股寒酸味，怪不得以為其他婢女也會偷東西呢……」

言下之意就是指羅家自己寒酸，給下人的月銀少，有奴僕手腳不乾淨的事發生，東西丟了才會懷疑奴僕，別人府第可沒有發生過這種事。

羅夫人面色不豫，喝道：「妳少顧左右而言他，現在是妳的婢女偷了我們的東西，我們是出於好心才沒有將她送到官府，妳最好識相點，看要如何給我們個交代！」

葉未晴笑道：「好啊，不如這樣，我們先請個局外人來做見證，如果需要任何處置也會公平些，不偏不倚。」

羅夫人點頭，表示同意。

葉未晴轉頭看向岸芷，悄悄使了個眼色，說道：「去請弈王。」岸芷會意地點頭，迅速跑了出去。

羅櫻狐疑地看了她幾眼，不知道葉未晴想做什麼，但是心中卻生出了一種不好的預感。

岸芷不知是去哪兒尋周焉墨了，過了許久才回來，奕王跟著進入帳內，面無表情地看著眾人。

「就麻煩奕王做個見證了，岸芷應該把事情都向您報告過一遍了吧！感謝羅夫人沒將我家婢女送到官府，我也準備了回禮報答妳們。」葉未晴淡淡笑道，對著身後喊道：「將人帶進來！」

隨著話音落下，幾個被五花大綁蒙住眼的壯漢讓人拉了進來，正是那幾個對葉未晴意圖不軌的人，羅櫻的貼身婢女荷香臉色倏地大變，只因給他們銀子、吩咐他們動手的人就是她！只是那天之後，這幾個人就沒了音訊，也沒聽說葉將軍抓到了任何人，小姐和她都以為是這幾人沒有得手，帶著銀子跑了，沒承想是被葉未晴抓起來了！

荷香抖如篩糠，瑟縮地往羅櫻身後躲，羅櫻也險些坐不住，強壓著驚恐看葉未晴到底想做什麼。

葉未晴看向羅夫人，羅夫人正一頭霧水，這件事她沒有參與，不知道具體什麼情況。葉未晴淡淡地笑著，解釋道：「不瞞夫人說，前幾天我在逛集市時差點被這夥歹人劫走，根據我的調查，這些人似乎和羅府有點關係……」

羅櫻慌張地喊道：「有什麼關係？沒憑沒據的，妳別血口噴人！」

周焉墨冷眼旁觀著一切，將每個人的反應收入眼中，馬上就看出羅櫻是心虛了。

「正因為如此，我才蒙上他們的眼睛，現在一個一個揭開，讓他們當場指認叫唆者，更有說服力。」

葉未晴轉頭示意，第一個人蒙眼的布被摘下，只見他左右看了看，突然指著羅櫻身後的荷香激動說道：「是她，就是她給我們銀子的！」

葉未晴點了點頭，這個人的眼重新被蒙上，下一個人蒙眼的布又被摘下，這麼依序輪了一遍，個個都準確無誤地指認出同一個人。

周焉墨淡淡地說道：「天子腳下居然出了這樣惡劣的事，陛下若知道，一定會嚴查。」

羅櫻氣急敗壞，這事萬不能和她沾上關係，否則後患無窮。她只得狠心斥道：「荷香！怎麼回事！」

荷香自然也知道其中利害關係，她是個忠心護主的丫鬟，打算自己承擔一切。她跪下，爬到葉未晴身前，揪著她的衣襬，肩膀顫抖地哭喊道：「是我做的！葉姑娘，我罪該萬死！這一切和我家主人沒關係，都是我的錯！」

葉未晴默默地躲開了她，假裝驚訝地問道：「啊？我和妳無冤無仇，妳為何要這樣做？」

荷香一逕地猛磕頭，喊道：「是我妒忌您，妒忌您命好又美貌無雙，有人愛著寵著，而我只是個小婢女……」

葉末晴心中嘆了口氣，這荷香也真是傻，她對羅櫻如此忠心，羅櫻卻是個什麼都可以捨棄的人，說不定根本不會感謝她的犧牲，反而還會怪罪她做事情做得不乾淨。

不過，透過荷香給羅櫻一個警告，也未嘗不可。

「好吧，既然我安然無恙，這件事我也不想鬧大，感謝羅夫人沒將我家婢女送到官府，你家婢女犯的大事，我們就私了吧。」

「就……就聽妳的。」羅夫人被這突發狀況嚇傻了，一旁的羅櫻更是冷汗涔涔，若是葉末晴堅持追查下去，這件事可能牽連全家。

葉末晴冷下臉，蹲在荷香面前，抽出匕首，刀刃細細地在她臉上比量，似乎在認真考慮從哪裡下刀比較好。她問羅櫻：「羅姑娘，現在請妳說說，妳覺得我該怎麼處置妳的婢女比較好？」

羅櫻閉上眼睛，狠下心說：「都聽妳的，別在這裡弄出人命就好。」

葉末晴卻問道：「我家婢女應該沒偷妳東西吧？」

羅櫻深吸一口氣，隱忍道：「沒偷。」

葉末晴滿意地笑了笑，周焉墨饒富趣味地看著她，想知道她究竟會怎麼懲罰這個荷香。

「妳先起來。」

葉末晴要荷香起身，荷香哭哭啼啼地站到桌旁，葉末晴拉起她的右手往桌上一放，另一手拿著匕首卯足了力一把扎穿她的右手掌。荷香慘叫一聲，羅夫人驚呼地捂住自己的眼睛，沒想到葉未晴一個姑娘家會在眾目睽睽之下下這樣的狠手！

羅櫻狠狠地掐著自己的手心，差點將指甲掐斷，瞪著葉未晴的眼睛冒著仇恨的光，知道她這樣對付荷香，其實是在警告自己！

葉未晴冷著臉將匕首拔出來，眼睛眨都不眨，拿出手帕擦了擦血，然後將匕首收了起來。霎時狹小的帳子內無人敢發一語，荷香捂著受傷的手掌，血越流越多，污了地上的毯子，卻沒人敢為她找大夫。

周焉墨站起來，淡淡地說道：「好吧，這事算了結了，葉姑娘也是給足了你羅家面子，只是輕輕懲戒一下，無事的話本王先離開了。」

葉未晴點頭示意。「麻煩王爺跑這一趟。」

看著周焉墨離開，葉未晴先是命令將那幾個歹人帶下去，隨後也離開了帳子。羅家的人這才敢收拾善後，先替荷香找大夫過來止血，羅夫人直到荷香的手包紮好之後才緩過來，而羅櫻早已是一臉不耐煩。

羅夫人心有餘悸地說：「那葉未晴怎麼下得了手，我的天哪！」她只是想抓住周衡這個女婿，教訓一下葉未晴，沒想到反過來被她將了一軍，定遠侯府的人可真不是好惹的。

羅櫻心中不快極了，對著帳子內所有人說道：「這件事誰也不許在外頭多說一句，若是被我知道了，就等著死吧！」

如果被爹知道她們母女今天做的事，他一定會憤怒到極點，不認她這個女兒都有可能。

更不能讓周衡知道，原本這段時間周衡就一直迴避她，若知道她安排人對葉末晴下手，他肯定會跟她斷了關係。

所有人看著她扭曲的臉，瑟縮道：「是，小姐……」

離開羅家的帳子後，葉末晴看到周焉墨在外頭等她，微笑著對他說：「抱歉，王爺，又將你牽扯進來了。」

周焉墨倒是無所謂，從那一晚下屬向他稟報集市出現狀況、他決定出手救她的那一刻，他就知道自己和此事脫不了關係了。他只是訝異於這小姑娘的果決明快比他想像中更甚。

「舉手之勞。」他淡淡地回答。

「不如中午一同用飯吧？王爺相救之恩，家父一直想向王爺道謝，卻找不到合適的時機。」葉末晴擺了個挑不出任何錯誤的完美笑容，得意地指了指自己剛獵的那頭鹿，示意他可以一同享用她的獵物，誰知一轉身就看到弈王府的小廝抬了四、五隻獵物回去。

「……」

周焉墨挑眉，點了點頭，算是應下。

葉安看到女兒帶來了周焉墨，激動得不得了，這份激動不似作假，周焉墨看到葉安的反應，心裡竟也意外覺得暖暖的，這種感覺他已經不知有多少年沒有出現過了。

葉銳看到妹妹就獵了一頭鹿，嘲諷道：「這一大上午怎麼就獵了一頭鹿啊！」

葉未晴絕口不提羅家的事，只道：「讓著你不行啊！」

葉銳學著她的口吻，模仿著說：「是誰早上說：『輸不可怕，可怕的是輸了還非要找藉口』啊—？」

葉未晴低低笑著，按歲數來講，她現在應該比葉銳長了好多歲，不知道比他成熟了多少，偏偏鬧到一起還能拉低她的智商，真是的！

鹿肉直接烤不好吃，要切成塊，用各種調料醃過入味再烤才好吃，葉嘉在一旁熟練地處理著鹿肉，葉銳和葉未晴在打打鬧鬧，幾個長輩在一起說著話，氣氛活躍又溫馨。

等肉醃好了，放在火上烤到最適宜的熟度，葉未晴先遞給周焉墨一塊，畢竟來者是客，還是尊貴的弈王，要以他為先。

周焉墨咬了一口，稱讚道：「不錯。」

生了一副好皮囊就是占便宜，拿著肉撕咬下來的動作也能讓他做得好看至極，賞心悅目。

葉未晴勾了勾唇畔，又拿出一些從家裡帶過來的鮮榨果汁，給大家分著倒了。

葉彤不會騎射，在帳子裡坐了一上午，實在是無聊極了，便央著葉未晴。「姐姐，我下午能不能和妳一起去圍獵呀？」

葉未晴直截了當地回絕。「不行，太危險了。」

葉彤依然撒嬌道：「姐姐！」

葉未晴狠心拒絕。「不行就是不行，妳沒練騎射之術，也不懂得如何掩護自己，在獵場裡很容易誤中別人的箭，對妳和對別人來說都很危險，就別惹麻煩了。」

葉彤落寞地垂下頭，午飯也只是草草吃了幾口，便自己跑了出去。在外面繞了幾圈，盡是些不認識的人，也正常，向來都是這樣，同樣是葉家小姐，所有人只知道姐姐，卻不知道她。

剛要回來，卻迎面撞上了一個眼熟的女子。

賀苒風寒痊癒，已拿下了面紗，只見她沒有穿騎服，而是穿了身白色茉莉襖袍，優雅出塵。她一眼就認出了葉彤，喊道：「彤妹妹，妳在做什麼？」

葉彤驚喜道：「賀姐姐！」隨後又有些喪氣地說：「我心情不好，出來走走。」

賀苒疑惑道：「為什麼心情不好？」

葉彤委屈道：「我也想去圍獵場，可是姐姐不許。」

「哦！就為這個呀，若妳是我妹妹，我也肯定不許妳去。帳子裡多好，外面陽光那麼烈，小心曬壞了妳這張漂亮的小臉兒。」賀苒輕輕地捏了捏葉彤的臉蛋，惹得葉彤笑了起來。

賀苒接著道：「而且有些人搭弓射箭沒個準頭，誰都料不準那箭會飛到哪兒去，萬一扎到妳身上，痛死了！別去別去，恰好我也無聊得緊，若是妳想的話，不如下午來陪我呀？」

幾句話就將葉彤煩悶的心情開解了，葉彤欣喜地點頭。「好呀，就這麼說定了。」

另一頭，葉家其他人休息夠之後，一道來到馬廄裡牽馬，葉安還在熱情地對周焉墨說：「雖然以後不會再在邊關見面，有空還是要多來侯府走動走動啊！」

周焉墨罕見地笑了一下，說道：「會的，侯爺。」

轉頭，他看到葉未晴去了另一側牽馬，原本飼馬的小廝停下手中動作，恭順地站在一旁等著，不知為什麼，落在眼中的這一幕似乎有哪裡不對，但又說不上來哪兒出錯。

葉未晴瞄到他欲言又止的樣子，疑惑地蹙了蹙眉。周焉墨卻沒再說話，逕自騎著馬先去了圍獵場。

看著他騎馬的英姿，葉安還在原地念叨著。「弈王可真是青年才俊，有此種人我大周才能繁榮昌盛啊……」

葉未晴不知道爹爹為何對周焉墨如此看重，給他這麼高的評價。在她上一世的記憶中，周焉墨似乎沒有什麼大作為。她又轉頭看了看最不願意服人的葉銳，葉銳臉上居然也沒有半點不同意之色，反而一臉肅穆。

下午，葉未晴繼續向圍獵場的深處走去，外圍人多獵物少，裡面猛獸多，說不定能獵到什麼好東西。但是她連著跑了幾個地方，也都是些小動物，只獵了一堆兔子回來。

算了，兔子也不錯，起碼還能用兔毛做點衣服。

叢林中有一個高大的影子從剛才就靜立不動，葉未晴以為是什麼獸類伺機想攻擊，她迅速地搭弓射箭，但更仔細瞧了瞧之後發現那是一個人影。

而且，那個人的影子她是那樣的熟悉，就算她死了也不會認錯，是周衡！

他還沒死心嗎？葉未晴緊緊地攥住了弓，雖然他們已經解除了婚約，但是依她對周衡的瞭解，他不會那麼輕易放手。

周衡知道她發現了自己，騎著馬慢慢地接近，葉未晴面無表情地看著他，就像面對一個完全陌生的人。

葉未晴禮貌而生疏地說道：「三殿下。」

周衡道：「未晴，我想和妳談談。」

葉未晴微微疑惑地問：「三殿下，我以為我們該談的都談完了。」

周衡牽強地笑了一下，說道：「晴兒，這些時日，我都沒有來找過妳，我自己也反思了許多。卿月樓的事是我不好，只希望妳能再給我一次機會，我從未對誰如此卑微過，可是面對妳，我可以拋棄所有的自尊。」

葉未晴不回話，逕自牽著馬頭調換方向，想要離開，卻被周衡攔住。她不耐煩地說道：「三殿下，你這話我都聽過好幾遍了。」

周衡急急地說：「我還沒說完！晴兒，不要解除婚約好嗎？我保證，妳和我成親之後，我不會再納其他妾侍進門，只有妳一個。」

他的眼神是那麼真摯，每一字每一句都發自肺腑，連葉未晴都忍不住驚嘆，他這副深情的模樣演得實在太像了。

如果不是曾親眼看過他翻臉無情的模樣，現在只是重來了一遭，說不準她早就信了他的鬼話。

他接著說道：「我們以前是怎麼相識相知的，妳都忘了嗎？我不信妳對我已經沒有了感情，以後這樣的錯，我絕不會再犯了……妳一定要相信我，我對妳是真心的。」

葉未晴緩緩吐了口氣，說道：「你也知道，我眼裡容不下沙子。」

周衡現在還肯好言好語地試圖說服她，而不是直接使強，就說明他認為事情還有轉機，那她的態度也不能表現得太決絕了，以免周衡採用更強硬的手段。原本她就樹敵頗多，若是周衡親自出手對付她，她恐怕是逃不過的。

不過就是演戲罷了，經歷過後宮那些風波和朝堂上的血雨腥風，真要虛與委蛇，她演起來也不會比他差！

葉未晴的眼圈漸漸紅了，原本強硬的態度瞬間軟化了下來，看似委屈又無助。「三殿下，請你以後別再來找我了，我不是在跟你說笑，你真的傷透了我的心……二月初一，這個日子一直刻在我心裡揮之不去，你有沒有想過？怎麼那麼巧，那天我們一家人會撞見你和其他女子在一起？我想那正是上天的安排，連上天也覺得我們的婚約是個錯誤。」

周衡驚愕地看向她，他也一直覺得事情太過巧合，但是沒有查出什麼足夠指證誰的證據。她的話在他心裡埋下了一個種子，當天在場的除了葉家人，還有路過的羅太傅。

怎麼就這麼巧，連羅太傅也到了，難不成此事與羅櫻有關？他和葉家親事不成，最開心的應該就是羅櫻了，況且那日羅櫻還與他抱怨了幾句……

他不是沒懷疑過，如今葉未晴的幾句話又加重了他對羅櫻的懷疑。

不行，他非順利照計劃與葉家聯姻不可，否則後面的布局根本沒有辦法進行下去。

周衡將葉未晴一把拽下馬，葉未晴驚呼一聲，被突然這麼一拽幾乎要摔在地上。周衡拉住她的手穩住身形，順勢試圖將她圈在懷中，葉未晴連忙伸出臂膀擋著，兩個人僵持了一會兒，不知不覺葉未晴就被抵到了樹邊。

葉未晴殺心早起，恨不得當場就將他弄死報仇，可是她不能表露出來。她的力氣沒有周衡大，不是周衡的對手，她屈起膝蓋，但他稍稍偏個角度就躲過了這襲擊。

周衡離她這麼近，她感覺到渾身不適，若是被周衡抱住，還不得當場嘔吐出來？

「三殿下！」遠處傳來一個侷促不安的男聲。

周衡聽到人聲，眼中閃過一絲陰鷙，惱怒在這種關鍵的時候居然有旁人來打擾他，他不情不願地鬆開了手，葉未晴重重鬆了一口氣。

騎著小馬噠噠噠地跑過來的，竟然是賀家長子，賀苒的哥哥賀宣。他身上的騎裝被他穿出了文雅的書生氣質，內斂又含蓄。文人的身子較弱，這麼一陣策馬，他的額間出了層薄汗，臉頰也微微泛紅，不知是熱的還是窘迫。

他小心試探道：「我本想著這邊人會少一些，沒想到碰上三殿下與葉姑娘，看來是我料想錯了。」

「那邊沒有人，獵物也多，賀公子可去那邊看一看。」周衡隨意指了個方向，想將他支走。

賀宣難為情地笑了笑。「不瞞三殿下，那邊我已經去過了，沒什麼獵物。」

周衡微微蹙眉，說道：「那其他方向呢？」

賀宣看了一圈。「這附近我都走了個遍，獵物沒有這裡多。」他指了指不遠處的小白兔，道：「你看，這裡獵物不是挺多的嗎？」

葉未晴知曉賀宣是想替她解圍，衝他感激地一笑。

周衡咬牙道：「看來賀公子就想獵幾隻白兔，那外面更多得是，若是想獵大點的野獸，這裡也沒有，我有要事同葉姑娘說，還請你迴避一下。」

葉未晴搖了搖頭，說道：「三殿下，我們已經說完了吧。」

周衡溫柔地看著她笑。「尚未，我還有話沒說完。」

葉未晴唰地起了一身雞皮疙瘩，賀宣替她解圍的舉動，雖然周衡面上沒有表現出什麼，但這幾句話已然惹得周衡不愉快，若是因為她連累了賀家的仕途，她會十分過意不去的。

賀宣抿了抿嘴角，剛才的藉口不行，他暫時想不出來第二個藉口讓葉未晴離開這裡了。

周衡問賀宣。「賀公子還有事嗎？」

賀宣不想離開，方才他看到了葉未晴的掙扎，若是他走了，她又要自己面對周衡。他站在原地躊躇，周衡也不催，只不過看向賀宣的目光裡又多了一分威脅。

「這裡好生熱鬧！」身後傳來一道清朗的聲音。

賀宣抬頭，愕然道：「王爺、裴大人！」

那兩人騎著馬似乎無意間闖入這裡，一人儀表堂堂、風度翩翩，竹青色的髮帶隨風飄揚，一雙朗目如湖水般清澈。另一人俊美絕倫，眉如墨畫，面似玉琢，一雙瑞鳳眼似笑非笑，從容不迫，放蕩不羈，貴氣襲人。

說話的正是裴雲舟，他看向周衡，問道：「三殿下今兒個下午都打到什麼了？」

只見周衡馬上什麼獵物也沒放，看來他沒顧得上打獵，而是一直在圍獵場裡找葉未晴。

周衡笑了笑，隨口胡謅道：「看見小的，不想打。想直接打個大的，卻還沒找到。」

周焉墨冷冷道：「人心不足蛇吞象，回頭想打個小的，也來不及了。」

表面看起來像是在說周衡貪心，不滿足於小的獵物，最後大的小的都撈不著。可是葉未晴知道，他實際上是在譏諷周衡在她和羅櫻之間猶豫不決。

周衡驚慌地看了皇叔一眼，瞬間就想到了自己和羅櫻的事，但是想來皇叔是不可能知道的，所以這話也許只為單純告誡他打獵的事而已。

周衡只得做恭順狀，說道：「多謝皇叔教誨。」

如今這裡來了這麼多人，也不能像趕走賀宣一樣將弈王趕走，眼看無法繼續單獨和葉未晴說話，只得作罷。他拱手說道：「趁時間還早，我先去別處看看。」

看著周衡走遠，葉未晴才鄭重地對賀宣道謝。「多謝賀公子和裴大人出手相救。」

賀宣有些侷促地回道：「對、對不起，葉姑娘，我沒能幫上什麼忙。」

葉未晴含笑道：「並非如此，在剛剛的情況下，有旁人站在這裡，我就安心許多。」

賀宣點頭道：「那就好，那就好。」

葉未晴從自己馬上拿下一隻白兔，遞給了賀宣。「權當賀公子幫我的謝禮，這兔毛可以綴在衣領上，冬日裡穿著暖和得很，一定很適合你。」

「多謝葉姑娘。」賀宣雙手接了過去，喜悅之情溢於言表，他小心翼翼地將兔子裝在袋子裡，拴在馬上。

又客套了幾句，她目送著賀宣走遠，而裴雲舟和周焉墨還站在原地。

周焉墨冷著臉看他們客套，明明一起過來幫她解圍，她卻只謝了賀宣和裴雲舟，獨獨沒有他的分兒！

裴雲舟不懷好意地笑道：「賀宣平日裡在國子監時，一張嘴也算能說會道，怎麼偏和妳說話就結結巴巴的？」

葉未晴狡黠地笑了笑。「不像裴大人，平時便巧舌如簧，和姑娘說話時，更是滿舌生花。」

裴雲舟笑問：「那葉姑娘說說，哪種更討妳歡心？」

葉未晴想了想，說道：「還是賀公子那種吧，起碼真誠，裴大人這種啊……滑不留手，不好應付呢！誰知道哪句真哪句假？」

裴雲舟倒也不惱，他說不過葉未晴，不禁讓他想起一句話來，道高一尺魔高一丈，他說點什麼打趣她，她就找得到更有力的話語來回擊。

而周焉墨自剛才起，只說了一句話，已經被晾了半天。

裴雲舟見葉未晴只有一個人，順勢邀請道：「葉姑娘不如和我們一起吧？一個女子落單的話可能會遇到賊人，我們還能保護妳。」

「不必了，和你們一起，打到獵物算誰的？我還要和我哥比試呢！」葉未晴直接拒絕，轉身騎馬飛馳而走。

裴雲舟轉頭，看到周焉墨正盯著葉未晴走的方向，輕輕皺眉，若有所思。

裴雲舟疑惑道：「你在看什麼？」瞧他的神情，似乎在想非常重要的事情。

「我總覺得她的馬有哪裡不對勁。」話剛講完，周焉墨像是想到了什麼，神情一凝，急忙跨上馬往她離去的方向追去。

第五章

葉未晴縱馬飛馳，從小就騎馬的她騎術十分厲害，只不過這次騎的是圍獵場的馬，終究不是陪伴自己多年的馬，默契大打折扣。

原本還一切正常，可是從剛才開始，她胯下的小黑馬發出急促的呼吸，似乎有些急躁。

葉未晴拉了拉韁繩讓馬停下，撫摸著馬的脖頸試圖安撫，又用溫柔的語氣同牠交談，然而沒有起什麼作用，反而情況越來越糟。

突然，這匹小黑馬揚起前蹄，長嘶一聲，用極快的速度狂奔出去，葉未晴驚叫了一聲，不明白發生了什麼事，這馬兒怎麼像瘋了一樣？她試圖拉扯韁繩控制，但馬兒絲毫不受影響。縱使她騎術高超，此刻的心也似擂鼓一般怦怦地跳，迎面而來的風颳得她睜不開眼睛。

「有人嗎？」她大喊。

馬兒慌不擇路地衝進林子，兩側樹枝抽得她渾身生疼，她不得不趴下身子，手中死命地拽著韁繩，以免自己掉下去。這附近似乎一個人都沒有，她喊了好幾聲，四周毫無回應。

不能再由著馬兒跑下去了，這荒山野嶺的，越往前越荒涼，她就算下了馬也找不到路回去，說不定會餓死在這荒山野嶺之中。可是若她直接跳馬，少說也要摔斷幾根骨頭，重則說不定內臟碎裂、直接斃命。

葉未晴絕望地閉上眼睛，要自己冷靜下來，越是這種時候越不能慌，否則重來一世也是前功盡棄，就因為自己不夠謹慎，才會被人在馬上做了手腳，現在首要的就是盡快作出一個抉擇，而這兩個選擇中，她選擇跳馬。

她艱難地抬頭，看了看四周的地形，旁邊是光禿禿的地面，前方較遠處是一片柔軟的草地，草叢又高又密，選擇在那裡跳馬是最好的時機。

她默默地在心裡盤算距離，等到馬跑到草地旁時，她咬牙一蹬，雙手放開，縱身飛了出去。髮絲在風中狂舞，她閉著眼準備迎接撞到地上的疼痛，不料卻落入了一個懷抱中。

她的心怦怦地跳了許久，才從這場驚險中回過神來。她睜開眼，就看到周焉墨緊抿的薄唇和線條完美的下頷。

「……多謝。」葉未晴不知道自己還能說什麼。

周焉墨淡淡地說：「我還以為妳是個聰明人，沒想到也這麼蠢。」

二人貼得太緊，他一說話，她就能感覺到他胸腔處的震動，而他的氣息也若有若無地噴在她的後腦。

葉未晴不服氣地問：「我怎麼蠢了？」

周焉墨反問道：「妳知不知道妳這一跳，若直接摔在地上會斷多少根骨頭？」

「……我沒有其他辦法了。」葉未晴撇了撇嘴，若是有其他辦法，她也不至於這樣冒險。

所幸千鈞一髮之際，周焉墨策馬趕上，伸手一撈，直接將跳下馬的她拉到自己的馬上。

直到現在，他的馬速度才慢慢恢復正常，氣喘吁吁地累得夠嗆，而葉未晴那匹黑馬已經不知道跑到哪裡去了。

情急之下沒顧忌那麼多，周焉墨現在才反應過來二人此刻的姿勢是多麼曖昧。

雙手拉住韁繩，無意中將她環了起來，甚至能感覺到她完美的弧線。她的烏髮因這趟折騰，稍顯凌亂，額間的汗珠染濕了鬢角，幾縷髮絲沾在宛如凝脂的臉上，櫻桃般紅潤的小口微張，猶在調整著呼吸，身上的幽香鑽入他的鼻子中，和上次一樣，擾得他心煩氣躁。

周焉墨仍然心有餘悸，中午他就覺得那在馬廄裡餵馬的小廝怪怪的，因為那小廝撫摸馬的動作不太對勁，不像是專門飼馬的人。剛才見到葉未晴騎馬離去，他又留意到地上的蹄印慌急、間隔太近，說明了那匹馬有問題，可能被下了藥。

還好，他將種種異狀串在一起，及時反應了過來，沒有來遲。

……不過，連他自己也感到不明白，葉未晴會怎樣和他有什麼關係？他何必這麼緊張？一定是顧慮定遠侯會傷心吧！女兒若出事，他必大受影響，便不能全心守護邊疆了。

周焉墨問：「妳騎的馬肯定被人動過手腳，這次妳打算怎麼辦？」

葉未晴回道：「訴委屈，下了藥的草料應該早就找不到了，但我也不能任人欺負不是？回去叫人大張旗鼓地查一查好了，雖然極有可能什麼都查不出來。」

「就這樣？如此仁慈不像妳的風格。」周焉墨輕笑一聲，不解地問：「妳三番兩次放過羅櫻，她可是一次次把妳往死裡推。」羅櫻視她如眼中釘，這件事八成也脫不了干係。

難不成她就是隻張牙舞爪的小獸，咬不痛別人，只會齜牙咧嘴嚇唬人？

「對付她一個人還不簡單嗎？可我要的不只如此。」葉未晴知道自己不該向別人透露計劃，但周焉墨連著救了她幾次，她不禁漸漸對他生出些莫名的信任來。

周焉墨頗有興趣地挑了挑眉，試探地問道：「整個羅家？」

葉未晴察覺自己失言，含糊地說：「你若和我是同路人，我就說，不是就不說。」

周焉墨自喉口發出幾聲低沈的笑，沒有再說話，他哪會那麼容易被套出話表明立場？真是個老奸巨猾的狐狸！不過，他的避而不答倒是也給了葉未晴緩和的機會。葉未晴適時地轉移話題，問道：「你們在前線時，辛苦嗎？」

他淡淡地回答。「嗯，每日天未亮就要起床操練，時刻保持警惕，晚上也要有人輪流守著，以防敵軍突襲。」

她對父兄的生活很好奇。「那裡有很多沙漠嗎？」

「黃沙漫漫，夕陽又大又好看。」周焉墨閉起眼睛，似乎還能看到沙漠裡的夕陽，比在盛京大了許多，彷彿伸手就能觸到，天地廣闊，雲彩如火焰般嫣紅。那是他少有的寧靜時光，拋去了紛雜繁複的人心、無窮無盡的鬥爭。能提醒他殘酷現實的，只有從盛京來的書信。

二人談話間各存心思，不知不覺，已經回到了圍獵場人多的地方。

葉未晴怕別人有所誤會，便道：「讓我下去用走的吧。」

前走。

剛要動作，卻被周焉墨按住了肩膀，下一刻，他俐落地翻身下馬，牽著韁繩慢悠悠地向前走。

二人靠得不是那麼近了，葉未晴才感覺到舒服許多。好一會兒了，她像突然想起來什麼似的，從耳垂上再次取下一個耳墜，這次是紅寶石做成小櫻桃的樣式，遞給周焉墨。「信物！喏，給你！」

周焉墨哭笑不得地接下，在手中翻來覆去地看了幾眼，問道：「妳若是給我一對，我還能拿去當了，每次都給我一只，這真是……」

「我不是誆你，說不定哪天你真的需要我幫忙。」她再次強調，實際上朝中各種情報她真的知道不少，包括每位皇子的勢力分布，尤其是周衡，他現在擁有什麼和將要爭取什麼。

京城這些人，想要的無非就是名聲、權力罷了。周焉墨同樣身為皇族，她就不信他有什麼不同，但是她又摸不清他的底，這人實在深不可測，慣會隱藏實力，兩世都那般謹慎。她誘哄似地對他道：「你把東西收好，回去想想清楚，若是你想同我合作，我也可以考慮。」

欠她的，她會想辦法討回來，更變本加厲地報復回去，而於她有恩的，她也不會虧待。

周焉墨認真地答道：「嗯，知道了。」

看他的神情，好似真的在考慮她的提議，不過這個人臉上向來就是那副表情，也看不出真實的想法，葉未晴搖了搖頭，不再想了，一切隨緣，就算不和別人合作，她也有辦法扳倒周衡。

一路走回葉家的帳子，葉未晴將驚馬的事告訴爹爹，沒想到驚動了睿宗帝，睿宗帝大怒，嚴令徹查，卻也沒查出什麼。雖然推測是有人在馬吃的草料中加了藥，但馬廄裡找不到絲毫可疑的痕跡，他們也記不清早上那個小廝的樣貌，一切無從查證，只能不了了之。

春獵一共持續兩天，因此今晚他們得在圍獵場裡過夜，睿宗帝還在，朝廷命官們自然不敢走，但許多夫人小姐已忍受不了野外宿營提前回去了，人一下子就少了不少。

然而傳聞中嬌小又蠻橫的青雲公主竟然留了下來，這倒是令人有些意外。葉未晴是在晚間出去的時候看到她的，只見青雲公主獨自坐在火堆旁，奮力烤著肉，身邊堆了許多烤成黑炭的不明物體，幾個太監宮女瑟瑟發抖地站在一旁，不忍直視，卻又無法幫忙，一臉煎熬。

上一世葉未晴入宮後和青雲公主並沒有多少交集，但來自青雲公主的母親楊淑妃的刁難可就多了，可能當時周衡已漸漸冷落她，連帶著四皇子和青雲公主的生母楊淑妃，也就不將她放在眼中了。

葉未晴出去的時候看到青雲公主在烤肉，回來的時候她還在烤，而且沒有一塊烤成功，她實在看不下去，走上前問道：「公主怎地把肉烤成了這樣？掌握不好火候烤焦了嗎？」

青雲公主搖了搖頭，委屈道：「本宮總是拿捏不到訣竅，只烤一會兒不入味，再烤久一些就都焦了，妳嚐嚐看。」

她遞過來一塊肉，葉未晴閉上眼睛心一橫咬了一口，肉太老，難吃極了，尤其上面還能咬到粗鹽粒，葉未晴直接一口吐了出來。

青雲公主看她這樣，更加鬱悶。

葉未晴說道：「我看看公主的調料。」

她遞過來一個瓷罐，果然裡面放的都是大粒的粗鹽，葉未晴失笑道：「怎麼公主會吃這種粗鹽？」

青雲公主一頭霧水，她從未去過後廚，對後廚之事瞭解甚少，不知鹽還有粗細之分，她如實道：「是小趙子給本宮找的。」

被喚做小趙子的公公站了出來，點頭哈腰地說：「回葉姑娘，咱家也只能找到這樣的鹽了。」

葉未晴找了根乾淨的棍子，將瓷罐中的粗鹽搗碎了。「鹽太粗，難以入味，就算烤再長的時間，也不能將鹽烤化了。只要先將鹽搗碎了就行，不然也可以和些水，用鹽水蘸肉烤，就有味道了，不過那樣可能水會流下來。」

她將鹽罐遞給青雲公主，說道：「公主這回試看看，是不是好多了？」

青雲公主迫不及待地重新嘗試，味道果然好了許多。

葉未晴在旁看得搖頭，堂堂一位公主，連這麼淺顯的道理都不懂，可見是被嬌慣壞了。她說不許旁邊人插手，要自己烤，旁邊的這些宮女太監也就真的只在一旁看著，倒多浪費了這許多好肉。

「本宮認得妳，妳是葉家小姐吧。」青雲公主突然說道。

葉未晴點頭。「正是。」

她誇讚道：「聽父皇說，下午妳的馬兒抓狂跑了，妳卻能毫髮無傷地回來，當真厲害！」

葉未晴只笑笑不說話。說起來輕鬆，她可是差一點命就沒了。

「聽說妳射箭也很厲害，比起男子不遑多讓！」青雲公主今日一點都沒有吝嗇她的讚美之詞，逐漸切入正題。「其實本宮也想學射箭，可惜母妃不許，說教射箭的都是男子，不宜多所接觸。」

「其實呢，騎馬射箭都是強身健體、愉悅身心用的。」葉未晴將青雲公主烤的肉翻了一下。「公主若是感興趣，就主動去學，沒人敢在背後亂嚼舌根的。」

「本宮也是這麼想的！不就是找個男人來教嗎？哪就能瞎傳了？」青雲公主不滿地抱怨道：「母妃就是太過謹慎，做什麼都謹慎，每日管得本宮煩死了！」

葉未晴在旁邊聽著她傾訴，沒辦法接話，難不成還能和她一起埋怨楊淑妃嗎？

幸好青雲公主沒冷場，一直不停地向葉未晴訴苦。葉未晴左耳進右耳出，嗯嗯啊啊地敷衍著。

最後，青雲公主看著葉未晴，眼睛閃亮亮地問：「以後妳有空閒的時候可以進宮陪陪本宮嗎？和妳聊天很有趣。」

葉未晴望著這個十三歲的小姑娘真切的眼神，僅僅思考了一瞬，便道：「完全可以，多謝公主厚愛，這是我的福分。」

青雲公主激動地拍手稱好。「如果妳能教本宮射箭就更好了，母妃也無話可說了，太好了！」

葉彤在賀家女眷的帳子裡一直待到了晚上，甚至不想回去，賀苒總能逗得她開心，不像回去之後，姐姐都不怎麼理她。

她和賀苒玩鬧，賀家夫人就在一旁繡花，時不時看看她們。

突然，簾子被一雙秀氣的手撩開，賀宣拎著弓回來了。他生得白白淨淨，一身書生氣，一看就知是個溫柔細緻的人。但他此刻拎著弓，又多了陽剛的氣息，就像那種和同伴們嬉笑玩鬧時又會回頭只對妳微微一笑的翩翩少年郎。

葉彤瞬間就覺得這營帳變得侷促了。

她微微起身，行了個挑不出半點錯處的禮。「賀公子。」

賀宣點了點頭，賀夫人笑著接過賀宣手中的弓，問道：「宣兒今日都獵什麼了？」

「野豬、野雞。」賀宣一一道來，突然笑了一下。「還有隻野兔，到時好好處理一下，做成毛領。」

賀夫人贊同。「好，不過怎麼用兔毛了？用狐狸毛、貉子毛不是更熱乎許多？」

賀宣笑得眼睛彎彎的，想說什麼，可是瞧見葉彤，他不方便說，只得說道：「兒子喜歡，就用這個，千萬別忘了。」

賀夫人忙說：「好好。」又想起來這裡是女眷的帳子，兒子來這裡，也許是有什麼事要說，便問道：「怎麼沒回你爹那邊歇著，有事同我說嗎？」

賀宣點頭。「確實有事要說，我在這裡坐一會兒，等會兒再說吧。」

葉彤掐了掐自己的手，明白賀宣是看她在這裡不方便說。她不想在賀家面前表現出一丁點不好，於是迅速地站起來，對賀苒、賀夫人說道：「天色不早，我也該回去了，明日再來看賀姐姐吧。」

賀苒「欸」了一聲，道：「那妳自己小心點。」

葉彤點頭，經過賀宣身邊的時候向他行了一禮，然後便出去了。

賀夫人看著葉彤消失在門外，轉頭問兒子：「有什麼事，這回可以說了吧？」

賀宣鼓起勇氣說道：「娘，兒子仰慕葉家大小姐已久。」

葉彤剛出帳子，自然聽見了這句話，她的臉瞬間變得蒼白，眼尾漸漸發紅，故意放慢了腳步，想要再多聽幾句。

賀苒聽到這些並不意外，她能看出來哥哥對葉未晴的喜歡。可是賀夫人不知道，她愣了一下，這才反應過來兒子為什麼非要等葉彤回去才說。

賀夫人沒有說話，表情莫測。賀宣心裡毛毛的，有些著急地問道：「娘怎麼不說話，可是覺得不合適？」

賀夫人這才語重心長地說：「沒有，只是我聽說葉家同三殿下退婚之後，三殿下似乎沒有放棄，還在窮追不捨。許多人現在還觀望著，不敢去向葉家大小姐提親。」

「我想我已經得罪三殿下了。」賀宣勉強地笑笑。「今日我見他對葉姑娘死纏爛打，兒子就沒忍住，上去幫忙解圍，雖然最後還是別人幫了她。」

賀苒也適時地幫腔。「娘，您不知道，我這做妹妹的可是知道。哥哥一直都很喜歡未晴的，我也幫哥哥探過口風了，她不排斥。」她和賀宣交換了一個眼神。「再說了，只許三殿下喜歡未晴，就不許別人喜歡嗎？他劣跡斑斑的，都被退婚了，難不成未晴還得一輩子被他綁著了？只因為哥哥喜歡她，他就出手對付我們，太小氣了吧，三殿下根本就不占理。」

看娘一臉若有所思的模樣，她頓了頓，接著說道：「三殿下對不對付我們家，哪有哥哥一輩子的幸福來得重要？再說了，定遠侯府位高權重，多少人想攀，我們賀家根基淺薄，按理說是配不上人家的，也就只有趁現在沒人敢提親的時候了。」

賀夫人想了想，確實是他們所說的這樣。如果是平時，哪裡輪得著他們賀家同定遠侯的女兒談論婚嫁？也就是現在情況特殊。如果攀上了葉家，賀家平步青雲指日可待，最重要的是，兒子喜歡，她也覺得葉家那姑娘很不錯。

賀夫人終於緩慢地點了點頭。「好，那我改日去葉家探探口風。」

第二日清晨，葉未晴早早就起來了，昨夜葉彤一直沒和她說話，不知是無心還是生了自己的氣，她看到葉彤，便隨意問了一句。「怎麼了，一直不跟我說話？」

葉彤搖搖頭，聲音悶悶地說：「沒有。」

葉末晴聽到她聲音中的情緒，可以確定是生氣了，想了半晌，試探地問：「是我不讓妳進圍獵場，妳生我的氣了？」

葉彤馬上否認道：「沒有的事，我哪裡會因為這個生氣。」

葉末晴失笑。「那妳在置什麼氣？」

葉彤撇了撇嘴。「姐姐，我沒有生氣！」

「若是妳想進圍獵場，也可以，但是要一直跟在我身邊。」葉末晴反思了一下，她昨天確實不該對葉彤那樣嚴厲，這小姑娘外表看著活潑，心思卻一向縝密敏感，也許是自己的語氣傷了她。

「罷了，我不想去。」

她昨日想進圍獵場，就是為了看一個人，現在看來，去了也沒用，反正他早已經喜歡上姐姐了。

姐姐樣樣都比她好，若她是男子，應當也會更喜歡姐姐的。家世、性格、能力都比她好，雖然以前有人嘲笑姐姐舞跳得不好，可是也沒人能做到哪方面都完美無缺。她作為妹妹，瞭解得更多，也比旁人更知道她有多好。

「那好，妳自己待一會兒，若是無趣就去找賀苒，或者回家也行，別碰危險的東西。」

葉未晴勸不動她，只能自己先去了圍獵場。

這次，她兜兜轉轉繞到了湖邊，這個湖她從前也來過幾次，可是因為急著打更多的獵物，就沒有仔細欣賞過這裡的風景。

湖面水波粼粼，反射著還不太毒的日光，湖邊的風稍微大了一點，帶著微涼的寒意，讓人心情格外寧靜。

昨日想好好打獵，卻發生了那麼多不太平的事，今日她也不想打獵了。葉銳知道她的馬差點出了問題，說什麼都不再和她比獵物數量，甚至還想讓她在帳子裡坐一天……

她知道，二哥雖然總和她在口頭上爭爭吵吵，可也是真的對她好。

她慢慢走到湖邊，卻發現那裡坐了一個人，看背影看不出來是誰。

馬兒想要喝水，一直拉著她向有水的地方走過去。

那個人聽到了動靜，朝著這邊看了一眼，葉未晴看到他的臉後，一眼就認出來，是大理寺卿焦南，顯然他現在並沒有升到大理寺卿的位置。

她記不清焦南的現任官職，但焦南正是她計劃中要拉攏的人之一。算她運氣好，竟然偶然就碰上了，不用費心思找機會接近他。

葉未晴上前打招呼，禮貌地微笑道：「您是焦大人吧？」

焦南站起來，疑問道：「這位姑娘認識我？」

「我是定遠侯之女，葉未晴。」

焦南恍悟地點了點頭，誠惶誠恐地說道：「原來是葉姑娘，沒想到葉姑娘居然記得我這一介小官。」

葉未晴，他當然是聽說過的。葉家這一代小輩，名字都是兩個字，只有她是三個字，特殊至極，也不知道為什麼這樣。

「其實我也忘了怎麼會記得焦大人，可能是偶然碰到過，又聽我爹爹說過大理寺有個焦大人清明廉潔，就記住了吧。」葉未晴隨著馬走到河邊，在馬喝水的時候替牠順了順毛。

焦南幾乎快要熱淚盈眶。「不敢當不敢當。」

在上一世裡，焦南就是一個懷才不遇的人，有能力卻沒機會，一直渴望得到賞識，卻一直只在大理寺做一個底層的小官。

他是從小縣城被一層一層提拔上來的，老家在南方的川臨縣，只有他自己在盛京任職，因此格外牽掛一家老小。誰知沒多久，川臨縣發了水災，全縣的人都無恙，只有他一家老小全部死了。這說起來簡直太荒謬，讓人不能相信這只是巧合。

真相如何誰也不知道，周衡就利用了這一點挑起他的仇恨，讓他甘心成為他對付太子的一顆至關重要的棋子。

周衡是怎麼挑起來的？

原來周衡是利用賑災款項由太子主導一事，從中造謠，指稱太子私吞了絕大部分賑災銀兩，當時川臨縣的縣太爺正是焦南的堂弟，發現賑災物資、銀兩皆有短缺，憤而上書狀告太子，卻被太子攔截。太子一怒之下派人殺了焦南一家，對外聲稱是在洪水中死去的。

在葉未晴看來，周衡是自導自演了這一切也說不定，只要找幾個同鄉的人和焦南一訴苦，他悲憤之下被牽著鼻子走，別人說什麼他便信什麼。

她要做的，就是避免這一切錯誤發生，誰當太子都沒關係，反正不是他周衡就行。

不遠處的樹上有一道黑影，靜靜地蹲著，被樹葉遮去了行蹤，沒有一個人發現。他盯著葉未晴，仔細觀察著她的一舉一動，甚至能讀出她的唇語，將她每一句話都記在了心裡。

葉未晴不動聲色地引領著話題。「許多朝廷官員都會將家裡老小一道接進京裡，看焦大人這年紀，應該也有子嗣了吧？」

焦南點頭。「我家有一三歲幼兒。」

葉未晴微微疑惑。「怎麼焦大人沒將他帶過來玩？」

焦南似乎有些落寞，語氣中難掩失落。「他不在盛京，一直待在南方的老家。」

「那真是太可惜了，焦大人平時鮮少有機會陪他吧。」葉未晴搖了搖頭，惋惜道：「我爹也總是無法陪在我身邊，一年到頭也見不了幾面，我總是盼著他常回來。能看到爹爹，那就是我一年裡最開心的時刻。」

她看著焦南，果然他的臉上露出了悲戚的神色。葉未晴的這番話，勾起了他的思鄉之情，讓他想到了自家幼兒。

焦南嘆了口氣。「他剛出生不久，我就來了盛京。過年的時候，我回去看他，他竟然都不認識我了。」

葉未晴說道：「焦大人不如早些將家人接到盛京來吧，您都已經在這兒安居了，他們遲早也要搬過來的，不是嗎？」

只要他早點將家人接來，那場洪水便不會殃及他的家人，他也就不會被周衡利用了。但若是這樣都避不過那一劫，她還得想其他辦法才行。

「我也正有此意，但總有些令我猶豫不決之處……」焦南如實說道。

「早些接過來，便能早些享天倫之樂。」葉未晴笑了笑。「說不準他們來了，也能將福氣帶給焦大人，從此就升官發財了。」

她這麼一說，讓焦南更加確定了將家眷盡早接過來的想法，仕途沒有家人重要，何況他也十分想念妻兒。

「焦大人好好想想吧！對了，若是以後焦大人遇到什麼解決不了的問題，可以來定遠侯府。」葉未晴補充道：「若是能幫到你，我們侯府上下都會盡力幫的。」

焦南受寵若驚，定遠侯府竟然主動向他這個小官伸出援手，他感激地說道：「多謝葉姑娘。」

日暮西山，春獵結束後。

透過一輛精緻馬車的窗牖，影影綽綽能看見兩個人影。

裴雲舟眼尖地看到周焉墨手中一抹嫣紅，驚呼了一聲，喊道：「你怎麼拿著女人戴的東西？」

他上前扒開他的手，裡面是一枚小小的耳墜，做成櫻桃樣式，小巧剔透，透著些許活潑。

「誰給你的？」裴雲舟不懷好意地笑著。

「你話真多。」周焉墨臉一黑，他剛才不知怎的，下意識地就將這耳墜拿了出來，放在手中把玩，還被裴雲舟看見了，少不了他的一頓嘲諷。

他迅速地攥緊拳頭，收了起來，不讓裴雲舟看。

裴雲舟嚷嚷。「在兄弟面前還遮遮掩掩的，沒有鬼怕什麼啊？」

周焉墨斜睨他一眼，冷冷說道：「你是下屬。」

裴雲舟伸出手擺了擺，認輸道：「行行行，臣逾越了！不敢問了！」

馬車窗牖的簾子外面突然出現一個人影，騎著馬，同馬車保持一樣的速度前行，周焉墨撩開簾子，外面站著一個黑衣人。

他俯首道：「王爺，葉姑娘已經平安回府了。」

周焉墨點了點頭，放下簾子。

裴雲舟微不可見地皺了皺眉，盯了一會兒，揚頭示意道：「他還沒走。」

黑衣人確實還在，周焉墨又撩開簾子，冷冰冰地問：「還有什麼事？」

那人頓了頓，猶豫地說：「葉姑娘……行蹤有些古怪，見的人也實在有些古怪，屬下不知當不當說……」

周焉墨沈默了半晌，他派人跟著葉未晴，實際上並非為了監視她，而是為了保護她，畢竟她樹敵不少，稍一不慎就可能惹上麻煩，他只是抱著幫人幫到底的想法。飛鸞是影部的高手，會這麼說，其中就必定有古怪之處。

裴雲舟見周焉墨猶豫，搶先一步說道：「那你說吧。」

飛鸞得了指示，緩緩陳述。「葉姑娘在湖邊見了大理寺的焦南。」

見周焉墨眼裡泛起疑惑，裴雲舟咳了一聲，解釋道：「是個小官。」

飛鸞接著說：「她勸他將家眷盡快接到盛京，並且說若是以後有難處，可以去定遠侯府，他們會助上一臂之力。」

周焉墨點了點頭，神色未變。

飛鸞問道：「屬下還要繼續保護葉姑娘的安全嗎？」

周焉墨隨口說道：「去吧，沒什麼大事不必回稟。」

待窗外人影消失了，周焉墨才回頭問裴雲舟。「你認識焦南嗎？」

裴雲舟搖了搖頭。「不認識，只是聽說過，他官太小了。不過，此人倒是很耿直，這葉未晴為什麼會搭上他？難道是葉安要培植親信？可他怎麼會選這麼個無名之輩？真是想不通。」

周焉墨隨手拿起旁邊一卷書，翻了幾頁。「那你便遣些人盯著他的動向吧。」

看周焉墨似乎心情尚可，裴雲舟又想起裴雲姝的囑託，他可不敢惹他那寶貝妹妹，雖然他也不敢強硬要求周焉墨，但這次有機會能對兩邊都有個交代，他姑且一試也未嘗不可。

他故作若無其事地提道：「晚上去東郊一趟？正好羅家那條線索查到了那邊。」

周焉墨奇怪地看了他一眼。「什麼時候這種事情都輪到我親自去了？」

裴雲舟心虛地摸了摸嘴唇。「我這還不是怕手下辦事不放心嗎……」

「本王手下的人，若是還會出這種紕漏，就自行領罰吧。」周焉墨輕飄飄地拋出一句，卻讓裴雲舟打了個冷顫，這人向來對影部管理十分嚴苛，若是犯了嚴重的錯誤，領的罰就是死刑。

裴雲舟嘆了口氣。「其實，是我想去。我去東郊那邊有點事，順便就親自跑一趟，查一查有什麼線索。反正既然會經過，那還是親自辦事放心。」

周焉墨把視線從書上移開，無奈地看了裴雲舟一眼，妥協道：「行吧，那我便陪你去。」

馬車停在東郊時，已是夜色朦朧，月光如輕紗般覆蓋在寒禪寺的表面。脫去白日裡的浮華，夜晚不再有香客過來，只能看到寺內住持的身影。

裴雲舟帶著周焉墨直接繞到寺後，只見寺後牆角處有著小攤，後頭坐著一位衣衫襤褸的老人，頭髮亂蓬蓬地散著，正佝僂著腰靠在牆邊閉眼歇息。也許是他已經熟睡，連有人來了都沒有察覺。

周焉墨不知裴雲舟要做什麼，只當是默默地陪他查線索。

裴雲舟用手掩住唇，輕輕地咳了一聲，那老人還是沒有反應。

他尷尬地瞧了周焉墨一眼，直接清嗓子說道：「大師？大師在嗎？算算姻緣！」

老人迷迷糊糊地睜開了眼睛，緩了許久才完全醒過來，顫顫巍巍地從破布包中拿出了紙筆，說道：「寫上你們的八字。」

裴雲舟將自己的八字寫完後，又順勢遞給旁邊的周焉墨，誠懇地說道：「要不你也算算，這位大師挺靈的，白日裡排隊都排不上。」

周焉墨愣了一下，問道：「你真是來算姻緣的？」

「是啊，順便嘛。」裴雲舟一本正經地說：「算完了再去辦正事，你就不好奇自己的姻緣嗎？這位大師名氣很響亮的。」

周焉墨不耐地嘆了口氣，腦海中閃過了一個模糊的影子，還未來得及分辨，須臾間就消失了。他搖了搖頭，便也寫下了自己的八字。

大師接過紙，看了看裴雲舟的八字，擺了擺手，讓他站到面前來，裴雲舟乖乖照做。

「快了快了。」大師說道。

裴雲舟蹙眉，想了想這四個字的意思，問：「大師這意思是……我的姻緣快到了？」

大師點頭。「是啊！」

裴雲舟頓時喜笑顏開。「這可是椿好姻緣？女方是什麼樣的？」

「是椿好姻緣，女方麼，美麗、賢淑。」

「……」裴雲舟抓抓頭，怎麼感覺有點敷衍？他又問：「那能不能知道她叫什麼名字、家住何處、我們以後會育有幾兒幾女？」

大師不耐煩地斥道：「你問題也太多了，我把所有事情都給你算出來，你活著還有啥意思？」說罷，白了他一眼，伸出手。「給錢。」

裴雲舟吃癟，只好拿出一錠白花花的銀子，說道：「這是我們兩個的。」

大師又瞇著眼睛繼續看下面的八字，愣了一下，又仔細看了幾遍，才鄭重地說道：「這是貴人的命格，是這位公子的？」他看了看周焉墨。

周焉墨點了點頭。

大師扶著牆，慢慢地站起來。「可是要算一算姻緣？」

「是。」

「你的姻緣，我看八字看不出來。」他又從包中摸出一套牌。「不如用這副梅花牌算，你按照自己內心所想，將這些牌排個序，之後若是有人可解這套牌，她就是你的有緣人。」

周焉墨淡淡地說：「這麼說，現在暫時是看不出來了？」

他點了點頭。「我道行還是淺薄了。」

周焉墨心裡根本也不在意，隨手拿過那套梅花木牌看了看，只見這套木牌已經陳舊發黑，木頭上也產生了裂隙，上面的梅花按照不同方位、不同數量各有區別。他從前只是聽說過有人用這種梅花牌來占卜，卻從來沒有見過。

他隨意排了個順序，遞給大師，大師把全副牌放在一邊，說道：「若是遇見可能的有緣人，我會讓她來拆這套牌的。」

「多謝。」

「公子的命格，有人相助，才能走得更快更平穩。」大師意味深長地說：「也就是講究個互相成就罷了。」

接下來，他又囑託了幾句高深莫測的話，裴雲舟反覆致謝。二人離開寒禪寺後，裴雲舟疑惑地嘟囔道：「這大師不是算姻緣的嗎？怎麼還說了幾句別的？」

周焉墨只問：「他算得真的準嗎？」

裴雲舟回道：「準吧？雖然他是新來的，可是聽說算出了好幾對新人。」向來都是姑娘家比較關心這些事，這也是裴雲姝告訴他的，為的就是要他帶奕王來此一算，回去他還得把算姻緣的結果告訴妹妹呢。

「那要提前恭喜你了，裴大人好事將近。」周焉墨揶揄地說：「好姻緣近在眼前，對方美麗又賢淑。」

「別打趣我了，我就等著看你娶回來個什麼樣的王妃。」裴雲舟踏上馬車。「該去辦正事了！」

看著眼前冒著熱氣的香茗，二姐弟有些侷促不安地坐在凳子上。

「葉姐姐，我們明日就要出發了。」余慎說道。

來自北狄的姐弟倆依著大周的習俗，給自己取了名，都是由他們在北狄的名字變化而來的。姐姐叫余聽，弟弟叫余慎。

葉未晴看向岸芷。「人都找齊了？」

岸芷道：「是的，小姐，人手已經找齊，路線也規劃好了，路上所需也帶得齊全，小姐可以放心。」

葉未晴看向岸芷。「妳辦事我當然放心。」她又轉頭對余聽說：「大約一個月就可以回來了，以後不如在盛京定居，我可以照顧你們。」

「謝謝葉姐姐，妳的大恩大德我們永世難忘！」余聽嘴甜地說道：「若是沒有妳，我們說不定回不了北狄，會就這樣餓死在大周。」

葉未晴微微笑了笑。「哪有什麼謝不謝的，不過就是互利共贏的事，我給你們指了一條路，沒有你們，我也賺不到錢。」

「姐姐。」余聽突然將衣領扒開，嚇了葉未晴一跳，只見她把手伸到脖頸後面，取下一條項飾遞了過來。「這是我阿爹給我的，我想暫時押給妳，妳替我們墊付了那麼多錢，等以後我賺了錢，一定會把錢還給妳。」

葉未晴看了看手中的項飾，說是項飾，實際上就是一根繩子串著一塊黑漆漆的石頭而已。那塊石頭表面凹凸不平，看起來黑黝黝的，實在看不出是什麼品種。

不過她還是鄭重地收下了，這是余聽阿爹的遺物，她一定十分珍重。她若是不收，余聽這孩子受了她的恩惠，心裡也會不好受。反正來日方長，以後再還她就是了。

「姐姐，那我們走了，等我們回來喔！」余聽擺了擺手。

待他們走後，葉未晴無意間拿起石頭看了看，陽光照在上面卻不再是黑黝黝的一片，而是奇異般地泛起了深藍色的光，仔細看過去，甚至還有點點白光，好似星空一般深邃美麗。

原來這石頭裡還有如此奧妙，她妥善地收了起來。

過了一會兒，疏影院來了一個皇宮內侍，正是青雲公主身邊的小趙子，他笑咪咪地對葉未晴道：「葉姑娘，青雲公主想問您有沒有時間，公主想請教射箭。」

葉未晴問道：「現在嗎？」

「正是。」小趙子喜悅地笑道：「公主自回宮後，總是念叨著要和您學射箭，一刻都等不了。淑妃娘娘硬是拖了她一天，想等葉姑娘好好歇息過後再請您入宮。」

「正好我現在無事，那便同公公去吧。」葉未晴心裡微訝，想不到這一世的楊淑妃居然如此貼心。

她笑盈盈地跟著趙公公進了皇宮，到了青雲公主的寢殿。青雲公主早已在那裡豎好了靶子，活潑的身影跳來跳去，拉著弓躍躍欲試。

她看到葉未晴的身影，放下弓歡喜地衝上來。「妳可終於來了，本宮自己無趣得很。」

葉未晴瞥了眼靶子，箭插在最邊上幾枝，甚至還有射到外面的，筆直地插在地上……

「公主以前學過射箭嗎？」葉未晴問。

青雲公主頓了一下，說道：「學是學了點的。」

葉未晴示意。「那請公主射一箭看看。」

青雲公主拉起弓，葉未晴卻搖了搖頭，她這拿弓的姿勢就不大對，這樣怎麼能射得準？

葉未晴將她的手微微調整了幾處，又端平她的肩膀胳膊，這樣一看，姿勢正規多了。

青雲公主窘迫地紅了臉，她剛說完自己學了一點，卻連拿弓的姿勢都不對，雖然葉未晴沒說什麼，可她肯定注意到了，真是丟死人了……

青雲公主搭箭，顫顫巍巍地射出去一枝，只聽趙公公尖銳的嗓音響起。「哎喲，公主可嚇死咱家了！」

箭從他身邊飛過，其實若是他不躲，也射不到他身上，可他看見鋒利的箭頭向這邊飛來，還是忍不住往旁邊一跳。

青雲公主抿著嘴，有些不好意思，但還是忍不住笑意。「對不住啦！」

葉未晴卻道：「公主剛才那一箭，最後手腕向偏處用力，所以射偏了。」她語氣變得嚴肅起來。「以後還需多加小心，這可是會出人命的事。」

她有些委屈地眨巴眨巴眼睛。「本宮知道了……」

說罷，她又神情專注地認真射了一箭，這回明顯有了進步，起碼射在靶子上。

「姿勢準確是前提，剩下的就是要多練。」葉未晴教導。「感受每次射箭的力道和方向，久而久之就會掌握到精髓。」

「好像有那麼一點點感覺了！」青雲公主歡喜地跳了兩下，看向葉未晴。「葉姐姐，妳能露兩手讓我們看看嗎？」

葉未晴自然地左手持弓，右手拿出一枝箭放在弦上，一整套動作行雲流水般令人賞心悅目。她眼中彷彿有光芒閃過，面容嚴肅而認真，好像霎時間換了個人似的。

「咻」的一聲，正中靶心！

青雲公主都看得傻住，過了許久，才看向靶子，驚呼一聲。「哇，葉姐姐妳真的好厲害！」

趙公公也在旁邊鼓掌歡呼，葉未晴笑著將弓遞回給青雲公主，好像剛才的英姿只是她的幻覺似的。

青雲公主玩了半天，感覺有些累，額頭上也出了些汗，終於想休息了，於是要遣人送葉未晴回去，葉未晴婉拒了。她當然不用人送，自己就對皇宮的路瞭若指掌，何必麻煩人。

離去之前，青雲公主說道：「母妃說等妳下次來的時候，她再好好招待妳，今日她不太舒服，還望見諒。」

葉未晴含笑回道：「請公主轉告娘娘不必客氣，我也就是來陪公主玩一會兒打發時間罷了，不必麻煩。」

葉未晴離開了公主寢殿，向著宮門走去，沿路碰到的宮女、太監們雖然不知她是誰，可也怯生生地向她請安，唯恐得罪了貴人。

陽光有些刺眼，她偏過頭去，用手遮在眼睛的上方，微微瞇起了眼。

長長的宮牆似乎望不到頭，這條路再過去不遠處就是顯仁殿。這是她重生後第二次入宮，上次出席朝宴，時間匆忙無法走遠，只能在附近活動，而這次偏偏讓她繞到了這裡。

她已經很努力地控制自己別想上一世經歷過的事了，但顯仁殿似乎有種魔力，吸引著她不由自主地一步一步靠近。

待到她反應過來時，人已經立在了顯仁殿宮門的不遠處。

血腥的記憶一下子湧入她的腦海。先是漫天的白色，冷入骨髓，她彷彿看見自己跪在冰天雪地中，一下一下磕頭，額頭破了，血流進雪中，就像綻放了幾朵梅花。

冷酷的君王，嬌豔的美人，漫天的箭雨，她的家人倒在血泊中，眼睛看著她，彷彿有什麼話想對她說。

是想對她說什麼呢？別跪這對賤人，寧願死了，葉家風骨不能折，還是——別管他們，好好活下去？

若是前一種，她沒有做到，因為她拋棄了尊嚴，對周衡和羅櫻下跪了，還苦苦哀求他們，渴望事情能有轉機。

若是後一種，她也沒有做到，她最後還是死在了箭雨下，沒有保住命，好好活下去。

周焉墨路過的時候看到的就是這樣一幅景象，葉未晴呆呆地立在顯仁殿宮門外，瞳孔如死潭般平靜無波，沒有焦點，好似陷入了什麼可怕的夢魘。他走到近處，才發現她恍若失神，連他的腳步聲都沒有聽到，身子竟然一直顫抖著。

「葉姑娘。」他喊。

她沒有反應。

他沒來由地一陣心慌，快步走至她身後，手輕輕地搭在她肩膀上，緊張地喚：「葉未晴？」

她還是沒有反應。

「葉未晴！」他又喚了幾聲，一聲比一聲沈，心裡在思考要不要找個太醫來看看，或者直接將她打橫抱到太醫院去。

葉未晴沈浸在無邊無際的回憶中，彷彿聽到有人在呼喚她，讓她從回憶中一點點抽離。她茫然地回頭，眼睛中泛著紅血絲，懵懂地盯著周焉墨。

周焉墨剛鬆了一口氣，但看她這模樣，心又提了起來。他從未見葉未晴這樣過，她一直是個狡黠又機敏的小狐狸，時不時露出藏起來的小爪子，但現在卻像是受了莫大的刺激，整個人丟了神智似的。

他低下頭，才發現她的手一直緊緊攥著，指甲把掌心掐出了血，現在還越掐越深。

他嘆了口氣，拉起她的雙手，使了不小的力度，硬生生將手指頭扳開，將那一雙纖手展平。雪白的掌心上，留下了四個圓弧的傷口，指甲尖上沾有血跡。他抽出一條白色絲綢手帕，撕成了兩半，為她的雙手包紮。

葉未晴的眼神漸漸變得清明，等到周焉墨幫她包紮好，她才將意識完全拉回了現實中。

周焉墨問：「這回正常了？」

「嗯。」她淡淡地應道。

「誰欺負妳了？」周焉墨問，語氣和話家常一樣隨意。

「沒有誰。」葉未晴欲蓋彌彰地笑笑。「我也不知是怎麼了，真奇怪，以前從沒這樣過……」

說完，她才注意到自己的手還放在周焉墨的手中，被他的一雙大掌籠著。她尷尬地抽了回來，周焉墨微微地勾了勾唇，修長的眼尾意味不明。

「我要出宮了。」她抿了抿唇，眼神不自然地看向一邊。

「我先帶妳去個地方。」他道：「我還未出宮建府的時候，每當心情不好，就會去那裡。」

葉未晴默默地跟在他身後，心下也覺得奇怪，他不問問她是否有時間、是否願意跟他去，居然就直接帶上了路。不過實際上她也沒有拒絕的打算，莫名地，她也很想去看看他說的究竟是什麼地方，會不會也讓她心情變好。

她認得這路，竟然是去往華清殿的。

華清殿是一處冷宮，沒有人居住，甚至沒有人敢靠近，因為總有鬧鬼的傳聞。她自詡對皇宮甚是瞭解，可是華清殿這裡，她真的沒怎麼去過。

二人路過華清殿的大門，出乎意料的是，周焉墨並沒有進去，而是直直向前走，最後拐進了華清殿後面的一處小花園內。

偏僻的花園沒人照料，花草肆意地生長，不像其他花園修剪得規規矩矩，反而透出一股野蠻的生氣。除了花草，還有一張落滿灰塵的石桌，葉未晴走到旁邊看了看，那石桌居然已經積了一層厚灰，野草攀爬在旁邊的石凳上，幾乎快要覆蓋住整張石凳。

除了這些，園子裡還有一座很大的假山。葉未晴走了進去，這座假山內部彷彿跟迷宮一樣，光線陰暗，偶有幾束光順著洞孔縫隙打進來，可以窺到陽光中漂浮的灰塵。

「小時候，我很喜歡在假山裡鑽來鑽去，總覺得假山很大。」周焉墨小聲喃喃。「現在看來也不過如此，比不了真正的山。」

葉未晴微微疑惑。「這裡一個人都沒有，為什麼來這裡會讓你心情變好？」她就只覺得這裡陰森森的而已。

「沒人來，只有我自己最好。」過了一會兒，周焉墨挑了挑眉，補充道：「我小時候就是住在華清殿。」

葉未晴睜大了眼睛，略微震驚，不由問：「那你後來怎麼搬走了，因為鬧鬼嗎？」

「鬧鬼是我走了之後才出的傳聞。所謂鬧鬼，不過是負有罪孽的人心虛罷了。」周焉墨嘴角勾起了一個嘲諷的弧度，眼中帶著散漫的銳利。

葉未晴垂下眼眸，掩去淡得快要看不出來的情緒。想不到周焉墨幼時會住在這樣一個偏遠的寢殿，後來究竟是出了什麼事，他才會搬走？這裡又為何會出現鬧鬼的傳聞？和他那個什麼消息都探不到的娘有關係嗎？

有關他的秘聞鮮少人知，而他就用這樣輕描淡寫，甚至帶點譏誚的口吻說了出來，反倒更讓人在意了。

算了，和她有什麼關係，他們又不熟。

兩人繼續往前走，倏然間，葉未晴被他猛力一拉，死死地壓在角落裡，她被他突然的動作驚得心狠狠跳了一下，不知他在搞什麼名堂，正想開罵時，周焉墨靠在她耳朵附近輕輕地「噓」了一聲。

他身上的氣息鋪天蓋地地席捲過來，讓人無所遁形。葉未晴隱隱約約聽到外面似乎有響動，像是腳步踩在草叢上那種細細碎碎的聲音。

是有人來了？這也能理解，可是他靠她這麼近做什麼？

葉未晴生氣地用手推了他胸膛幾下，不但推不開，甚至還被他用雙手捉住了手腕，放在她頭上的位置。不過，依然小心地避開了她掐傷自己的地方。

她瞪著黑白分明的杏眼，試圖威脅，可這威脅實在無力，甚至逗得周焉墨微微笑了笑。

他一笑，本來修長的眼尾微微上挑，更顯得動人，襯托出那驚人的美貌來。他的氣質兼顧了少年的灑脫與青年的沈穩，如同甘甜的果酒和濃郁的烈酒混合，引得人心醉。

腳步聲越來越響，不知來者是誰，拐到了假山內部。

他們正巧站在一個角落裡，左邊凸出了窄窄的一塊，他們只有靠得這樣近，才不會被發現。她也知道周焉墨不是故意的，可心裡就是有些無奈的生氣。

外面那兩個人邊走邊交談，走到近處了，葉未晴才聽清他們說的話。

「父皇想讓我出宮建府，只怕以後不能常見妳了。」男子的語氣中不免遺憾，葉未晴聽著耳熟，若沒記錯的話，應該是四皇子的聲音。

另一個女聲則聽不出來是誰，不過聲音也是極為好聽的，像是深谷泉水般清脆又帶著糖一般甜膩的嬌媚。「若是你不能來見我，咱們就算了，省得這樣累。」

「別啊，怎麼能就這樣算了。見不到妳，我飯都吃不下。」四皇子哄著那女子。

她語氣中帶著怨懟。「左右你身邊那麼多鶯鶯燕燕的，也不缺我一個。」她頓了頓，又接著說：「而且，每次見你，我都擔驚受怕的。」

「我們在一塊兒這麼多年了，早在妳成親之前，我們就相識，我不可能把妳讓給別人。」四皇子不知道幹了什麼，引得那女子輕輕哼唧了一聲。

「當初是我沒本事，才會讓大哥把妳從我這兒搶走……不過，我倒是很有信心的。」他輕浮地笑了一聲。「妳說，是大哥好，還是我好？」

那女子不說話，半晌了才求饒道：「你、你好，行了吧！」

葉未晴看了周焉墨一眼，二人互相交換了個了然的眼神。聽他們的對話，這女子應該是太子妃。沒想到太子妃和四皇子居然有一腿？可是上一世太子倒臺後，太子妃也沒能逃脫得了赴死的命運，四皇子怎麼沒有出手幫她？

看來，不過也就是個用完就扔的玩物。

太子妃如果安穩地待在太子身邊，等太子登基了，她起碼也是個皇后。可她遊走於二者之間，太子失勢後，四皇子也不會念著舊情保她。愚蠢。

兩方人就只有一牆之隔，周焉墨這個做叔叔的在旁邊偷聽姪兒和情人互訴衷腸，偏偏又走不出去，葉未晴用目光嘲諷他。

窸窸窣窣解衣的聲音響起，葉未晴臉色驟然變化。而周焉墨不但沒有絲毫不好意思，還挑釁地向她挑了挑眉。

她的胳膊痠極了，動了動手腕，周焉墨就鬆開了禁錮她的手，但仍然支在她的頭上。只有這樣，他向前趴著，才不會露出身形。

外面的喘息漸漸濃重起來，原本太子妃清脆的聲音也染上慾望，嬌吟連連，沒有半點壓抑的意思，甚至越叫越歡。

周焉墨能感覺到葉未晴的緊張，鼻子中呼出的溫熱氣息全部要命地噴在他的脖頸上，呼吸比平時還急促了一點。

儘管她表面裝得冷靜自持，面上依然爬上了絲不自然的紅色。離得這麼近，他看得清她每一根彎曲的睫毛，和故意躲閃的眼神，他的喉頭不由自主地動了動。

曖昧的聲音一下又一下地響起，當真是好生激烈。

「太子最近和羅家往來還那麼密切嗎？」四皇子問。

做這種事的間隙還不忘套話，看來四皇子也不像表面那麼無腦，還是很敬業的嘛。

太子妃已經連話都說不清楚，含糊地回答一句。

「這是什麼意思？」四皇子笑道：「看來還是不聽話啊。」

太子妃忽然求饒般地說道：「好了，饒了我吧，我好好說！就、就是，最近沒有以前多了……」

「怎麼看出來的？」四皇子又問。

「有個小太監，總傳話的，最、最近都不見他了……」她尾音稍稍挑起，嫵媚頓生。

「也沒有別人？」

「嗯……」

「那他哪兒去了？」

「好像被關在青牢裡了……」

葉未晴感覺時間似乎特別漫長，等他們聲音終於小了，離開之後，她才重重喘了一口氣。

周焉墨眼尾修長，嘴角微勾，端的是不懷好意。「怎麼樣，這回心情好了嗎？」靠得這麼近，純屬被逼無奈，怪不了他，這是心照不宣的事情。

「託你的福，好了！」葉未晴惡狠狠瞪他一眼。「你不是說這裡沒有人來嗎！」

「對啊，沒人來，所以他們才敢這樣放肆。」周焉墨無辜地說：「我怎麼知道他們會來這裡？我好多年沒來過了。」

他又舉起一隻手。「記得還我。」

她知道他說的是繫在自己手上的手帕，她問道：「怎麼，弈王府這麼窮酸，連條手帕都出不起嗎？」

「葉姑娘如果想留些我的私物在身邊，也未嘗不可。」他一臉我都懂的表情。

葉未晴不甘示弱。「弈王如此睚眥必報，剛才輕薄了我可怎麼算？」她沒想算這個帳，只是嘴上不甘示弱。

「妳以前不是給過我兩枚耳墜，說會報答我的嗎？」周焉墨認真地沈思。「一枚耳墜不夠，就算兩枚的。葉姑娘的報答不會如此簡單容易吧？」

葉未晴氣得咬了咬牙。「……那不算！我又不賣身！」

「哦……」周焉墨微微蹙眉，隨即又張開了雙臂。「那讓妳輕薄回來？」

葉未晴走到他面前，當他驚異地差點以為她要擁抱他的時候，沒想到卻重重地挨了一拳，但他是習武之人，這一拳不算什麼，他甚至在原地紋絲不動。她氣得咬牙走了，周焉墨心情頗為愉悅地跟在她後面。

出了宮門後他還非要蹭葉未晴的馬車，她只好先將他送回王府，自己再回定遠侯府。

回來之後，才發現娘親一直在疏影院等她。

「怎麼了，阿娘？」葉未晴問道：「剛才青雲公主邀我入宮教她射箭，才剛剛回來。」

江氏溫柔地笑道：「賀家那個長子賀宣，妳知道嗎？」

「知道。」她點頭。

「賀夫人方才來侯府，同我說了說她兒子的事，娘想問妳，妳覺得賀宣這人如何？」江氏問。

「挺好的。」葉未晴點了點頭。「他還幫我解過圍。」

「是這樣的，端午節將至，若是妳覺得可以，到時候就安排你們相看。賀家雖然身分低了些，不過我們家也不在乎這些，找個對妳好的、妳喜歡的就行。」

葉未晴未加思索便道：「可以，阿娘安排吧。」

江氏臉上笑意更盛。「見妳這麼乾脆，對那賀家長子印象應當是不錯的吧？」

葉未晴不置可否，賀宣是看起來不錯，為人正直老實，這一世她對自身姻緣的要求不多，只望能安安穩穩過一生，其他的她已無所求了。

第六章

曲江是大周境內最主要的一條河流，每隔幾年會發一次大水，朝廷重臣們遠在盛京，無關痛癢，早已經見怪不怪了。每回有災情，朝廷都是撥發賑災款項，交由太子主導，和戶部官員一同負責前往視察。

葉未晴記不清上一世曲江是什麼時候發的大水，可是沒想到這回來得這樣快，春獵過後僅僅半月，這水就發起來了，聽葉嘉、葉銳閒談時說，這次曲江水患並沒有多少人傷亡，只是房屋損耗尤其嚴重，許多人露宿街頭。焦南的老家川臨縣應當是沒有傷亡，看來焦南已聽進去她的話，將家人接到了盛京。

雖然水災發生得意外地早，讓她的提醒顯得有些巧合得離奇，不過她心想焦南應該不會多想，因此她為自己順利阻擋了周衡的規劃還暗暗高興了一下。但沒想到，另有有心人嗅到了此事的不對勁之處。

聽完裴雲舟的話，周焉墨將原本手中拿著的書卷扔到了案上，輕輕地揉了揉眉頭。

「怎麼這麼湊巧？葉未晴剛勸焦南把家眷接來，曲江就發大水了？」裴雲舟一臉疑惑。

「他們以前沒有交集吧。」

周焉墨不說話，若有所思，修長的手指在桌上叩了幾下，突然問道：「劫獄之事安排得如何了？」

「計劃已定，這兩天就會動手。只不過風險很大，可能會損失不少人手。」裴雲舟如實答道。

「先別行動。」周焉墨蹙眉，對著旁邊人命令道：「去把葉姑娘請過來一趟。」

過了不久，來人回稟道：「葉姑娘不在府中。」

葉未晴此時正在宮內，陪著青雲公主練了一會兒射箭，楊淑妃就喚她們去喝茶。

楊淑妃笑咪咪地看著葉未晴，不像上一世那樣冷著臉對待了。但葉未晴還是感到有些不自在，總覺得楊淑妃的笑容看起來太假，甚至讓人有些毛骨悚然。

「上一次葉姑娘入宮的時候，本宮就想見一見妳，可惜身子實在不適。」楊淑妃示意宮女上前倒茶。「妳嚐嚐這茶，是皇后賞本宮的長溪銀針，珍貴得很，只有招待葉姑娘這種身分的貴女，才值得我拿出來。」

「娘娘不必如此客氣。」葉未晴看著宮女上前，倒了盞茶。

「以後可要多來走動走動，我們青雲從小孤單長大，一直希望有個談得來的姐妹。」楊淑妃意味深長地笑著。「若是我們能成為一家人，那就再好不過了。」

楊淑妃的意圖已算十分明顯，就是想給自己親生的四皇子周凌牽紅線，但又礙於周凌和周衡走得近，不好明說，只能這樣點一點她。

葉未晴乾笑著，心想著只怕是楊淑妃還不知她兒子可和太子妃有一腿，等她知道了，看不嚇死才怪！

葉末晴從來沒想到自己能像香餑餑到這種程度，一沒了婚約，好多人都打她的主意……喔不，應該說是在打她身後葉家的主意。

身旁桌上放的那盞茶正飄著熱騰騰的霧氣，葉末晴端起來，做成中空的杯壁仍然有些燙手，她輕飲了一口，猛地燙得咳了出來，連帶著杯中的茶也灑在了衣服上。

楊淑妃登時咒罵宮女。「煮茶的沸水怎麼就直接倒進去了，這麼不小心！」

不管怎樣，把錯推到宮女身上總是沒錯的。

「快帶葉姑娘去偏殿換身衣服！」楊淑妃瞪了一眼那宮女。「還不快去！」

那宮女唯唯諾諾地領著葉末晴走了出去，到偏殿找出了一身她勉強可以穿的衣服。

「需要奴婢服侍小姐穿嗎？」宮女低著頭問。

「不必，我自己來。」

總算能出來安靜地待一會兒，葉末晴反而鬆了一口氣，否則讓她從頭到尾面對著楊淑妃那一臉假笑，她渾身雞皮疙瘩都要起來了。

還好茶水只濕了最外層的衣服，換下衣服之後葉末晴打算磨蹭一會兒再出去。她放眼打量這座偏殿，雖然不比娘娘、公主所住的地方寬闊，但生活所用一應俱全，床上鋪的帳子布料也算中乘，床邊的小櫃子上放著一塊腰牌，看來是楊淑妃宮裡的人專用。這裡應該是地位較高的宮女住處，但絕對不是那個領她來的宮女，看樣子不像。

葉未晴想了想，順手將腰牌收到懷中。

故意磨蹭了一會兒，再去見楊淑妃時已經過了些時候，楊淑妃也不好再留她。

出了一身的汗，衣服又染上了茶漬，葉未晴渾身難受，回到侯府的第一件事便是叫汀蘭為她準備沐浴。

「剛到開飯的時候，要不然小姐先用膳再沐浴吧？」汀蘭問。

葉未晴沒什麼胃口，為了離楊淑妃遠點，舌頭燙到現在還疼，便拒絕道：「不去了，晚些時候單獨準備一份吧。」

飛鸞已經在疏影院的屋頂等她等了好幾個時辰，他聽從奕王之命暗中保護葉未晴，唯有入宮時是不會跟的，畢竟宮中戒備森嚴，家中護衛高軒也無法隨同，只能在宮門口等待。

終於等到葉未晴回來，他正想傳訊告知奕王有請，可還沒來得及傳訊，她又開始沐浴了。

他只好繼續隱身，又要煎熬地等待，又要收斂動靜，防止守在門口的高軒發現。

終於等到侍女們抬著木桶出去，飛鸞正從屋頂跳下來，不料高軒眼尖地發現了，霎時閃到他身前，將他雙臂反剪於身後制住。

飛鸞邊掙扎邊激動地辯解道：「我找你們小姐有事，我是弈王府的人！」

高軒橫眉冷對，完全不信。「有事怎麼不走正門，偏要從房頂上下來？」

「哎呀，你懂什麼，私事，不能告訴別人！」飛鸞眼見高軒不打算放開他，還將他往院子外面拖去，他情急之下只得大喊。「葉姑娘，葉姑娘，王爺找您有事！」

這聲音終於驚動了葉未晴，她淡淡地推開窗戶，向外瞟了一眼。她的頭髮還沒來得及擦，完全濕著，放在肩前一側，搭在中衣上，稍稍弄濕了衣服。

她皺眉問道：「發生什麼事了？吵什麼？」

高軒將飛鸞又拉回到窗戶前，飛鸞回道：「葉姑娘，在下是奕王府的人，王爺讓我來請您去一趟，已經等了幾個時辰了！」

葉未晴淡淡地問：「哪個王爺，周焉墨？」

飛鸞怔了一下，然後道：「是！」這葉家小姐居然直接稱呼主子名諱，看來關係匪淺。

「讓他來找我。」葉未晴想了想，撂下一句，似乎嫌風太涼，伸手就要將窗戶關上。

飛鸞著急地喊道：「葉姑娘等等，我們王爺怎麼來啊？」這……女子閨房，夜間男子來訪，總歸是不太好。

「你怎麼來的，就讓他怎麼來。」葉未晴說完，將窗戶徹底關上。

高軒抱著飛鸞的胳膊，似乎還沒反應過來，飛鸞一把用力甩開他。「放開我！你看我沒誆你吧，你們小姐和我們王爺關係好著呢！」

「你給我閉嘴！」高軒氣憤得很，偏偏又不能動手，話哪裡能這麼說，有損小姐的名聲！

不過高軒這次長了記性，記住了飛鸞，周焉墨來訪的時候他也沒攔。

汀蘭看到周焉墨倒是驚了一下，還是岸芷機靈，拉著汀蘭的袖子讓她別做出什麼過分的反應。

周焉墨推開門，看到的便是隨意穿著鬆散中衣的女子，頭髮還稍稍有些濕潤，披散在身後，不知是不是水氣重的緣故，那張臉好像被霧氣蒸騰得越發白皙，眉眼也像空白宣紙上水墨洇出的幾筆。

屋內只點了幾盞燈，昏黃的顏色，讓人頓生暖意。看書用這樣的燈光有些傷眼睛，不過做別的倒是足夠了。

她屋裡的侍女正在桌子上擺著幾盤精美的小菜，葉末晴聽到聲音，一點也沒有意外，抬頭看著他，用稀鬆平常的語氣道：「來啦？」

周焉墨怔了一下，這種情景竟然讓他覺得溫馨，讓他產生了一種「家」的錯覺。在他的記憶中，從來沒有經歷過這般情景，就好像，黑暗中點了一盞燭火，無論發生了什麼，都有一個人在歸處等他。外面的浴血廝殺、爾虞我詐，都在回到歸處後被治癒。

連綿的雨水打在乾涸的土地上，花苞吸收了缺少的養分之後，不由自主地一點點綻放，連負隅頑抗都無用。花瓣一層接著一層，慢慢舒展，露出正中的花芯，發出極其細微的聲響。他的內心，便如同這樣發生了某種細微的變化。

葉末晴見周焉墨微微怔住，還以為他被自己只穿著中衣隨便的樣子嚇到了，她滿不在乎地笑笑。「你都能叫人直接闖我閨房了，我穿個中衣也沒什麼吧。」

「……我也沒說怎麼樣。」他被這一句話拉回漫遊的深思，徑直走到桌子的對面坐下。

葉未晴吩咐汀蘭。「再多加一雙碗筷，拿壺酒上來。」

「欸！」汀蘭應了聲，在周焉墨面前擺上碗筷。

周焉墨掃了眼桌上放的菜，竟然都是肉，只偶爾有幾片青菜點綴著。

葉未晴現在胃口好了許多，挾起一塊小排，細細地在嘴裡咀嚼著。那幾塊小排切得齊齊整整，大小相同，色澤鮮豔地擺在盤中，原本周焉墨已經用過飯，可是看了看，他又感到餓了，也挾了那精緻白瓷盤中一塊小排，送入口中。

細嫩而不膩，汁液包裹在周圍，香氣四溢。

她口中現在也該是這種味道吧？

突然意識到自己在想什麼，一絲慌亂與惱怒升了起來，他的面色又沈了下去。

葉未晴看見他臉上神色變了幾番，不知道他心中所想，只暗暗覺得這個人喜怒無常，吃個飯而已也能陰晴不定，只能小心地問道：「不合王爺的胃口？」

周焉墨已然整理好情緒，淡定下來。「何出此言？味道不錯。」他頓了頓，又道：「看來妳很喜歡吃肉。」

經他一提醒，她才注意到，眼前這人皮膚也算白嫩水滑的，大概是常吃青菜水果才能長成這樣，說不定就是因為肉太多了才不合他的胃口，心情不好。

她看了看盤中，只有那麼幾根油菜和胡蘿蔔，也許是不好意思和自己搶菜吃。

「是啊，我確實更喜歡吃肉。」她伸出銀筷，一把將那幾根油菜全都挾起來，放到周焉墨的碗中，還大方地說道：「王爺不用客氣，儘管吃！」

他最討厭油菜。

周焉墨臉色稍垮，對面的小姑娘還嫌不夠似的，又一筷子伸過來，將胡蘿蔔都塞到他碗中。

他也不吃胡蘿蔔。

「……」他僵硬地拿著筷子，瞪著碗側那朵栩栩如生的花，如果這花是活的，非讓他瞪凋謝了不可。

葉未晴知道他過來肯定是有事相商，不然大晚上的折騰不會只為了吃頓飯吧？葉未晴等著他先開口，可是他一直不說。

她想了想，主動給周焉墨的杯子裡倒了杯酒，談正事時適合喝酒，這回總該說了吧？

「來，王爺，敬您一杯酒。」她舉杯邀約。

周焉墨乾脆地將杯中的酒一口飲盡，果然開始談事情。「那日，在假山內……」

說到那天的事，葉未晴突然被剛入喉的烈酒嗆了一下，辛辣的味道蔓延整個口鼻，辣得她眼淚都出來了。她咳嗽幾聲，吃幾口東西才壓下去。

等她恢復了，周焉墨才接著說：「妳也聽到了，有個專替太子和羅家傳信的太監被關進了青牢。」他用手帕輕輕地擦了擦嘴角，舉手投足都帶著冷淡又倨傲的氣質。

「看來是犯了什麼大錯才會被關進去。」她繼續道：「青牢裡可都是些等死的犯人。」「青牢」，就是宮中的牢獄，關的也是宮裡犯錯的人。眾所周知，青牢裡關的都是死刑犯，就像一群生長在潮濕陰暗處的螞蟻，等什麼時候皇上想起來了，這些螞蟻就會被踩死，沒想起來，就能多苟延殘喘些時日。

她在青牢也待過一段時間。而且她可能是第一個從青牢裡活著出去的人，但沒想到，沒死在青牢裡，卻死在了別處。

「想撼動羅家，他很關鍵。」周焉墨淡淡地說，語氣中彷彿帶著誘騙。「妳怎麼想？」

葉未晴明白了他來此的目的，展顏笑道：「好不容易找到能撼動羅家根基的人，我怎麼能就此放棄？你不來找我，我也會想辦法把那太監救出來。

「只是沒想到，王爺竟然也有此想法。」葉未晴目光帶著認真的探究，還有點隱隱的興奮。「讓我越發好奇你的目的是什麼了，解決完太子、羅家，再解決了周衡……你想稱帝？」

岸芷和汀蘭在旁邊嚇得出汗，沒人能想到這樣一間溫暖的房間內，談論的是如此大逆不道之事。

「不算。」周焉墨默了片刻，道：「合作吧。」

「好。」她順理成章地應下，兩個人舉杯輕輕碰了一下，達成什麼重要決議似的，乾脆地一口飲了下去。

葉未晴那一雙黑漆漆的眸子彷彿被辣得濕漉漉的，倒映著搖曳的燭火，她道：「既然你如此誠心，那我便告訴你一個秘密。」

周焉墨側耳傾聽。

「青牢最裡處有一條密道。」她微醺地笑了笑。「誰都不知道喔。」

周焉墨瞳孔驟然收縮了一下，壓去眼底的震驚與懷疑，迅速調整成淡然的模樣，裝作無意地問：「哦？我確實沒聽說過。」

他底下那麼多人手，沒有人知道青牢裡有條密道，除非真是極其隱密，他不可能不知曉。對於葉未晴說的話，他心底依然存疑，若是真的，那也許真的——只有她一人知道。

葉未晴閉眼睛的瞬間，就彷彿又回到青牢內的日子。

當時她被關在最裡面的一間，有時候，她可以看到牢長趁著沒人時轉動密道暗門的開關，暗門倏地打開，每過一段時間便要這樣開合一次，以防止青苔生長封住暗門。

牢長覺得她是必死之人，便沒有避諱讓她看到。

這個機密似乎只有牢長知道，每隔一段時間便開合一次暗門的動作也像是奉命執行，因此她懷疑，這條密道是皇上設的，宮中若出事，危難時可以從這裡逃出去保命，任誰也想不到逃生的密道竟然會設在牢獄裡。

葉未晴吃飽了，興致勃勃地說道：「我可以把路線畫出來給你看。」

說完，她起身來到放著紙筆的桌子旁，寥寥幾筆，畫出了青牢內的地形和暗門開關的位置，簡單易懂。

周焉墨只掃了一眼，就知道她繪製的地形是正確的，甚至精細到了每一間牢房的位置，都與他屬下繪製的地形圖無異，只是多了條密道。

她為何如此清楚青牢的構造？

一時之間好像有無數個謎團纏繞在她身上，周衡、焦南、青牢……讓他怎麼想也想不通。

「若是真的，那葉姑娘可就幫了大忙了。」周焉墨將薄薄一層紙慢慢捲起來，然後塞到了袖子裡。

「不過我身邊沒人手，劫獄這件事得要靠你。」她又轉身拿出一塊腰牌，扔在桌子上。「就拿著它進去，就當送一份薄禮了。」

為了準備端午節葉未晴和賀宣的相看，葉家和賀家早早就商量好了，訂了江邊觀景最好的酒樓，屆時兩家人可以在包間內一邊交談一邊觀看賽龍舟，應是極為愜意的。

端午當日，葉家人到酒樓的時候，發現賀家人已經先他們一步到了。

葉未晴估計賀宣這種文人雅士應當喜歡外表端莊淡雅的女子，他們賀家不就把賀苒打扮成了那樣嗎？所以她特意選了條藤蘿紫的裙子，配素白色上襦，頭上簪了銀簪花，看起來純潔無害。

賀家人見他們來了，馬上從座位上站起來，熱情地將他們迎過去。賀宣和葉未晴面對面坐著，身旁賀夫人和江氏、霍氏幾位婦人熱絡地說著話。葉彤低著頭，蔫巴巴的，似乎沒有什麼興致，賀苒想插話卻一句都插不上。兩家的其他男子坐在房間的另一端暢談著。

眼看著葉未晴和賀宣大眼瞪著小眼，一句話都不說，賀夫人拉著江氏，向著窗戶那邊瞄了一眼，意味深長地說：「要不然我們幾個去窗那邊瞧瞧賽況？那邊瞧得更清楚些。」

江氏會意，接口道：「對對對。」一轉身朝著窗戶那邊走了過去。

見賀夫人、賀苒和江氏都走了過去，霍氏自然也要跟過去的，剛走幾步，卻發現葉彤沒有跟上來。

葉彤猶坐在桌邊，低著頭不說話，三個人坐在那裡，氣氛詭異極了。

「過來啊！」霍氏低聲喊道。

葉彤卻像沒聽見似的，理也不理。

霍氏有些急了，回去拉了一下。「彤兒，妳跟我過來！」

葉彤被拉扯得踉踉蹌蹌，隨著霍氏走到了一扇隱蔽的屏風後面。霍氏壓低聲音，有些不悅地問：「妳怎麼回事啊，今天為何如此不聽話？」

葉彤輕輕地瞥了娘親一眼，又看到別的地方去了，霍氏皺了皺眉。「妳也學學看一看別人臉色，妳姐姐和賀家公子相看，妳坐那兒幹什麼啊……」隨即，她有些不可置信地問：「難不成妳喜歡那個賀宣？」

葉彤沒有否認，霍氏強壓震驚，她原本以為女兒這樣只是因為心情不好，沒想到自己隨口一說還真就說中了。

「就算妳喜歡他，今天也別擺著臉子給葉家丟人！」霍氏只得先平撫女兒的情緒。「晚上娘再和妳細說，好不好？」

隨後，霍氏稍帶歉意地拉著葉彤走到了窗邊，向嫂嫂解釋道：「彤兒今日身子有些不適，別因為她影響了心情。」

「怎麼了，可有大礙？」賀夫人擔憂地問：「若是不舒服，就先回去休息吧。」

「沒事，小毛病，過幾天總歸也好了。」霍氏牽強地笑了笑。

此時，一直坐著的葉未晴始終沒有說話，她能感覺到賀宣的侷促不安，和他比起來，她簡直是太鎮定了。

「葉姑娘覺得今年哪一隊能贏？」賀宣終於開了口，眼中帶著星星點點的期望。

葉未晴想了想，隱約記得這一年賽龍舟似乎是青隊贏了，雖然按理來說，紅隊實力最強，大大小小的賭場都拿這事開注，絕大部分人都選了紅隊，但結果是押了青隊的拿了大把銀錢回家，甚至還有人懷疑龍舟賽和賭場的人勾結，引發了一場不小的風波。

她微微勾唇，帶著點不確定地說道：「紅隊吧？」

賀宣霎時間笑意蔓延。「我也覺得是紅隊，看來我們很有默契……」

「賀公子閒暇時都喜歡做什麼？」葉未晴其實也是認真地對待這次見面，決定主動問點什麼，多瞭解一下。

「我……平時就喜歡看看書之類的。」他頓了一下。「妳呢？」

「我也喜歡看書，不過都是些亂七八糟的書。」葉未晴赧然地笑了笑，回想上一世的自己，發現竟然沒有什麼愛好。上一世裡，她好像嫁人後就一直在鬥爭來鬥爭去，倒是出嫁前喜歡看些有意思的話本子，不過後來也不再看了。

賀宣卻突然激動了起來。「其實我方才沒好意思說，我經常看些靈異鬼怪的小故事。」

葉未晴驚訝地挑起了眉，她確實沒有想到賀宣會看這種書。她道：「這種小故事我倒是很感興趣，就是看得少。因為每每看完都害怕，晚上會睡不著。但又總想看，只能盡力克制住自己。」

「妳感興趣嗎？要不要我給妳講幾個聽？」

葉未晴也被挑起了興趣，難得雀躍道：「好啊！」

「想出去逛逛嗎？我們可以邊走邊說。」賀宣小心翼翼地問：「我知道有一家店的糕點是用鮮花做的，入口即化，聽說女子都很喜歡。」

這是賀宣早早就問了一圈所有認識的女子，最後賀苒給他出的主意，說一定要帶葉未晴嚐嚐那家的糕點和茶水，是她喜歡的口味。

話都說到這分上了，葉未晴還能有什麼不同意的？原本就覺得賀宣合適，聊了幾句又覺得更合適了，志趣也算相投，還願意在自己身上花心思。

外面是陰天，江邊水霧瀰漫，空氣中潮濕微冷，小風濕乎乎黏膩膩地颳在身上，一邊並排走著，一邊聽賀宣給她講靈異鬼怪故事，在這種氛圍下聽鬼故事，好像也沒有那麼可怕了。

裴雲舟往側面瞧了一眼，看見兩個小小的人影從酒樓裡走出來。這麼遠的距離，路上行人也不少，偏讓他認了出來。可能是這璧人似的一對，太過出挑。

他驚訝地開口。「咦，那不是葉未晴和賀宣嗎？」

周焉墨也順著看過去，那兩個人挨得很近，有說有笑，時不時對視一眼，幾乎有種能聽到他們笑聲的錯覺。他沒忍住，多瞧了幾眼。

「我說怎麼訂不到那可以賞江的包間呢，雲姝還和我鬧，應該是他們兩家早就訂去了，就為了讓他們相看的。」裴雲舟在旁邊惡狠狠地補了一刀。

那兩個人越走越近，周焉墨站在原地，裴雲舟也不好意思走。

半晌，周焉墨問道：「你說，他們現在要去哪兒？」

裴雲舟順著這條街看來看去，遲疑地指了指附近的一家茶社。「這家茶社吧，似乎聽雲姝提過。」

葉未晴看了看牌匾上的四個字「九辭茶社」，伸腳邁過了門檻，賀宣貼心地跟在她身後進去。

茶社內環境清幽，幾株綠植從地上鑽了出來，長在室內。另一側沒有牆壁，只懸掛著深灰色的紗，隨風飄拂，頗有些仙氣瀰漫之感。紗前掛著一排長長的燈籠，又為這仙氣增添了一分朦朧。

店裡客人不多，可來招呼的夥計卻一臉抱歉地說：「二位客人，實在抱歉，店裡沒有位子了。」

賀宣疑惑地看了看四周，明明還有幾桌是空的，便問：「那些不是空著嗎？」

「都被人訂了。」夥計道。

葉未晴看賀宣深感遺憾的模樣，便安慰道：「沒關係，下次再來也一樣。」

這時候，突然有人呼喊道：「要不要併個桌啊，葉姑娘、賀公子？」

說話的正是裴雲舟，他和周焉墨坐了一桌，周焉墨坐在一旁，手中轉著茶杯，嘴角輕抿著，淡淡地向他們瞥了一眼。

葉未晴看到他們，心想這二人也和賀宣接觸過，一起併個桌也好，免得他們白跑一趟。見他們二人走了過來，裴雲舟和周焉墨向裡挪了挪。周焉墨冷淡地看著賀宣，讓賀宣有些不舒服，但這位弈王似乎一貫作風都是這樣，沒給過誰好臉色看。

周焉墨打量了賀宣幾眼，心裡默默地只有三個字——

配不上。

夥計過來打破了這詭異的氛圍，他遞了一張單子，上面寫著小吃和茶水的名字。「客官們看一看，需要些什麼？」

葉未晴看了一眼空空如也光滑無比的桌面，看來他們也剛到，沒來得及點東西。夥計直接將單子塞到了看起來最不好惹的客人手裡，周焉墨興致缺缺地瞟了一眼，遞給了坐在身側的葉未晴，只見單子上面畫著繁複的花紋，字體用清秀的小楷寫成，和茶社內的布置一樣別致，相映成趣。

她微微抬頭，鬢邊的一綹頭髮垂了下來，轉頭問賀宣。「你說好吃的是哪種來著？」

「雲片糕和豆沙糯米卷。」賀宣臉上掛著溫柔和煦的笑。

她看了看，這兩樣小點正列在單子的首位，上面畫了三朵五瓣梅花，代表極為推薦的意思。

「那就這兩個吧。」她對著夥計說道，又問賀宣。「那茶呢？」

「茉莉玫瑰花茶，妳喜歡嗎？」賀宣說出一早準備好的答案，又怕葉未晴不喜歡，在後面補了一句問話。

葉未晴能體會到他思慮周全。「喜歡的。」

這兩人一問一答，顯得旁邊兩位格外多餘。周焉墨不耐地揉了揉額角，懨懨地看著他們。

裴雲舟突然咳了一聲。「我看看啊，我還沒點呢！」

說罷，他搶來單子瞧了半天，夥計都快要不耐煩了，才終於點了一壺口味清淡的茶。

夥計收單之後，葉未晴左右看了看，不禁疑惑道：「偌大的店面，又是端午佳節，桌子都被訂光了，怎麼沒幾桌客人到呢？」

裴雲舟心虛地和周焉墨對視一眼，周焉墨冷靜自若的模樣讓他少了幾分心虛，隨口便胡謅。「剛開店，是你們來得早，這會兒人潮還在外頭看賽龍舟唄。」

這葉姑娘精明得很，哪裡是好騙的，周焉墨玩這一齣真的瞞得過人家？

不過片刻，茶和糕點就送了過來，賀宣主動接過茶壺，倒了一杯，推到葉未晴面前。茶上面還浮著幾片新鮮的花瓣，像是剛採摘下來的，裝在小巧的白色瓷杯裡，可以看到微微的淡粉色。

吃一口糕點再就著喝一口茶，似乎這糕點原本的馨香就會被放大，沁香盈口。

「賀公子費心了，這幾樣糕點都是我喜歡的味道。」葉未晴真心實意地覺得好吃，和她前世在宮裡吃的比起來也是不遑多讓。

「妳喜歡就好。」賀宣滿意地笑了笑。

裴雲舟正吃著糕點，突然感覺到一道冰冷的視線投過來，也只有他和周焉墨認識多年，才能讀明白他眼神中隱含的意思。

裴雲舟不動聲色地給站在暗處的幾個屬下使了眼色，手指著賀宣又打了個叉，其中一名女子穿著緊身黑衣，袖口處被帶子綁起來，一身修長玲瓏曲線展露無遺，她疑惑地低聲問了問旁邊的人。「主子是什麼意思？看賀宣不順眼，讓我們殺了他？」

飛鸞一驚，被她氣得差點暴跳起來，回道：「白鳶妳有腦沒有？活到現在究竟靠的是什麼？」

「那你說，主子什麼意思？看了看那個叫賀宣的，然後雙手比了個叉，不就是那個意思嘛……」白鳶說著說著委屈起來。

「他的意思是，讓我們把那個賀宣引走，消失在他們面前。」飛鸞不耐煩地解釋。

「……」

葉末晴在微妙的氛圍中面不改色地吃著東西，夥計卻又屁顛屁顛跑了過來，對賀宣道：「這位公子，外面有人找你。」

「找我？」賀宣一臉疑惑。

「不然我跟你一起出去吧？我也吃得差不多了。」葉末晴和賀宣是一道來的，自然也要一道回去。

賀宣點了點頭，夥計卻突然為難起來。「不過公子，外面……是個女的……」

賀宣面色微凝，忙看了眼葉末晴，似乎要辯解什麼，葉末晴倒是落落大方地說：「那你先去吧，我在這裡等你。」

看著賀宣離開，周焉墨才覺得這桌子旁的人順眼了許多，好像一切本該就是如此。

葉末晴伸手挾那豆沙糯米卷，筷子馬上就要碰到，突然另一雙筷子搶在她前面，葉末晴只好挾另外一塊。

周焉墨細細咀嚼了幾口，說道：「味道還不錯。」

那豆沙糯米卷上面貼了幾塊胡蘿蔔做的花形，葉未晴詫異道：「你不是不吃胡蘿蔔嗎？上次給你挾的，一口沒吃。」

「熟的不吃，生的將就。」周焉墨淡淡地說。

裴雲舟在心裡又默默地給他妹妹減了幾分，這邊發展太快了，居然都到私下吃飯還互相挾菜的地步了……

突然，周焉墨的視線被葉未晴素白色袖子下面一道醒目的顏色吸引了，那顏色藏在衣服下面，顯得有些不倫不類的滑稽。

葉未晴見他盯著自己的右手腕，便大大方方露了出來。「你好像對這個很感興趣？」

周焉墨這才看清是什麼東西。幾條不一樣顏色的絨線編織在一起，上面還巧妙地綴了幾顆白色剔透的珠子，尾巴處留了長長的一條，最後面綴了個不會響的小鈴鐺，虛虛地纏繞在皓腕上。

「長命縷。」

「嗯。」葉未晴應道：「我自己做的。」

周焉墨看了看裴雲舟的手腕，居然也繫了一條。他蹙眉問道：「誰給你做的？」

「我、我妹啊……」裴雲舟一臉奇怪地看著他。「這東西不是說辟邪長壽嗎？每到端午，我妹就非要讓我戴。」

周焉墨默了半晌，在其他二人都要忘了這茬的時候，突然說：「我沒有。」

裴雲舟低頭喝茶不敢說話，堂堂弈王會戴這東西就挺怪異了，現在居然還主動開口索要？和他沒關係，他聽不見、聽不見……

葉未晴同樣也摸不清周焉墨的思路，奇怪地瞥了他一眼，自己仍舊該做什麼做什麼。

誰知，周焉墨又強調了一遍。「我沒有。」

裴雲舟看著葉未晴，葉未晴被糕點噎了一下，試探地問道：「要不……我這個給你？」

周焉墨點了點頭，甚至直接伸手搭上她的手腕，原本結就是鬆的，他手指尖輕輕一用力，就解開了長命縷，要往自己右手腕上戴。

葉未晴急急地拉住他的袖子阻止。「男子要戴左邊，女子才戴右邊。你別看我戴右邊你也戴右邊啊！」

「哦。」他低低應了一聲，成功地繫到左手腕上。

周焉墨看了看，滿意地勾了勾嘴角，還特地將袖口拉上面一點，露出這條長命縷。

看那條長命縷尾巴綴下來，帶著一個小鈴鐺，竟然有一絲俏皮，裴雲舟都快瘋了。

葉未晴的眸子意味難明地閃爍了一下，看來這位弈王沒什麼親近的家人，才會沒戴過長命縷，心裡想要又不好直說，只能搶她的，實在是有些可憐，皇家親緣淡薄，若他能從自己這裡分得些開心也是好的。

周焉墨不知道自己已經被腦補成這番可憐模樣，若是知道，只怕要吐血。

茶壺快見底了，賀宣才回來。

他撓撓頭，一臉迷茫。「我不認得那姑娘，她也不認得我，似乎是找錯人了。」

「出來這麼久，只怕長輩們要擔心，不如先回去吧？」葉末晴問。

「葉姑娘說得是。」賀宣也同意。

霧氣瀰漫，連前路都看不見，葉末晴喝了暖茶，剛一出去就感覺到鋪天蓋地的涼氣，忍不住哈了口氣，搓了搓指尖。

「要不要披上這個？」賀宣解下自己的披風，想要披到葉末晴身上。

「你不冷嗎？」葉末晴看到他裡面穿得也十分單薄。

「我一點也不冷，放心吧。」他直接將披風披在她身上，葉末晴感激地看了他一眼，將帶子繫上。

茶社內，裴雲舟直接拋給夥計一錠金子，說道：「這些包下這幾桌夠了吧？剩下的錢就賞你了，夠機靈的。」

夥計嘿嘿一笑，樂呵呵地拱手。「多謝大人，下次再來啊！」

晚間，餐桌上獨獨少了葉彤，霍氏扯著嘴角解釋道：「她身子有些不舒服，現在躺著呢。」

葉厲不知道這事，猶在關心著女兒的身體，還念叨著用過飯後去看看她的狀況。

但江氏卻察覺出了幾絲不對，都是活了這些歲數的人了，今日白天的情景，小姑娘這副模樣，心裡想點什麼她還看不出來嗎？但是心裡又不敢確定，這種事傳出去不好聽，只能在心裡想一想。

霍氏匆匆吃了幾口飯，就去了女兒的院子。

葉彤坐在房裡一聲不吭，臉色明顯不豫。霍氏向旁邊的侍女擺了擺手，端了碗白粥上來，推到她面前，商量道：「妳好歹也吃點吧，不然想餓死不成？」

葉彤將腦袋偏向另一側，故意不對上她的目光。

霍氏無奈地嘆氣。「妳這樣子是給誰看呢？是想把怨氣發到我頭上嗎？」她從小對葉彤嬌慣養著，沒說過什麼狠話，說太多了怕葉彤傷心，依舊試圖安撫道：「今天這一天相處下來，妳姐姐覺得賀宣不錯，賀家人更是巴不得攀著她。這……從頭到尾根本和妳沒什麼關係嘛。」

葉彤唰一下站了起來，質問道：「和我沒什麼關係？妳是不是也覺得我差姐姐許多，和賀家結親根本輪不到我頭上？」

霍氏詫異道：「我沒有這個意思……」

「那為什麼是她，不能是我啊？」葉彤走到梳妝檯附近，將妝奩一個個拉開，粗暴地將首飾都倒了出來。「娘，妳看看這些東西，比姐姐差了多少！什麼都是她的最好！為什麼永遠也輪不到我?!」

髮釵、步搖雜亂地擺了一桌子，各式飾品交纏在一起，甚至比凌亂纏繞的線團還難拆分，就像她此刻的心情，要不讓複雜的情緒仍然糅雜著，要不暴力拆解就會直接斷裂。

「妳大伯每年得的賞賜多，不像妳爹，俸祿只有那些，每年妳大伯拿出貼補家用的分例就比我們家更多一些。妳可以埋怨爹娘沒本事，可是和別人家比，妳已經不缺什麼了。」霍氏面色微冷，沒想到女兒竟然有這樣的心思，自己已經在不知不覺中對她疏忽管教了。

「這些我都不在意，無所謂。」葉彤聲音提了一級，夾雜著悲傷與憤怒。「可是我好不容易喜歡一個人，我不能和姐姐爭嗎？妳是我娘，卻還要我忍著，什麼都別說，別讓他們看出來！」

霍氏深吸一口氣，盡力讓自己平靜。「妳和妳姐姐說過妳喜歡賀宣嗎？」

「沒說過。」葉彤看著她。「我原本要說的，妳非要攔著我！」

「世上好男兒那麼多，肯定有比那個賀宣更好的是不是？」霍氏勉強地笑了笑，勸慰道：「妳喜歡他的時機不合適，他都和妳姐姐談婚論嫁了，太晚了。」

葉彤突然向門外走去，頭也不回地說道：「不晚，他們還沒成親，越拖越晚……」

跟在霍氏身邊的嬤嬤趕緊上前去攔，被葉彤一下子推倒在地，霍氏又上去拽住了她的胳膊，止住她的走勢，喊道：「不許去，給我回來！」

葉彤的侍女此時也上前拉扯嬤嬤，一群人撕扯在一起，葉彤使足了力氣才擠出去，一路小跑跑到隔壁的疏影院，霍氏還在後面追著，一路上爭吵聲熱熱鬧鬧的，吸引了不少目光。

葉彤跑到葉未晴的屋子內，葉未晴坐在椅子上，面向著門口，好似正在等她過來一樣。

葉未晴淡定地瞄了她一眼，說道：「終於來了。」

「姐姐知道我要來找妳？」葉彤愕然。

葉未晴微微笑了一下，沒有說話。

上午在江邊的時候，她就感覺到了葉彤異樣的情緒，再聯想到前幾次葉彤的不對勁，這一聯想，想不發現也難。

「在德安長公主的壽宴上，妳就一直盯著賀宣看，春獵時央著我帶妳進圍獵場，也是為了見他是吧？」葉未晴莫測地笑了笑。「妳這點小心思。」

葉彤找了她對面的椅子坐下，而霍氏此時也跑到了門口，衣衫頭髮凌亂不堪，急著想拉女兒回去。

葉未晴對她道：「嬸嬸，您讓我和妹妹談談吧。」

她還是那樣微微笑著，全身上下、言語姿態挑不出半點錯誤，頭微微揚著，有一種不容別人置喙與反抗的氣勢。

霍氏張口似乎想要說什麼，想了想還是又閉上了嘴，默默地退了出去。葉彤也消停下來，絞著手，甚至有一絲緊張。

「妳喜歡賀宣，為什麼不早說？」葉未晴看著葉彤，那目光讓她無所遁形。「還是妳覺得，妳暗示夠了，要等我們自己發現？」

「我是說得晚了些，可也不算太晚，姐姐和他還沒有成親，我仍覺得一切都能挽回。」

葉彤反問道：「那姐姐呢？妳喜歡他嗎？」

葉未晴猶豫了一下，她現在還不到喜歡賀宣的程度，於是她換了個說辭。「我願意同他成親。」

葉彤微微低下了頭，卻仍舊不甘心。

「他心悅我，妳也看得出來。妳現在去表明心跡，他也不會娶妳。」話雖難聽，卻也句句屬實，她繼續道：「難不成妳還想做小的？姐妹共侍一夫，也算是段佳話。」她刻意把話說白了，葉彤若想得到自己的心上人，也得學會主動爭取才行。

明明有一大堆理由，到了葉未晴這裡，葉彤卻半句都說不出來了。

「妹妹，他若是心悅妳，我半句話都不會說，直接退出。」葉未晴斬釘截鐵地說。「妳不是小孩子了，以後做事前過過腦子，別以為什麼人什麼事都該由著妳，得不到就耍脾氣。」嬌慣命也得有人嬌慣著，叔叔嬸嬸就是一直什麼事都依著她，才會讓她嬌蠻又要強。

葉未晴知道，自己曾經也是如此，但是現在不一樣了。葉家現在看起來甚好，誰能想到日後衰頹的樣子？只有她知道，還親眼見證過，她覺得只要活著，就是天大的幸運。

「姐姐，我依舊想嘗試一下，希望妳別插手。」葉彤眼裡泛著水光，既然姐姐這麼說了，那自己還有一線希望，只要……讓賀宣答應娶她就行。

「好，可是妳爹娘那邊我不會幫妳，要靠妳自己。」葉未晴直直盯著她的眼睛。她這邊是答應了，可是叔叔嬸嬸那關一定不好過。何況這種事若傳出去，葉彤的名聲會受到不好的影響，這難題還是會回到叔叔嬸嬸身上。

葉彤感激地點了下頭，然後走出門外。

葉彤當然過不了爹娘那關，霍氏態度還算柔軟，葉厲則強硬多了，直接下令把女兒關在屋子裡，不准她出門。

所以葉彤這幾日鬧得很凶，又絕食又上吊，各種手段鬧了個遍。

葉末晴沒想到，自己這個妹妹居然還能為了賀宣做到這一步。

上一世在她死之前，葉彤剛剛嫁人，而且所嫁的另有其人，是吏部侍郎的兒子，姓王。此外也沒聽說葉彤和賀宣有什麼瓜葛，她已經冥冥之中造成了許多改變，葉彤也許是因為她才和賀宣有了更多接觸。

為什麼葉彤上一世沒有向賀宣表白心跡？難不成是自己的存在刺激到了她？而她原本嫁的那個姓王的，又是從哪兒冒出來的……葉末晴越想越混亂。

外面，高軒敲了敲門。「小姐。」

葉末晴從沈思中脫離，道：「進來吧。」

高軒小心翼翼地托著一座羊脂白玉雕進來，生怕摔碎了，把自己賣了也賠不起。

一個一直颯颯帶風大步走路的習武之人突然走起小碎步，令葉末晴忍俊不禁。「這是何物？」

「說是三殿下差人送來的禮物，侯爺命我送到小姐面前要您處置。」高軒補充道：「侯爺不知該如何處置，想要拒絕時，三殿下的人就直接溜了。」

葉未晴冷笑一聲，高軒感覺到彷彿冷風陣陣吹入後襟。「送便送吧，他也確實欠我的，不過誰稀罕？」

她一手接過玉雕，抬起手作勢便要摔到地上。汀蘭忍不住驚呼一聲，這玉雕值錢得很，摔了實是可惜了。

葉未晴顯然也想到了，手中一用力又牢牢抓住了。看她這樣一番折騰，岸芷、汀蘭和高軒的心都七上八下。

她拎在手中掂了掂分量，突然想起賀苒的生辰快到了，自己還愁送什麼呢，不如就將這玉雕送她，賀苒一定會很歡喜。這樣一想，再看這玉雕，彷彿也沒那麼嫌棄了。

高軒辦完事，依舊回到門外守著，走到門口時，下意識地向屋頂上張望了一眼，卻只看見空盪盪的房頂。

葉未晴注意到他的動作，也走到門外去張望。

這時穿著黑衣的飛鸞才跳了出來，蹲在房頂上問：「葉姑娘找我？」

葉未晴打量他一眼，她剛露面這人就出來了，可見是一直守在這裡的。她好奇問道：

「你叫什麼名字？」

「我叫飛鸞。」他道。

葉未晴面無表情地點了點頭，又問：「是你們王爺命你一直在這兒監視我的？」

「不對，我才不是監視呢！」飛鸞瞬間不樂意了，忍不住替他們王爺解釋。「我保證王爺沒有半分監視您的意思，他只是讓我保護您的安全。」

她覺得好笑地問道：「你沒看我都做了什麼、說了什麼？」

飛鸞馬上回答。「您在房裡幹什麼，我可一眼都沒看！」

他哪敢看啊，萬一看到什麼不該看的，給他九條命都不夠用。

「我外出時，你也一直跟著我嗎？」她問。

「是啊！」

「功夫挺好的，我都沒怎麼發現。」她又朝向高軒。「你得好好跟人家學學，你看飛鸞蹲在房頂上都沒人發現，你老是直愣愣站在門口，怕誰看不見嗎？」

高軒沈默了，她接著說道：「如果有人想襲擊我，計劃裡面第一步肯定就是解決你。要像飛鸞那樣，才能出其不意、攻其不備。」

「……」高軒面有難色，老實地看了看房頂，低聲喃喃。「那要給我加俸祿。」

第七章

葉彤試了所有她能想到的和侍女提出來的方法，爹爹仍然不鬆口。這樣一直被關在屋子裡，任何消息都遞不出去，她根本沒有機會和賀宣表白心跡。最後她只能假裝妥協，等到葉厲終於解了她的門禁，葉彤才能在兩天沒有進食任何東西之後吃到了第一頓飯。

她已經餓得不行，吃相可以說是狼吞虎嚥，一點也不符合葉家小姐的身分。白粥潤了潤她乾裂的嘴唇，鏡子裡的她已經清減了許多，以前臉頰邊圓鼓鼓的肉也消失了不少，終於喪失了幾分她以前痛恨的可愛感。

這樣比較像姐姐，賀宣應該會喜歡這樣的她，便說道：「快給我梳洗打扮一下。」

侍女問道：「小姐這就要出去嗎？」

「對。」葉彤握緊了拳頭，她已經耽誤兩天，時間不多，她不能繼續耽擱了，賀姐姐快要過生辰了，那時候她應該能見到賀宣……她得為那次見面做好所有的準備。

她急匆匆地和侍女出門，來到街上的筆墨鋪，準備挑選精緻一些的紙寫信，好向賀宣表明心意。

羅櫻在荷香的隨侍下邁步跨進鋪子，馬上就看到了葉彤正挑著紙張的身影。葉彤身邊只有一個小婢女跟著，羅櫻見獵心喜，她一直在等待這個機會。

打從得知周衡竟然送了葉未晴一只珍貴的羊脂白玉雕，她心裡就很不是滋味。這段日子周衡對她避而不見，對待葉未晴卻是天壤之別，這令她更視葉未晴如眼中釘，但是幾次想教訓葉未晴，卻都被她逃過，每每看到荷香手上慘不忍睹的疤，她就氣憤難平，這口怨氣實在吞不下去！

這次她擬定了更完善的計劃，打算從葉彤身上下手。所以一收到葉彤獨自外出的消息，她立即心情極好地坐在梳妝檯前裝扮自己，拿著幾支簪子比量了半天，打扮得美美地出門找葉彤去。

此時葉彤正站在架子前，猶豫不決地選著每張花形、姿態皆不同的壓花紙。

夥計介紹著。「這些花瓣、葉子都是處理以後才壓進紙裡的，不會腐爛。不同的紙張都有不同的味道，不信小姐聞聞？」

葉彤隨意拿起一張紙，一陣冷梅香飄了過來。

夥計接著道：「您可細看，每一張紙花瓣的位置都不同，所以每一張都是獨一無二的，盛京的官家小姐們都愛用咱們鋪子出的這種紙，賣得可火了！」

羅櫻緩緩走到他們前面，笑道：「我能作證，我和我的姐妹都買過許多呢！」

葉彤詫異地看向她，馬上就認出她是羅太傅的女兒。羅櫻在盛京的官家小姐中也算風頭極盛的，所以葉彤對她頗有印象。

葉彤直愣愣地問了句。「是嗎？」

「若是不知選哪張，我可以給妳一些意見。」羅櫻笑得嬌俏，宛如一朵無害的山茶花。

此時荷香故作若無其事地走到葉彤身邊，擋住了葉彤侍女的視線，找準時機輕輕一挑，便將葉彤身上的錢袋挑了出來，藏到袖中。

「好啊！」葉彤道。

「妳是要買做什麼用的紙？」羅櫻裝作無意地問。

「我……就……」葉彤結巴了半天，也不知道該如何說。

羅櫻卻了然一笑，做出了個很懂的表情，指了指其中一種，說道：「這種壓著玉蘭的紙很適合妳。玉蘭冰清玉潔，香氣是既清香又濃郁，很符合妳的形象，也很適合用來表情達意，形容內心的感情，遠看端莊玉立，近聞生動至極。」

這幾句話說到葉彤的心坎去了，她興奮道：「這樣一說，我也覺得好！就要這個吧！」

說完便要掏錢，但她突然「哎喲」一聲，發現找不到錢袋，連忙又在自己侍女身上翻找，但侍女身上的錢極少。

羅櫻擔憂地問：「怎麼了？」

「……我錢袋沒了。」葉彤小聲地囁嚅。「我記得我帶了呀，難道是被偷了？」

「沒關係，我先幫妳買了吧。」羅櫻莞爾，拿出自己的錢袋，幫葉彤墊付上了。

「真是感謝，用了妳的銀子，我回去就叫人把銀子還給妳。」葉彤親暱地拉著羅櫻的手。

「妳幫了我兩件大忙，有機會我一定要報答妳。」

「報答就不用了，如果能交妳這個朋友，比報答值多了！」羅櫻笑得毫無城府的樣子。

「我叫羅櫻，住在城南羅府。」

「我叫葉彤，妳沒事的話可以來定遠侯府找我玩！」葉彤道。

「葉彤？我聽說過妳！」羅櫻愣了一下。「聽說妳字寫得很好，我爹還曾讓我多跟妳討教討教呢！」

葉彤被人誇了，不好意思起來，撓撓頭說道：「哪有，也就是照著先生的描畫罷了，都是笨方法……若是妳想練字，日後我可以將竅門告訴妳。」

兩日後，賀府。

賀苒的生辰宴邀請了許多盛京同齡的小姐前來同樂，有的人來得較早，宴席還沒有正式開始，於是賀苒請她們先在園子裡隨意逛逛，自己則留在前廳負責招待客人。

葉彤苦思了兩日，咬壞了好幾個筆桿，才寫出了一封信，又抄了幾遍，最後選出自己最滿意的一張，慎重地封好、收起，今天一併帶來賀府。

她來到花園，向賀府的婢女們打聽幾句，才知曉賀宣的位置。

一路上，葉彤只覺心不安分地跳動著，彷彿快蹦出胸膛。她看到那熟悉的身影之後，立刻跑到了他面前。

「賀大哥——」葉彤喊道。

賀宣聞聲回頭，看到是葉彤，面色和煦地望著她，笑問：「怎麼來這邊了？賀苒沒有好好招待妳嗎？」

「不是，是我自己想過來找你的。」葉彤緊張地嚥了口唾沫，面色緋紅，手背在身後，指尖用力地夾著信封，扯出一道皺摺。

賀宣看到她的表情，心裡一陣怪異泛起，不由蹙眉，語氣略微疏離。「妳……有事嗎？」

葉彤鼓起勇氣說道：「我有話想同你說，我、我知道你會很驚訝，但是這些話我一定要說。」

她遞上信，垂眸看著地面，顫動的睫毛如同受驚的蝴蝶翅膀一般。「賀大哥，我想說的話都在這裡面了！」

賀宣接過信，拆開信封，拿出剛讀幾句，便被裡面大膽的話驚駭到，他著急地解釋。「葉彤，我喜歡的是妳姐姐，不過只把妳當成妹妹罷了……」

葉彤打斷他的話，說道：「賀大哥你不必急著回覆我，過段時日，我相信你會改變想法的！」

說罷，葉彤怕他又說出什麼傷人的話，立刻就跑了。

其實她也知道，賀宣不會馬上便接受她。不過沒關係，她有的是時間，她比姐姐年輕，可以一直等。

賀宣苦惱地站在原地，完全沒注意到葉彤花心思挑選的信紙，甚至都沒看到上面有玉蘭花瓣，一縷愁思爬上眉間，他長嘆口氣，將信紙按原樣疊起收回信封內，又藏到了袖中。

此時，葉未晴在正廳內同賀苒說話，她找了個精緻的木盒將那只羊脂白玉雕裝好，選在今日送給賀苒。果然賀苒克制不住好奇心，偷偷趁別人不注意時，馬上翻開蓋子看了看。

霎時，賀苒倒吸了口涼氣。「送這麼貴重的東西？讓我看看，這是真的嗎？」

「當然是真的了，我還能送妳假的不成？那也太寒酸了！」葉未晴白了她一眼。「雖然，咳，是借花獻佛。」

「借不借的無所謂，只要獻的是我這尊佛就行了！」賀苒沒忍住摸了幾下，果然順滑瑩潤，手感細膩。「我就喜歡妳這個實誠勁兒！」

「快收好，合該妳爹娘罵妳。」葉未晴瞅了瞅，確定賀苒那要求她做淑女的爹娘沒往這邊瞧。

「妳先去後園吧。」賀苒對著她俏皮地眨了下眼睛，推了她幾下。「快去，快去。」

葉未晴挑了挑眉，立刻就明白了她的意思。

從正廳的門走出去，繞過房子，來到賀苒所說的地方，一眼便看到賀宣站在樹下。地上種了許多梔子，賀府的主子應該是極喜歡梔子花，沿路上都種遍了它。

皎潔純白的花搖曳在翠綠的枝頭，樹枝掩映間，葉彤正站在無人的角落裡，看到了這幅情景。

壁人似的一對正面對面站著談論著什麼，當一個人說話的時候，另一個人是那樣認真聆聽，似乎說到了什麼令人開心的事，兩個人的臉上都漾起了真心實意的笑容。

就像一幅只有兩個人的畫，其他所有的人都是看畫的人，不該出現在裡面打擾到他們。

葉彤知道自己這樣的偷窺行為很不好，但她只是無意間看到他們，就再也挪不開眼。難以描述現在是什麼情緒瀰漫在她心間，似乎有豔羨、不甘，也有憤怒、嫉妒。

她癡癡地看了許久，連她旁邊來了人，都沒有發現。

羅櫻臉上譏諷的神色一閃而過，隨即恢復正常，問道：「葉彤妹妹，妳在看什麼呢？」

葉彤突然回過神來，訕訕地搖頭。「沒有……沒什麼，一時出神。」然後她意識到來者何人，驚訝了一下。「咦，妳也來了，真巧！」

羅櫻笑了笑，沒有說話。葉彤從錢袋裡拿出碎銀，對她道：「我忘了差人去還錢，還好碰巧遇到妳，可以直接把錢還妳了。」

「不必了，那幾張紙原本就沒有多少錢。」羅櫻客氣地推了回去，又問：「怎樣，那紙派上用場了嗎？」

說到此，葉彤又有些難過低落。「沒有，想必是沒什麼用處。」

此時，荷香站在葉彤剛才的位置往前面一看，尖聲道：「哎喲，這不是剛才那兩個人嗎？」

葉彤看向她。「什麼兩個人？」

「就是前面正在說話的兩個人呀，剛才奴婢經過他們不遠處，正好聽到了他們的說話內容。」荷香一臉不認同，嘆道：「依奴婢說，他們真是要不得，淨拿別人的痛腳當笑話說。」

葉彤彷彿被雷擊到，臉色驟然蒼白，生出一種不好的預感。

「瞧妳這義憤填膺的模樣，妳都聽到什麼了？」羅櫻不緊不慢地在旁邊添火。

荷香刻意瞄了葉彤一眼，猶豫地說：「呃……奴婢覺得還是不要說出來為好，免得污了主子們的耳朵，反正他們無非就是拿別人的真心當笑柄，用來取笑唄！」

羅櫻低低笑了笑。「那倒也是，怎麼能把別人的一片真心踩到地上糟蹋呢？怪不得妳這樣憤恨。」

隨著她們的每一字每一句進入葉彤的耳朵，葉彤的臉色越來越難看。

原來，他們笑得那樣開心，就是在笑她嗎？

想像賀宣將她的信拿出來，用滑稽的語氣唸給葉未晴聽，兩人一起取笑的畫面，她泫然欲泣，但在羅櫻面前只能把眼淚憋回去，不能在外人面前丟了面子。

賀苒的生日宴後，葉未晴打聽到了宮中的一些消息。

怪不得近日青雲公主都沒有找她進宮，原來是最近羅皇后和楊淑妃不對盤，二者之間可以說是劍拔弩張。楊淑妃一頭霧水，不知道自己到底怎麼得罪了羅皇后，但她一向也不是吃素的，身後的楊家照樣是名門世家，勢力並未弱於羅家。

葉未晴知道是周焉墨的人得手了，順利帶走了青牢裡的太監孫德，並導致羅皇后認為是楊淑妃的人所為，故意跟她過不去，才會造成這個局面。

飛鸞雖然隱身定遠侯府，可同時也跟奕王府保持聯繫，葉未晴問他那太監的事，飛鸞只回答她此事仍在調查中，等有確切的結果，奕王會親自跟她說。

但葉未晴心裡尚有幾絲懷疑，周焉墨會不會將一部分情報隱匿，不與她共用？畢竟她能看到的周焉墨的勢力只不過是冰山一角，隱藏在水面下的龐大部分她還沒有瞭解。

所幸，她擔心的事情並沒有發生，晚上，周焉墨就叫她去了一趟奕王府，說是那個太監有消息了。

此時，兩個人正坐在一輛低調的馬車上，由白鳶和飛鸞駕車，頂著夜色駛向西郊外的一處小屋子。

「孫德說他替羅太傅、羅皇后和太子傳遞消息已許多年，還得了羅皇后賞賜的不少好物，攢下錢偷偷置辦了一幢房子。前些日子他莫名其妙被以冒犯皇后之名打入青牢，他懷疑是羅家的人覺得他知道得太多，準備殺人滅口之舉。我的人把他帶出來之後，他坦承他藏了一部分羅家的信在老家，要在必要時刻用以自保。現在只要我們把信找出來，就可以確定那些信對我們來說有沒有利用價值。」周焉墨道。

「嗯。」葉未晴點了點頭。

「現在裴雲舟已經將孫德安置在一個誰也找不到的地方，暫時是安全的。」

馬車內的空間狹小，葉未晴有些侷促，隨意拿了一本書在手上翻著，卻一字一句都看不進去。突然，她抬頭問：「我說青牢裡有密道，你真的相信啊？你就不怕我是騙你的？」

周焉墨毫不在乎地說：「騙就騙了。」

「若我說的是假話，你們按照密道的路線走，等發現被我騙了，得多花時間折返，你們可能會錯過劫囚的最佳時機，這次可不會這麼順利。」葉未晴分析道。

「那樣妳也拿不到任何情報。」周焉墨淡淡地望著她。「除非妳想放棄羅家來對付我。」

葉未晴突然意識到這話題有些詭異，尷尬地笑了兩聲。「怎麼可能呢，我和你又沒仇。敢得罪你的人，下場應該都不好，我如果敢騙你，大概就死定了。」

周焉墨垂眸，笑著搖了搖頭。

馬車來到了西郊外，這一區的屋子都很簡陋，孫德的老家猶為破敗，房頂的茅草散落四處，前幾天的雨水還沒有乾，地面濕漉漉的。

四個人走進屋內，只見裡面的布置不像是平時有人來住的樣子，床上只有床板，沒有被褥，屋頂上的茅草也鋪得不平整，有幾處漏水了，空氣中潮濕的水氣撲面而來。飛鸞點燃了一根蠟燭，室內總算有了點溫暖的微光。

燭光微弱地映著周焉墨的臉龐，那張臉在明暗交界中輪廓更為分明，像是二月帶冰的梢頭，冷淡疏離，唯有那雙瑞鳳眼為他徒增三分亮色，讓整張臉一下子秀氣起來。

葉未晴走著走著，沒有注意腳下，被稍微凸起的磚絆了一下。她小聲嘟囔。「這房子太破了吧，磚都沒有鋪平。」

周焉墨叮囑道：「小心點。」

周焉墨藉著飛鸞手中的燭光，走到了東面的牆那裡，默默地數了數，然後用手將其中一塊磚旁邊的泥土摳下來，手又用力拽了幾下，那塊磚稍稍移動了些，白鳶也上前幫忙，一人拽著一邊，將那塊磚拿了下來。

露出的洞裡面放了一疊信，表面難免沾到泥土，最外面的一封信有點潮濕，將信封上的字洇暈了。

周焉墨突然蹙眉，說道：「有動靜。」

葉未晴能感覺到白鳶和飛鸞渾身肌肉瞬間變得緊繃，周焉墨飛步走到窗邊，透過窗縫隱約看到外面人影晃動，趴在圍牆上，一點聲音都沒有。

有人點燃了一枝火把，扔到房頂的茅草上，但茅草過於濕潤，火把滾落到牆邊漸漸點燃了這間屋子。

周焉墨神情嚴肅。「外面大約有二十人，白鳶和我出去對付他們，飛鸞迅速帶著葉姑娘從後面走。」

「是！」飛鸞頷首。

周焉墨和白鳶瞬間就沒了蹤影，葉未晴跟著飛鸞走到屋子後面，後面竟然也有幾個人埋伏著，飛鸞將葉未晴護在身後，與那幾人交手。

飛鸞的身手極好，一會兒將葉未晴扯到這邊，一會兒扯到那邊，完全沒有讓她傷到分毫。

解決掉這些人後，屋子已經有一半都燃了起來，正要離開時，突然有個想法從腦中閃過，葉未晴喊道：「等等！」

飛鸞沒反應過來，葉未晴已從窗口又跳回了屋裡。

屋子裡面被火光照亮，形如白晝，葉未晴極其迅速地找到了方才她踩到的那一塊凸起的地磚，火勢越來越大，可是顧不了那麼多了，她一定要拿到信！

那塊凸起的磚並不是沒有鋪平，而是下面藏了東西！她被火嗆得不斷咳嗽，盡力捂住口鼻，終於掀開了磚，拿出下方的一個木盒。

飛鸞想回屋內將葉未晴帶出來，可是敵方又增派了人手，飛鸞被團團纏住抽不了身。

火苗肆虐地吞噬著一切，周焉墨和白鳶應對著對方大部分的人，周焉墨抽空回頭一望，發現葉未晴竟然還在屋子裡。

飛鸞沒有帶她走？

葉未晴將盒子揣進懷中，剛一抬頭，瞳孔倒映出越來越近的火光，即將占滿她黑漆漆的瞳仁……

砰！

橫梁墜地的聲音響起，火星飛濺，周焉墨的臉近在咫尺，幸虧他及時將她撲倒，又滾了幾圈，堪堪躲過燃燒的橫梁，她只有一些頭髮燒焦。

周焉墨一句話不說，緊抿嘴角，抱著葉未晴迅速從後門跳出，順手幫飛鸞解決了敵人。最後四人安全脫身，白鳶和飛鸞有些狼狽，身上的衣服被劃破了幾處，駕著那輛破馬車迅速離去。

回去的一路上，氣壓低沈。

「飛鸞，你的任務沒有完成。」周焉墨冷冰冰地說。

飛鸞駕車的手顫抖了一下。「是屬下的錯，屬下甘願領罰。」

「領什麼罰？是我自己又跑回去的，不關他的事。」葉未晴替飛鸞辯解道：「腳長在我身上，我要跑回去他也沒辦法。」

「早知道就不該帶妳去。」周焉墨又看向葉未晴。

「不帶我去，你們也找不到這個。」葉未晴掏出懷裡的木盒，抖了抖裡面的信。「我也是出來才想到，那地磚有問題，這裡頭放的應該才是我們要找的東西。孫德沒說出全部實情，肯定是想給自己再留一些保命的資本。這要是燒了，可就再也找不到了。」

屋外埋伏的人想必也是為這東西來的，她莫名有種直覺，她和周衡的人碰上了，這些人可能早就跟蹤他們，畢竟牽制住太子是他主要目的，而羅家勢力不能單單依靠羅櫻牽制。

葉未晴還在炫耀自己的戰果，周焉墨卻連一個眼神都懶得給。

她無話可說，過了一會兒，小心翼翼地問：「你這是生氣了？」

周焉墨冷哼一聲。「我生什麼氣？」

他也覺得自己沒有生氣的理由和必要，但架不住心裡那團火就是越燒越旺。

「對不起，差點就壞了你的計劃。」她大人有大量，不和他一般見識。「不過我覺得這裡面的東西更重要。」

「嗯。」周焉墨敷衍地應了一句。

看來他並不是很想和她說話，葉未晴識時務地閉上了嘴。

回到了弈王府，燈火通明的情況下，葉未晴這才發現白鳶背上受了傷。

這大半夜的，這位置不好上藥包紮，府中又都是男人，一個丫鬟都沒有，白鳶自己包紮起來不方便。葉未晴問道：「要我幫妳清理一下傷口嗎？」

白鳶眨巴眨巴眼睛，看了看周焉墨，才道：「若是可以，那就再好不過啦！」

周焉墨冷哼一聲就算同意了，他在前廳翻閱得來不易的信件，葉未晴則在房裡幫白鳶清理傷口。

看著白鳶背上大大小小的疤痕遍布白皙的肌膚，她拿著毛巾的手都不小心抖了抖。「沒弄疼妳吧？」

「哎呀，沒事，這根本不算疼的！」白鳶大剌剌地說。

再怎麼說也是個女孩子，身上卻這麼多疤，她有些心疼地問：「這都是執行任務的時候弄的？妳為什麼要跟著弈王做這麼危險的行當？」

「王爺對我們有恩，我是自願留下的，看葉姑娘說得像是逼良為娼似的，哈哈哈哈……」白鳶笑道。

「他對你們很嚴厲嗎？我看動不動就要罰人。」葉未晴又想起來剛才他對飛鸞說話的態度。

「嚴厲也是好的，若是不嚴厲，說不準哪天我們犯錯就死在別人刀下了。」

「他總是凶巴巴的。」葉未晴道。

「那只是表面，其實王爺人很好，我們這些屬下都心甘情願為他賣命。」白鳶道：「王爺過得很不容易，而且他對您是不一樣的。」

「嗯？不一樣？」葉未晴疑惑地問：「哪裡不一樣？」

白鳶想了想，這王爺的秘密可不能說，便轉移話題道：「嘿嘿，葉姑娘，您包紮好了嗎？剩下的我自己來就可以了，葉姑娘還是快回去和王爺一起看看，我們豁出命拿回來的信到底派不派得上用場吧！」

葉未晴回到正廳的時候，周焉墨還在認真地看信。

葉未晴坐在他身側，看到周焉墨正在看她從火災中搶救出來的那些信，孫德交代的則放在另一邊，她隨意拿起幾封拆開看。

「有何發現？」她問。

「確實有一些涉及到與戶部勾結貪污贓款之事，也有一些涉及到官員賄賂，還有些沒用的家書。」他指了指扔在那邊的幾封信。「那邊放的都是家書。我只是粗略過了一眼，可能不太準確。」

葉未晴默了一會兒，語氣沈沈道：「若是只有這些罪證，恐怕也傷不到羅家的根基。」

「不急，這麼重要的東西哪有那麼容易就找到。」周焉墨語氣中隱有安撫之意。

「我知道。」

睿宗帝不會僅僅因為這些罪證就對羅家這棵盤繞甚深的大樹動手，僅憑這些揭發，可能只會讓羅家產生警惕，有所防範。

要揭發就得做到致命一擊，打他一個措手不及！

葉未晴和周焉墨對視一眼，從對方眼裡看到了同樣的意思。

葉未晴又隨手拿了一封信來讀，這封信上面的字清秀俊美，明顯出自於一個女人之手，雖然沒有落款，但能猜到是羅皇后所寫。

前面一開始便在說宮內近況和自己最近的生活，明顯是一封沒什麼意義的家書。

葉未晴大致掃了一眼，卻眼尖地在後面捕捉到了三個字——華清殿。

她不動聲色地將這封信從頭到尾讀了一遍，只有其中幾句話與華清殿有關，卻也看不出來什麼特別之處。

——聽聞最近華清殿又不太平，本宮一想到以前那些事情就徹夜睡不著覺，只盼多年過去，別再出什麼亂子。

葉未晴微微蹙眉，莫非羅皇后說的是華清殿鬧鬼一事？羅皇后睡不著覺，是因為害怕此類鬼魂作祟之事，還是因為心虛？信中寫得不清不楚的，她只能瞎猜，但是聽這語氣似乎華清殿有許多謎團，應該與周焉墨有關。

按照他的性格，應該不會想讓別人知道他的其他事情，不然她也不會到現在都對他瞭解甚少。

葉未晴默默地將那封信放到家書那一摞，裝作沒看見的樣子。這些信周焉墨不會只讀一遍，以後他自己看到了，也不算她隱瞞情報。

很快地，把所有的信粗略地掃過一遍，周焉墨突然放下信，看著她的目光，竟然帶了一絲揶揄。

葉未晴疑惑地看著他。「怎麼了……這麼瞧我做什麼？」

周焉墨道：「飛鸞，拿個鏡子來。」

飛鸞不僅拿了鏡子來，甚至還貼心地拿了把剪刀。

周焉墨拿著鏡子照著葉未晴的頭髮，她調整了幾次角度才發現他在嘲笑什麼，原來自己的頭髮竟然燒去了一截，留下參差不齊的焦黃髮尾，有的甚至還打著彎兒。

所幸沒有全燒，也沒有燒禿的地方……

「我幫妳修剪一下？」周焉墨問道。

「好。」若是就這樣回去，岸芷、汀蘭和高軒難免會擔心，萬一高軒再偷偷告訴阿爹，那後果不堪設想。

周焉墨拿著剪子，撩起她的一綹頭髮，貼著頭髮烏黑和焦黃的交界處小心地剪著，儘量為她多保留長度。

葉末晴能感覺到自己的頭髮被他輕緩地撩起，緩慢又細微的喀嚓聲響起，竟然讓她耳朵有些發燙。每修剪完一綹頭髮，他就幫她輕輕地拂去殘留在衣服上的小髮茬，溫柔而無聲的氣息將她整個人都包裹住，四周安靜到能聽清自己「怦怦」的心跳聲。

似乎過了許久，他低沈的聲音才傳來。「好了。」

葉末晴恍然從剛才的氛圍中脫出，她看了看鏡子，只是短了一些，看不出曾經被火灼燒過的痕跡。

她笑道：「看不出你還有這手藝。」

周焉墨低低地笑，沒有說話。

這雙手能使各種各樣的兵刃，奪過無數人的性命，可也是第一次為別人小心地修剪髮梢。

送她回府之前，飛鸞苦澀地自動說：「王爺，我還沒領罰！」

「不罰了。」周焉墨淡淡道。

飛鸞雖然盡力控制著自己的表情，可是葉未晴也看到了他已然扭曲的嘴角。然後，她後知後覺地發現，不知什麼時候起，自己已經習慣了這樣的安排，讓飛鸞待在她身邊保護她，就像她府內的人一樣。

長春宮。

座上的女人身著繡鳳吉服，頭上戴著繁複的整套金牡丹首飾，整個人遠遠瞧著便威儀十足，華貴奪目。

羅皇后正閉目掐著眉心，表情似有不耐，不遠處燃著安神靜心的熏香，香煙裊裊，從煙裡看這金碧輝煌的宮殿，竟然有些奢靡的頹敗煙感。

這時，宮女走到羅皇后身邊，低聲地說：「羅姑娘來了。」

羅皇后睜眼，就看到羅櫻款款走來，大方地行了一禮。「見過皇后娘娘。」

羅皇后慵慵地點了點頭，眼神示意讓羅櫻坐到下首的椅子上去。

「本宮有些時日沒見妳了，最近都做什麼了？」羅皇后表情不再那樣不耐，轉而溫和了幾分。

羅櫻聽到她這一問，就知道她還不知自己與周衡被爹爹抓包之事，便道：「近日阿娘為姪女找了個繡娘，讓姪女每日跟著她學女工呢！」

「也好。」羅皇后贊同道：「妳這年紀也快出嫁了，是時候磨鍊一下自己的繡工。」

「姑姑，這事八字還沒一撇呢，我覺得不用急！」羅櫻嬌嗔道，心裡卻在暗罵，不知道又和爹商談打算將自己嫁給誰來換取權利了，不然怎麼會上趕著問這事。

她不想再談論此事，轉移話題道：「聽聞姑姑近日睡眠不佳，姪女特地做了個香囊，裡面放了丁香、茉莉、紫羅蘭，味道很好聞，還可以讓人放鬆，精神愉快，有利於睡眠。」

宮女接過羅櫻呈上來的香囊，羅皇后滿意地點了點頭。

突然，殿內傳來了「喵」的一聲，羅皇后見羅櫻很感興趣，便吩咐宮女。「將那一窩貓都抱出來給櫻兒瞧瞧。」

「一窩？」羅櫻問道。

「前一陣子那藍眼貓生了一窩小貓，現在都睡在一起呢，妳們小姑娘應該會喜歡這些。」羅皇后微微笑著說。

那一公一母的藍眼貓，是國外使臣進貢的貢品，稀有得很。這種貓不僅大周沒有，連在其他國家都是極其珍貴的，身上大部分都是白色，只有少部分才是灰色，貓毛很長，摸起來軟綿綿的。睿宗帝將這兩隻貓給了羅皇后，引得許多人豔羨。

宮女將一個做成窩的軟墊拿過來，裡面擠著許多不過巴掌大的小貓，一隻隻還在瑟瑟發抖。羅櫻忍不住上去摸了幾下，其中一隻純白色的與她互動最多。

羅櫻極其喜愛的模樣，期盼地問：「我可以抱一隻回去養嗎？」

「當然可以。」羅皇后道：「這麼多我也養不來，還打算送給幾位妃嬪和太子妃，妳若是想要，便先分妳一隻。」

「謝謝姑姑！」羅櫻嘴甜地喊道。

羅櫻從長春宮退下後，想盡辦法將羅皇后派來送她的宮女勸回去，而後懷中抱著一隻通體白色的小貓，慢慢朝著周衡的寢殿走過去。

這幾年，她都是每月和周衡在卿月樓裡相會，這樣一算，竟是好幾年沒有來他的寢殿了。他的寢殿比以前氣派輝煌，修繕後簷角屋脊上的簷獸數量增多，仙人騎鳳領頭，後跟了七隻走獸，坐落在簷角上栩栩如生。

她一過來，竟然首先注意到的是這樣的細節。

然後，門前的一陣喧譁奪走了她的目光，幾個人從裡面走出來，有青年也有老者，衣著皆是上品綢緞，看起來就不是一般人。可惜她見人見得少，不知道這幾人究竟是何身分。不過她至少能猜出，這幾個人都是在和周衡密謀商量什麼，應該都是舉足輕重的人物。

等前幾個人都邁出了門，周衡跟著才露出身形，同那幾人作揖道別，神情甚是恭敬。

待人走後，原本謙虛恭順的面孔驟然冷下來，好似變了一張臉，整個人的氣質也瞬間變了。他平淡無波的眼神掃到了站在角落裡的羅櫻，問道：「妳來這兒做什麼？」

聽他竟然這樣問，羅櫻神情中不免哀怨悲戚。「我竟來不得此處了嗎？」

周衡輕咳了一聲，調整自己的情緒，語氣稍微溫和了些。「我萬沒有這個意思，妳別想太多。」

「你我好多日不曾見面，我只是想來見見你。」

羅櫻身量原本就小，此刻仰頭看著他，眸中一點瀲灩光芒，嬌小又可憐，讓周衡心生愧疚，但他又突然想起了葉未晴說的那些話，心中搖擺不定。

「妳也知道最近局勢緊張，唯恐妳我再見面，讓他人察覺到什麼，前功盡棄。」周衡苦笑一聲。「妳倒好，在皇宮裡直接找來我的寢殿，生怕別人不知曉我們之間的事嗎？」

「可是幾年以前，我也總是這樣來找你的呀……那時候怎麼沒人說什麼……」羅櫻順著他的話，提了提舊事。

周衡聽到她提年少舊事，心下柔軟幾分，勸道：「我所謀之事，危險萬分，妳最近也別插手鬧出什麼動靜，終有一日我們可以光明正大地在一起，好嗎？」

羅櫻咬了咬唇，不甘地吃味。「我聽說前一陣你又給她送了什麼東西……」

周衡笑了一聲，安撫道：「那還不是逢場作戲嗎？以後送妳更好的。」

羅櫻也懂適可而止，一味地爭寵只會叫人更厭煩，她裝作被哄好的樣子，撒嬌道：「衡哥哥，不請我進你的寢殿嗎？我最近可想你得緊。」

周衡讓開身子，讓羅櫻進去。「左右都來了，我最近也很想妳。」

晴雲輕漾，熏風無浪。天氣日漸暖，一些怕熱的人已經穿上了薄衫，隨著寒冷逝去，那股血腥的記憶似乎也淡去了。

就在這樣的日子裡，余聽、余慎回來了，收穫滿滿。

葉未晴檢查了一下他們帶回的那幾箱貨物，稍一看就知道余聽、余慎很有經商頭腦，他們帶回來的貨物不能說成色有多好，但也都是在盛京暢銷的貨物，同時又將成本壓在較低的範圍內。其實這都是在為葉未晴考量，因為她手頭沒有太多銀兩，只能給他們那麼多。

岸芷將一切打點得很好，早就估算著他們回來的日期，去盤了一家鋪子。她將那鋪子的位置給葉未晴大概描述過，葉未晴聽了很滿意，但是還未親自去看過。

這一日是她第一次前來，這鋪子地點好，正在街上最熱鬧處，她瞄了旁邊的店家一眼，只覺得十分眼熟。

那是一間奇貨鋪子，門面古樸，用了黑漆漆的木頭，上面幾道刻痕，特地營造出年代感，牌匾上四個字，正是「青山古淮」，她熟悉地再向左邊瞧了一眼，居然是火災之後重新改建的卿月樓！

卿月樓重建之後，客人不減反增，由此來看，不怕沒人看到她的新鋪子了。

余聽、余慎跟在她的身後進入鋪子，余慎年紀小，當場便驚嘆。「以後我們就要在這間鋪子裡賣東西了嗎？」

余聽也十分興奮，但她能壓住自己的情緒，小聲道：「別一臉沒見過世面的樣子，讓小姐笑話你！」

葉末晴聽到他們說話，兀自在前面笑了笑，沒有叫他們看見。這弟弟名字中有「慎」，卻一點也不謹慎，年歲太小還需多加磨鍊。姐姐叫「聽」，卻是很會察言觀色，但從不奴顏婢膝，不卑不亢。

屋內已有一位摻了白髮的人佇立在那裡，岸芷上前介紹道：「這位是請來的代掌櫃，可以教余聽、余慎怎麼經營店鋪，記錄帳本。」

葉末晴滿意地點了點頭，岸芷最懂她的想法，她是想讓余聽、余慎來經營鋪子，可是他們現在年紀還小，只怕不能勝任，需要一個有經驗的人來慢慢引導他們。

她讚揚道：「做得很好。」

岸芷竟然耳朵尖紅了紅，嘻笑一聲。

此時室內已經擺放了不少貨架，該有的東西都備全了，看來只等著貨物搬來，就可以整理上架。葉末晴道：「妳近來做事越發細心周到，幫我省了許多麻煩。」

岸芷卻將汀蘭一把拉過來，道：「汀蘭也在旁給我許多建議呢，若沒有她的建議，我會出紕漏的！」

「妳也是好樣的。」葉末晴也不忘誇獎汀蘭。

「哪有，小姐別聽她胡說，這件事主要還是她忙活的！我那幾個建議微不足道！」汀蘭也不邀功。

余聽、余慎已經去跟著代掌櫃學習，聽他講經商之道聽得入迷。葉末晴把高軒和飛鸞都招了進來，讓他們做苦力。

飛鸞已經完全被她當成了自己人使喚，但他也沒有半點不願意的埋怨，幹活又麻利，葉未晴就越發使喚得心安理得了。

幾個人中有的掃地、擦地，有的擦櫃子、有的整理貨物，忙活了好幾個時辰。葉未晴正擦著手中的琉璃杯，突然看見飛鸞對她使了好幾個眼色。

葉未晴存心逗他，看他的神色判斷應該不是什麼大事，便故意不理會，不懷好意地問：「你給我拋媚眼做什麼？」

飛鸞差點沒一口血吐出來，只感覺到一道冰冷的視線掃到他身上，喔對，還有一道幸災樂禍的視線。他彷彿渾身被冰塊凍住，只能僵硬地用手橫在額頭上，試圖擋住那道冰冷的視線，然後做了此生他做過最大的錯事——他不死心地又悄悄給葉未晴使了個眼色。

葉未晴看他這副樣子，忍不住笑出聲，問道：「你眼睛壞了？」

「若是你眼睛壞了，本王幫你去尋個郎中。」一個低沈又嚴肅的聲音傳來。「本王還不至於窮酸到連讓屬下看病的錢都沒有。」

裴雲舟在旁邊道：「你沒發現你一來，這歡樂的氣氛都被你破壞了嗎？」

葉未晴默默地轉過頭去，愣了一下。

只見周焉墨冷冰冰地斜睨著裴雲舟。「也叫郎中幫你看一看，是不是腦子壞了。」

葉未晴放下手中的杯子和布巾，不自覺地帶了幾分緊張，站起身問：「怎麼過來了，出什麼事了嗎？」

看到周焉墨來找她，而且是來這裡找她，她第一反應就是有沒有出什麼要緊事，不然他怎麼會直接找上門來？還找了這個他以前不曾知曉的地方？

「沒有。」他道：「我只是作為隔壁鋪子的主人，過來串個門。」

聽見他說沒事，葉未晴馬上鬆了一口氣，但她隨即意識到什麼，緊張地問：「你說什麼，隔壁鋪子的主人？」

周焉墨一臉高深莫測。「沒錯。」

她不自覺地抿了抿嘴角，又問：「那家……脂粉鋪子的？」

隔壁除了那家「青山古淮」，便是一家脂粉鋪子了，要說他開的是脂粉鋪子，倒也能理解，尤其是她更希望這樣。

周焉墨搖了搖頭，饒有興味地勾唇。「左邊這家啊，青山古淮。」

葉未晴怔了一下，迅速鎮定下來，反正她已經做了這麼多匪夷所思的事，應該也不差這一件了。她喃喃道：「那你……早知道……」

話說得模稜兩可，飛鸞和岸芷等人聽得迷糊，但周焉墨和高軒瞬間就懂了。

周焉墨淡淡地瞥了高軒一眼。「就他那個模樣，裝得一點都不像。」

「我、我裝得挺像的啊，沒什麼破綻！」高軒猶在嘴硬辯駁。

裴雲舟笑道：「這也就是碰見了我們，說不準換作別人，這事就砸了呢！」

葉未晴嘆了口氣，隨意用腳勾了兩個矮小的木凳，說道：「先坐吧。」

裴雲舟坐在小凳子上依然翩翩君子般怡然自得，但周焉墨身形頎長，看起來就頗有些委屈。桌上放了一套琉璃杯，染了點灰塵，葉未晴和飛鸞正用濕布巾仔細擦著，那小巧精緻的杯子握在瓷白的手指間，指甲圓圓潤潤乾淨極了。

見她一臉認真的神情，眨眼間睫毛顫動，周焉墨險些看得出神，索性也拿起琉璃杯，用多餘的濕布巾慢慢擦了起來。

擦完一個放在桌子上，卻被葉未晴拿了起來，對著光看了看，秀氣的眉毛緊蹙，她道：「你還是別擦了。」

「為何？」他迷茫地問：「哪裡不好？」

「這種琉璃杯乾淨與否，在屋子裡看不大出來，到光亮的地方才看得出。」她側頭解釋。「不信你瞧瞧。」

周焉墨向她那頭偏了偏，這一偏，兩個人相隔極近，她的鼻息好像都能打到他臉上似的，身上的氣息更是無孔不入往他那邊鑽，但見葉未晴似乎完全沒有注意到這一點，還舉著杯子在找合適的角度讓他看。

只匆匆看了一眼她細膩柔滑的肌膚，他就欲蓋彌彰似的，將視線轉到那琉璃杯上。琉璃杯在陽光下流光溢彩，卻不及那匆匆一眼半分好看。

他的心跳驀地漏了一拍。這種感覺於他來說，太過陌生。

難道是因為靠得太近了？可是以前也靠得這樣近過，還不止一次，比這更出格的動作都有，此種難以言明的滋味卻越發嚴重，就好像種子破土，細雨滋發。

葉未晴問道：「你看到了沒？」

周焉墨胡亂應了一聲，根本沒注意眼前看到的是什麼。

葉未晴見他看的時間有點長了，疑惑地看了他一眼，他卻立刻縮了回去，又拿起另一個琉璃杯緩慢而認真地擦了起來。

實際上，心卻早已是亂糟糟的一團，各種思緒飛湧而至，先前沒注意過的異樣慢慢串連在一起。

端午時知道她和賀宣相看，心裡也沒泛起多大波瀾，可是親眼瞧著這兩個人在一起親親密密地說話，瞭解越來越深的時候，卻生出一種無端的煩躁來。所以他忍不住叫人把賀宣支走，烏雲驟然轉晴。他沒有細究過緣由，現在想來竟是有了一點頭緒。

思緒飄到遠處，手上一打滑，再去撈也來不及，「啪」一聲，琉璃杯摔了個粉碎。

葉未晴停下手中動作，無奈地看著他。「請王爺高抬貴手，不會做這種粗活，就在旁邊歇息吧。」

周焉墨斂去剎那間的無措，又恢復成了那冷冰冰的模樣。「我賠妳不就得了，我看這套琉璃杯成色也不怎麼樣，我府裡隨意拿一套都比這好，妳大可去挑選一套。」

葉未晴白了他一眼。「算了，誰要你那東西。」

她將大的碎片撿起來，又把小的琉璃碴掃到一起，防止有人不小心被碎片割到。

收拾完後，重新坐下來，她連忙制止周焉墨，不讓他再幫忙，否則萬一摔了一整套，她還拿什麼賣去？

周焉墨手上沒了活兒幹，更開始胡思亂想，想來想去只剩煩躁，整理這些情緒竟然比抽絲剝繭查線索還要難！

他清咳一聲，裝作無意地問道：「妳和賀家訂親了嗎？」

「還沒呢。」她道。

裴雲舟立刻反應過來周焉墨的意圖，適時套話。「有一段時日了吧，怎麼還沒訂親？拖得有點久啊。」

「久嗎？不久吧。」葉未晴微微疑惑。「不過應該也快了。」

裴雲舟不知該說什麼了，周焉墨只是應了一聲「喔」。

「不用擔心，我若是嫁人了，也還能跟你們合作，不會耽誤的。」葉未晴還以為他們擔心她嫁入賀府之後，傳遞消息就不似以前那樣方便了。

「阿晴啊，不是我說，認識這麼久了，咱們也很熟了對吧？」裴雲舟拍了拍她的肩。「我就實話實說了，我覺得你們、那個——不是很合適。」

那聲「阿晴」顯得極為親暱，周焉墨冷冷地掃了他一眼，視線又膠著到裴雲舟放在她肩上的那隻手，若不是聽見最後一句，才叫他的視線緩和了些，說不準此刻那眼神都能殺人了。

「不合適嗎？我覺得挺好的。」葉未晴不覺有異，也不惱，認真地徵詢意見。「哪裡不合適了？」

「我說話妳也別嫌直，都是為了妳好。」裴雲舟想了想。「妳不覺得那賀家長子脾氣有些太軟了嗎？我覺得這樣的人不夠有魄力，真遇上事了，沒法子護妳。已經有了前車之鑑，妳可別忘了。」

葉未晴知道他說的是圍獵場裡碰到周衡，賀宣沒有成功幫她解圍。她笑道：「哪有那麼多事，我也不需要他將我護得全方位周周到到的，不然我跟個廢人有什麼兩樣啊……」

裴雲舟搖了搖頭。「不止這一方面，總之，我就是覺得不合適，妳得多思量思量，畢竟是終身大事。」

「那你真是太高看我了，依你之見，我是什麼樣的人，又該配個什麼樣的人？」葉未晴含笑問。

「妳聰明果敢，心細謹慎。」裴雲舟道。

「可惜眼光差。」周焉墨適時截斷。

「呃……」裴雲舟磕巴了一下，把想說的詞都忘了。「總該配個同樣的，能幫妳實現心中願、助妳達成所想事的人吧。」

「你這誇得我都要不好意思了。」葉未晴美滋滋的，沒看出半點羞赧的模樣。「不過，我以前眼光是很差。」

要不然怎麼會跟著周衡呢？

「多謝你提點，我會考慮的。」她復又埋頭，擦拭手中琉璃杯。

「……」裴雲舟只能說到這個地步了。

眼見到了該用飯的時間，這些人除了周焉墨和裴雲舟，都幫她忙活了許久，她早就打算請大家吃頓飯。

「大家都辛苦了，我請大家去醉霄樓吃午膳！」

汀蘭雀躍道：「小姐要請我們吃這麼好的嗎？看來我們今日有口福了！」

「你們也一同去吧。」她望向周焉墨和裴雲舟。

來到了醉霄樓，九人分成了兩桌坐，一桌是余氏姐弟和侯府的人，另一桌是葉未晴和王府的人。路上的時候岸芷偷偷附耳說不敢和弈王一起吃飯，葉未晴才特地分成了兩桌。

因為醉霄樓沒有兩桌的包間，所以分桌坐也只能分成兩個包間，不過這樣也好，岸芷、汀蘭他們能吃得自在些。

葉未晴招呼完自家人，來到王府包間，剛一坐下就瞧見飛鸞神情忐忑、坐立不安的。

果然，沒一會兒，飛鸞就起身道：「王爺，屬下還是回去陪白鳶吃吧。」

周焉墨抬頭道：「那就叫白鳶過來一起。」

「不了不了，她吃不慣這個，我還是回去找她吧，不然她又該生氣了。」飛鸞拿出白鳶當擋箭牌，沒有引起周焉墨的懷疑，得到他准許後，飛鸞立刻逃之夭夭，於是這間包間裡只剩下了三個人。

「我先點了。」葉未晴不客氣地說：「掛爐山雞、宮保野兔、醬汁魚片、爆炒蝦、繡球乾貝、芝麻卷、如意卷……對了，聽說你們店裡來了新鮮的大螃蟹，挑個頭最大、肉最肥的上來，隔壁桌也一樣。」

小二應下了。裴雲舟又點了幾樣，周焉墨倒是什麼都沒點。

「等一下，這桌所有的菜裡面都別放胡蘿蔔。」她突然想起來，叫住要離開的小二，又問周焉墨。「你還有什麼忌口？」

周焉墨思索道：「沒了吧。」

實際上他也不知道，飲食方面他從來沒管過，可能府內的小廝們上菜之後看到哪樣沒動下次就不會再上了，哪樣動得多就做得勤一些，是以他也沒總結過到底忌口哪些。

過了一會兒，裴雲舟不耐煩地問：「怎麼這麼久了還沒上菜啊？」

「你看外面生意多忙，這裡人多，哪能那麼快。」葉未晴道。

「早知道就該把這位的身分亮出來，讓廚子優先做我們的。」裴雲舟指了指周焉墨。

周焉墨冷漠又挺直地坐在那裡。「那有什麼意思，你直接去找御廚算了。」

葉未晴玩笑道：「你們趕得這麼巧，快到飯點才來，不會就想敲我一頓飯吧？」

「也不是白敲的，不也給妳做苦力了嗎？」裴雲舟不滿地嘟囔。「別把我們想得那麼勢利好不好！」

「你說的苦力就是幫我擦了兩只杯子，一只擦得不乾不淨，一只摔得四分五裂。」葉未晴毫不留情面地嘲諷。「行了，別說了，這頓飯你請。」

周焉墨低低笑了一聲，這時門被推開了，小二端來幾盤菜放在桌上。

打眼一看，幾個盤子都是紅彤彤的一片，辣椒占了一半。醉霄樓最擅長的就是做口味又重又辣的菜，曾有人要求少放辣椒，他們都不幹。

「好啦，吃吧！餓死了！」葉未晴伸出銀箸，挾了一塊沾滿了辣油的野兔肉。

裴雲舟嚐了一口之後讚譽不已。「真的不錯，以前沒來過這家，味道很好，阿晴很懂得吃嘛！」

這聲「阿晴」又刺痛了周焉墨的耳朵，他暗暗打算回去再找裴雲舟算帳。

警告過一次還犯，看來是存心與本王作對！

周焉墨不太能吃辣，但仍舊挾了一塊兔肉，又麻又辣，舌頭都酥麻疼痛了，好像有一股火氣順著鼻腔鑽上去，沿著喉嚨爬下來，喉嚨癢癢的，讓人忍不住想咳嗽。

幸好小二又端著幾樣東西上來了，他急忙挾了一塊芝麻卷嚥下去。好在芝麻卷這種甜品做成辣味太難吃，不然這醉霄樓會把包括芝麻卷在內的所有吃食都做成辣的。

囫圇咽下去一塊芝麻卷，又覺噎得慌，他又端起茶水咕嚕一口盡數倒入口中。

葉末晴只感覺周焉墨一改往日斯文吃相，今日似乎吃得急了些，看來這些菜很合他的胃口？

她又拿了一雙沒人用過的銀箸，挾了片鮮滑白嫩的魚片過去。「嚐嚐這個，魚刺都剔除了，這個也很好吃。」

「多謝。」他嘴上道著謝，面上卻浮著難以察覺的憂愁。

那魚片確實看起來就勾人食慾，火候正好，吃下去的魚肉還保留著滑嫩的感覺，就是上面沾了太多的紅油……

周焉墨強忍著吃著，堅持將所有辣菜都嚐了一口，最後實在忍不住，喉嚨像要冒煙似的，用手帕掩口咳嗽個不停。

葉末晴放下銀箸，看著他肌膚上泛著令人沈醉的緋紅，擔憂地問：「你……不能吃辣？」

周焉墨終於緩和過來，整張臉連帶著修長的眼尾一直到耳朵尖都泛著紅，像冰梢融化後的春水，更顯得親近了。

他輕輕道：「嗯。」

「那你怎麼不說……」葉末晴對外面喊。「小二上一碗熱水。」

「我怎麼知道這裡的菜都這麼辣？看名字都挺正常的。」周焉墨無奈了。

「是我的責任。」葉末晴自責地接過熱水。「你們不知情，我應該事先提醒一下。」

她是發現了，每次熱情地給周焉墨挾菜，挾的都是他不能吃的！她實乃這位弈王面前的弄巧成拙第一人！

「辣成這樣嗎？」裴雲舟還舉著銀箸往嘴裡送東西。「我覺得一點都不辣啊。」

「對於能吃辣的當然不辣，對於不能吃的，一點點都是刺激。」她挾了一片魚片，在熱水裡涮了涮，表面浮的紅油被水捲走大半，這魚片又落在了周焉墨碗中，她笑道：「這樣吃試試，應該會好一點。」

她將那些不辣的芝麻卷、如意卷擺在他前面。「多吃這些。」

「……多謝。」周焉墨垂眸。「阿晴，辣食還是很美味的。」

雖然出了些小插曲，不過大家還算吃得開心。

裴雲舟突然起身。「我去看看飛鸞那小子跑哪兒去了，吃個飯竟然擅離職守，我去去就回。」

他走出去，帶著一陣風飄過，隨著門合上，這間包間內就剩下了兩個人。

葉未晴吃著飯，總感覺旁邊的視線往這裡飄似的，可是她無意間往周焉墨那裡瞧了幾次，都沒看到他在看自己。

這感覺說不上來的奇怪，終於再次抬眼時，碰上了周焉墨的視線。

「你看我做什麼？」她蹙眉疑惑地問。

周焉墨這次不再遮掩，慢悠悠說道：「妳，頭上有髒東西。」

「啊？」她摸了摸，沒有摸到，又抓了抓，將頭髮抓得有一點亂，也沒有找到髒東西。

「阿晴，我幫妳吹下來吧。」他一臉正色地說。

「好。」她點頭，不假思索地答應，頭上有髒東西不好看。

他慢慢地俯身過來，壓迫的氣息充斥四周，兩張臉貼得越來越近。葉未晴的眼睛正巧對著他的喉結，稍一抬眼就能看到他精緻的下頷線，勾勒出柔美中不失堅毅的線條。

她看到他的喉結上下動了動。

太近了，近到她以為那張薄唇下一刻就要貼在她的額頭上，落下一個輕柔的吻。

後背的肌肉下意識地繃緊，可是她知道周焉墨不會真的落下一個吻，所以她一動不動，掩飾好自己所有的慌亂。那絲慌亂本就微不可見，所以除了自己不會有人發現。

他停住了，輕輕一吹，然後又坐了回去。

「好了。」他神色正經無比。「妳沒找對地方。」

看周焉墨還是初見時候的樣子，眉眼如畫，目光銳利，沒有摻雜別的東西，看起來還是那樣不近人情。那自己剛剛為什麼會多想？她鬆開揉皺的衣角。

門被推開，裴雲舟走了進來，笑哈哈地說：「原來飛鸞那小子在旁邊一家麵店呢，一出去就碰到他了。」

「其他人也該吃飽了，」葉未晴道：「我們走吧。」

第八章

兩張帖子遞到了定遠侯府，一張送至葉彤的院子中，一張送至葉未晴的院子中，卻迎來了截然不同的反應。

岸芷初拿到也是五味雜陳，猶豫了半晌還是送到葉未晴面前，讓她定奪。

葉未晴只瞧了一眼，就氣極反笑，一把將帖子甩在了桌子上，道：「去個屁。」

那上面正是羅櫻親筆寫的帖子，邀請她去羅府，說自己新得了一隻貓，請幾位小姐公子過府玩耍。

岸芷當即不滿地道：「她也真好意思，真當自己做的事沒有人知道，還有臉請我們家小姐？」

汀蘭想起上次被羅家母女刁難的事，忙勸道：「小姐，妳可不能去，誰知道她們又要出什麼么蛾子？絕對沒有好事，說不定這就是個圈套，又想害人了！」

「有沒有圈套，我都不打算去，看見她我就噁心。」葉未晴冷笑。「岸芷，妳幫我回絕了吧。」

岸芷開心地點頭。「是，小姐。」

「姐姐！」門外突然傳來葉彤的聲音。葉未晴向外望去，葉彤恰好走到門前，眉梢都帶著笑意，顯然十分歡喜。

「妳來了。」葉未晴略有驚訝。「最近幾日都沒見到妳，吃飯時也見不到人影，在忙什麼事情嗎？」

葉彤有點不好意思地笑著說：「我最近認識了幾位好姐妹，走得比較近，和她們成天閒逛，經常一逛就是一天，所以就總見不到姐姐啦！」

葉未晴微不可見地蹙了蹙眉，但仍道：「是嗎？那挺好的，妳以前朋友不多，總悶在家裡，有人陪妳的話也能開心許多。」

之前還信誓旦旦地說要讓賀宣答應娶她，現在怎麼和小姐妹廝混到一起去了？就這樣把自己的話拋諸腦後了？

「對了，姐姐，妳是不是也收到羅櫻的帖子了？妳打算去嗎？」葉彤小心翼翼地切入正題。

「我不打算去。」葉未晴瞥了被隨手扔在桌上的帖子一眼。「我剛吩咐岸芷去回絕了。」

「別呀姐姐，我想去看看那隻小貓，我從來都沒見過，可是我又不想一個人去。」葉彤搖了搖她的胳膊，懇求道：「妳能不能陪我一起去啊？」

「貓有什麼可看的，妳也別去了。」葉未晴伸出另一隻手，制止住她搖來搖去的動作。羅櫻對她恨之入骨，說不定也會對葉彤下手，葉彤單純得很，別人是幫她還是害她都分不出來，萬一被人利用，豈不是羊入虎口，任人宰割了嗎？

「妳不知道，大家聽說她從皇后娘娘那裡得了一隻貓有多羨慕，那種藍眼貓有多珍貴妳也知道的。我雖然沒有資格也得一隻，可是我摸摸就滿足了呀！」葉彤繼續搖著她的胳膊撒嬌。「去吧去吧，姐姐！」

葉未晴感覺一陣頭疼，捏了捏自己的眉心，一剎那好幾個想法爭來爭去。葉彤這麼想去，自己怎麼勸也勸不動，又不能將真相全部告訴她。她一個人去太危險，還不如自己相伴，如果羅櫻真想借此機會實施什麼陰謀，有自己在，她應該就不會對葉彤優先下手。

最後，她嘆了口氣，妥協道：「那好吧，既然妳這麼想看，我就陪妳去。」

第二日，葉未晴特地挑了件楓葉紅綢衣，穿在身上明豔大氣，顏色極為顯眼。左右她已經與羅櫻撕破臉皮了，自然是怎麼搶她風頭就怎麼來。

羅櫻這次請的人都是經過精挑細選的，和葉未晴關係好的小姐都沒請，所以賀苒被首要排除在外。請的那幾位公子，大多也都是些紈袴子弟，和葉未晴沒有多少交集。

此外，羅櫻竟然定了一個奇怪的規矩，所有人的下人都不能進入正廳，包括婢女、小廝和護衛，得統一在偏室裡等著，省得她這寶貴的貓兒被這些沒見過世面的下人捉了賣錢去。

葉未晴既然已經同意去了，便不在意這些奇怪的規矩，反正就算高軒不能跟著她，飛鸞還在暗中保護。

葉家兩位姐妹一到場，空氣彷彿凝結了一瞬。葉未晴那身楓紅色灼人眼睛，頭上的金釵精緻大方，五瓣白玉花中嵌了顆紅色瑪瑙珠，金絲枝葉蔓延，還用淡水小珍珠圍成一圈，流蘇上也墜著瑪瑙和珍珠，端的是烈火般的美豔逼人。葉彤依然穿著淡粉色紗裙，襯得膚白如雪，俏麗若三春之桃。

葉未晴特地將自己最貴的首飾戴上，好好裝扮了一番。

羅櫻看見眾人的反應就氣不打一處來，又被葉未晴搶走了風頭！她掃了那些紈袴子弟一眼，竟然還有人口水都流下來了！

真是噁心，她又多瞧了那人一眼，好像是吏部侍郎家的兒子，叫什麼王光的？

咦，他瞧著的人，好像不是葉未晴，是葉彤？

王光的視線一直追隨著葉彤，直到她找了位置坐下，羅櫻慢慢地走到王光的身邊，他都沒有反應。羅櫻輕輕地咳了一聲，王光才如夢初醒般抬起頭來，疑惑地看著羅櫻。

「王公子很喜歡葉二小姐？」羅櫻甜笑著問道。

「原來她是葉家的二小姐啊？」王光擦了擦口水，袖口留下一道水痕。

「其實今天我請了許多姿色更好、身段更好的小姐，王公子怎麼偏偏看上她了呢？」羅櫻掃了葉彤一眼，葉彤和葉未晴相差一歲，身材卻差了許多，葉彤的胸——有點平。

王光「嘿嘿」笑了兩聲，那笑怎麼看都有些猥瑣。「她看起來小啊，嫩啊，我就喜歡青澀的，就像沒熟透的果子。」

羅櫻嫌棄地稍微挪遠了一點，難不成這王光好幼女這一口？她壓住噁心道：「但是她有心上人了。王公子看看其他人，我給你指幾個姿色不錯的。」

她先指了指孫如霜。「這個也不錯吧？」

王光點了點頭。「還行。」

她又指了幾個，王光都道還行、不錯。她又將手指向葉未晴。「這個也很好。」

她指了這麼多人，就是為了鋪墊最後的那個目標——葉未晴。

王光點了點頭。「不錯，羅小姐給我指這些人是何意？她們都尚未婚配嗎？」

「當然，王公子想不想娶她們？想不想和她們共度春宵？我可以幫你呀！」她低聲道：「讓生米煮成熟飯，然後就不愁她們不嫁你了，是不是？」

王光原本心底就有這種想法，只不過太過駭人不敢表露出來，羅櫻這樣一說，勾出了他隱密的想法，眼中頓時大放金光。「真的嗎？妳能幫我？那、那我要怎麼做？」

羅櫻在心裡嘲笑他的愚蠢，嘴上故意質疑道：「王公子，先告訴我你行嗎？」

「男人最忌諱別人問他行不行了！」王光不樂意。「我當然行了，我特別行！」雖然他不知道羅櫻能不能靠得住，但這是在羅府，若是事情敗露，他可以將責任全部推給羅櫻；若是成功，到嘴的肥肉哪能不吃？

羅櫻即便嫌棄，依然靠近他說了一堆，只見王光一邊聽著，一邊快笑到天上去了。

與此同時，眾人都聚在一起看藍眼貓，葉彤好不容易從他們手中搶來貓兒抱在懷裡，撓了牠幾下後頸，這隻貓就軟綿綿地躺在她身上。

葉彤一邊摸一邊欣喜地喊道：「姐姐，妳來摸摸呀，牠的毛又長又軟！眼睛還是藍色的，好漂亮！」

葉未晴微微笑著不作聲，伸出手摸了摸，確實比野貓的手感好。

她摘了顆提子送入口中，留神著各方向的動靜，尤其是羅櫻的。

身邊依然喧鬧，好似有一抹靜謐溜過。她抬頭，來人身著白衣，容貌清麗，身上帶著微微的疏離。她一站在這兒，似乎所有喧囂都離之遠去，隱約有草藥的氣味飄入鼻中。

葉未晴愣了一下，道：「裴姑娘？」

裴雲姝鎮定地點了點頭，徑直走到葉未晴邊上，問：「我可以坐這裡嗎？」

雖是問句，語氣卻不容置疑。

葉未晴無所謂地說：「隨意，沒人。」

裴雲姝面無表情地坐在她身側，過了半晌似乎都沒打算與她交談。葉未晴想緩解尷尬的氣氛，將裝著提子的瓷盤推到她面前。「裴姑娘，真是好久不見了。」

「確實很久未見，我最近不常去弈王府，所以也沒什麼機會同妳碰面。」

言語中似有所指，葉未晴感覺有點好笑，道：「我沒想到妳也會來參加這種……」

「……」裴雲姝沒有接話，逕自問道：「妳相信算命大師算出的命運嗎？」

葉未晴沒想到她會問這種問題，又塞了顆提子，邊嚼邊道：「大抵是不信的。如果命都是既定的，那活著也沒什麼意思。」

如果命運早就有它自己的軌跡，自己再來一世還不是重蹈覆轍，有什麼意義？

「真巧。」裴雲姝微微彎了彎唇。「我也不信。」

羅府的侍女在各桌上放置了筆墨紙硯，羅櫻重新回到了現場，抱著懷裡的小貓笑道：「我們現在來進行一場遊戲，盛京畫技出眾的人有許多，我們也來比拚一下畫技，最後從大家的作品中選出一張最好的如何？」

「有趣！」孫如霜躍躍欲試。「我們畫什麼？」

「不如就畫我懷中這隻貓？」羅櫻建議，想了一下又說：「大家若是有好的建議也盡可說出來。」

想參與的人有許多，都想藉此機會嶄露鋒芒，紛紛興沖沖地討論著究竟要畫什麼，最後還是定了畫這隻貓。不過，貓是既定的，神態動作背景卻可以自由發揮。

「一炷香之後，我們會將所有的畫收上來，還望大家注意時間，掌控好自己的進度。」羅櫻說道。

一時間，許多人都提筆埋頭作畫。葉末晴靜靜地看著那些人，彷彿與她毫無關聯似的，紙筆仍擺在前方桌上，她連動都沒有動一下。

裴雲姝側頭問：「葉姑娘不打算參與嗎？」

葉末晴笑了笑，沒有半點不好意思地說道：「我不會。」

見裴雲姝也坐著不動，沒有提筆，葉末晴問：「妳也不會？」

裴雲姝略微側了側頭，有點得意地彎起嘴角，拿起桌子上的狼毫蘸了蘸墨。「我會。」

語氣中頗有些得意，似乎故意和她炫耀，葉末晴笑著搖了搖頭，裴雲姝看起來清冷疏離，實際上還是有些小孩子心性。她能感覺到裴雲姝始終對她有一種淡淡的敵意，這種敵意應該是從周焉墨那裡來的？也許該找機會向她解釋一下。

一炷香過去，裴雲姝畫了一幅小貓戲蝶圖，貓舉著爪子在捉飛舞的幾隻蝴蝶，但因為才出生幾個月，動作並不那麼靈活，整張畫憨態畢露，栩栩如生。

羅櫻和孫如霜一道下來收畫，她們走到裴雲姝面前，看到畫之後小小地驚呼了一下。

羅櫻讚賞道：「原來裴姑娘竟有這樣的畫技，以前從未見識過，若是早早展現，現在一定名滿盛京了。」

裴雲姝淡淡地說：「羅姑娘言重了。」

孫如霜繼而問道：「裴姑娘是跟隨哪位大家學習的繪畫？」

「我出身寒門，沒有特地拜師學過。若一定要說是誰教的，教我讀書的先生曾提點過兩句。」裴雲姝微微笑道。

此話一出，眾人譁然，那幾位紈袴公子看裴雲姝的眼神也多了點興味。

「那裴姑娘真是頂厲害的，自悟可以悟到這個水準，若是得了高人提點，指不定能畫成什麼樣呢！」

「她哥哥裴雲舟能考上狀元，妹妹當然也不差，這一家都是厲害人哪！」

孫如霜將裴雲姝的畫妥貼地收好，二人又走到葉末晴面前，看到她空空如也的宣紙，孫如霜冷哼了一聲，輕蔑道：「葉姑娘連畫畫都不會嗎？」

「我確實畫得不好，可妳也不能說現在沒有畫便是不會畫畫吧？不然，妳叫其他沒有作畫的人如何自處？」葉末晴一句話，便讓場上幾人臉色不太好看。

「我也並未說所有人，只是說妳而已。」孫如霜反應過來她話中的圈套。「盛京城內誰人不知，葉姑娘在書畫方面一竅不通，小姐們該學的妳都不怎麼學。」

葉末晴輕輕地撩了撩鬢邊髮絲，她上一世確實不愛讀書寫字，琴棋書畫只懂皮毛，可是後來這些缺失的都慢慢補上了，辛苦非常。

她譏誚地說：「孫姑娘此言差矣，我舞跳得不是比妳要好嗎？」

「噗……」

「哈哈哈——」

眾人聞言，不少人都沒忍住，笑了出來。

孫如霜面色驟變，她最恨別人拿殿前跳舞出醜一事來刺激她，偏偏出醜確實是出醜了，她想不出什麼話頂回去。她怒氣沖沖地拿起葉末晴桌子上的宣紙，趁著袖子遮掩，迅速推了一下硯臺，裝作是被紙無意間抽出來的。

桌面光滑，硯臺藉著力滑到桌邊，孫如霜臉上浮起了惡意的笑容。

葉末晴察覺到她的小動作，迅速站起來一閃，硯臺的墨灑了出去，恰好灑在她坐的凳子上。幸好她躲避迅速，一星一點都沒有沾上。

孫如霜笑道：「喲，真是抱歉呢，這桌子太滑了。」

葉彤匆忙地站起，走到葉未晴身邊，關切地問道：「姐姐妳沒事吧？」

葉未晴搖了搖頭，另擇一處坐下了。

孫如霜這一「失手」未造成多大波瀾，眾人的注意力很快又被評畫吸引過去。經過一番比較後，最終選出最好的那幅正是裴雲姝的作品。裴雲姝在這一場比試中脫穎而出，原本低調到沒什麼存在感，現在身邊卻圍了好幾個人與她寒暄交談。

葉彤又一次抱到了貓，玩得正歡時，有位婢女來到她身邊附耳不知說了什麼，葉彤抬頭望去，問道：「現在嗎？」

那婢女點了點頭，葉彤又道：「我不認識路，妳帶我去吧。」

她隨即放下貓，隨著那位婢女走了，人影擋著，葉未晴並未發現她已經離開。

不多時，一道身影焦急地跑了過來，葉未晴認出她來，正是葉彤的貼身婢女，名喚秋夕的。但羅櫻不讓所有下人進來，秋夕怎麼進來了呢？難道有什麼事？見秋夕一臉緊急的樣子，讓她感覺眼皮狂跳。

果然，秋夕一路小跑，跑到了葉未晴身邊，語速極快道：「大小姐快隨我走一趟吧，小姐出了些事，需要您去處理一下，千萬別驚動旁人！」

「她怎麼了？」葉未晴猛地站起來，眼前一陣發黑，不祥的預感襲來。

「這裡不方便說，您去看了就知道！」秋夕著急得很。

葉未晴掃視一周，確實沒了葉彤的身影，而除了她之外，還缺了幾個人。她問：「她是什麼時候出去的？」

「約有兩刻鐘了！」秋夕等不及地上前拉著葉未晴的手就走。「大小姐，您再慢就來不及了，求您快些去吧！」

葉未晴的心猝然狂跳，已經在腦海裡想了無數種可能，上一世臨終前苦痛的回憶又浮現出來。上一世她保不住自己的家人，這一世難道還是守不住妹妹嗎？而且還是在她眼皮子底下出事，這叫她如何自處？

不及細想，她隨著秋夕往另一頭的院子疾走，但走了許久都還沒走到地方。葉未晴著急問道：「她到底在哪兒？怎麼還沒走到？到底出了什麼事？」

秋夕頭也不回地道：「就快到了！」

葉未晴看著她的背影，開始懷疑。羅府這麼大，這一路上竟一個人都沒有遇見，家僕都到哪兒去了？而且葉彤怎麼會來這麼遠的地方？她又仔細觀察了一下秋夕的神情舉止，那焦急似乎太過做作，而且從剛才她就沒有提到底出了什麼事。

她方才沒有想太多，被擔心衝昏了頭，現在想來竟是破綻百出。

「妳等一下。」葉未晴喊道。

「怎麼了？」秋夕轉過頭，目光閃爍。

「我要回去一下，有重要的東西落在那裡，我回去取一下，很快。」

「小姐的事情真的很要緊，您落了什麼東西，一定要回去取嗎？若是非拿不可的話……那我再陪您回去吧。」

「不用了，妳就在這兒等著，我很快回來。」不容她拒絕，葉未晴命令秋夕在一半路程處等著，自己就直接轉身返回原處。這次回去，她仔細瞧了瞧在場的人，葉彤還是不在，羅櫻也不在，其餘不見的人她叫不出名字，只有模糊的印象。

孫如霜還在那裡孔雀似地和別人展露自己的衣裙，葉未晴靈機一動，上前對她道：「妳同我來一下，羅櫻有事情找妳。」

孫如霜疑惑地看了她一眼。「她怎麼會叫妳來叫我？」

「隨妳愛信不信，不信就別去。」葉未晴態度冷淡，譏誚地說，說完轉身就走。

孫如霜本來還猶豫著，看她直接走了，連忙跟在她後面。

葉未晴沿著原路回去，邊走邊嘲諷道：「妳不是不信嗎？怎麼非要跟著我過來？」

「我願意！妳管得著？我就是要跟來怎麼樣？」孫如霜白了她一眼。

秋夕看到孫如霜也來了，慌張得很，不知道為什麼會多一個人來，但看孫如霜非要跟的樣子，她一時也不能說什麼，只好領著她們繼續往前走。

走了很遠的路，終於來到了一處偏僻的屋子，秋夕指了指。「就是這裡了。」

此時孫如霜揮一揮手，嚷道：「行了，妳們都回去吧。」

說完，她搶著上前推開了門，隻身進屋，又把門關上，轉身一看，屋子裡面沒有羅櫻的身影，只有一個男人。她疑惑地問：「王光，你怎麼在這裡？羅櫻呢？」

王光？這名字聽起來好生熟悉，守在屋外的葉未晴耳尖地聽到她的聲音，想了一下，頓時恍悟，這不是上一世葉彤嫁的那個人嗎？

屋裡，王光猥瑣地笑了兩聲，認出孫如霜是羅櫻給他指過的那幾個女子其中之一，以為這就是羅櫻送他的到嘴的肥肉。他慢慢走至她身邊，說道：「妳過來。」

孫如霜傻傻地走向他，王光趁她不備，直接拉住了她的手腕，力氣極大，一拽就將孫如霜拽得摔在床上。

孫如霜只覺大事不好，喊道：「你做什麼?!快放開我，摔疼我了！」

「妳現在乖一點，說不定還能舒服點！」王光邪笑道。

秋夕見他竟然拉錯了人，在門口急得直跺腳。

葉未晴知道王光在屋裡，心下一凜，大致明白是怎麼回事了，這個局是專為她設的，羅櫻料到她聽見葉彤出事，一定會不管不顧地來救人，到時候遭遇這一切的就是她了。

要不是她還拉了一個孫如霜過來，此刻恐怕已羊入虎口無力反擊。

「救命啊——」孫如霜掙扎喊道，卻半點掙不開壓在自己身上的人。「誰快來救救我啊！葉未晴！」

葉未晴心神一凝，靜默不動，秋夕瑟瑟發抖地問：「大小姐不去救她嗎？」

葉未晴一道冷光甩去。「回侯府再找妳算帳。」

秋夕顫抖著閉上了嘴。

布帛撕裂之聲響起，孫如霜在裡面絕望地大叫。「若是你們不來救我，我一定讓我爹爹將你們千刀萬剮，葉未晴妳聽到沒有！我伯母可是德安長公主，不會放過你們的！王光，你敢這樣對我，你是不是活膩歪了！」

「妳放心，妳若是跟了我，我肯定會對妳好的！」王光哄道。

葉未晴轉身要走，不想再管孫如霜。孫如霜與她無冤無仇，卻三番兩次跟她過不去，羅櫻設下這個圈套，正好害到了她的好姐妹，兩人都是自食惡果。

屋裡的孫如霜掙扎不過王光的蠻力，彷彿成了砧板上任人宰割的魚肉，咒罵聲漸漸低了下去，逐漸轉成了哭泣哀求。「嗚——求求你放我走吧……我不想這樣……」

秋夕在羅櫻的威脅之下不得不參與這個計劃，現在不小心害到其他人，又眼看葉未晴平安無事，就怕之後孫家和葉家都不會放過她，左右都活不了了，不如拚一把！

她悄悄地去牆邊搬了個小花盆，慢慢踱步接近葉未晴離去的身影。

啪——

花盆碎裂之聲傳來，後顱一陣劇痛，有溫熱的液體流入後頸，葉未晴眼前一黑，四周景物搖搖晃晃，她身子一歪，倒在地上，但意識還殘存著，她能感覺到自己躺在地上，被緩慢地拖行著。

秋夕想將她拉到屋裡，換孫如霜出來。孫如霜姿色不如葉未晴，王光一定會同意的！

葉未晴努力想喚回自己的意識，逼自己保持清醒，用自己能喊出的最大聲呼喚道：「飛鸞……」

沒有人過來，也許是她的聲音還不夠大。

「飛鸞……」

地上是鋪得不平整的石子路，秋夕拉得頗為費力。

葉未晴用手指緊緊摳著地上的石子，手指磨破了，隨著拖行留下幾道血痕，意識似乎又拉回了一點，就在此時，她用盡全力側頭狠狠咬了秋夕的手一口，咬出了血痕，秋夕吃痛，立刻鬆手。

葉未晴吃力地撐著牆站起來，眼睛瞄到門旁另一側放著同樣的小花盆，求生慾支撐著她舉起花盆，秋夕見了，不由分說過來搶奪，二人弄出很大的動靜，但也沒有打擾到王光。王光壓根兒沒有理外面的動靜，只顧著釋放自己。

葉未晴一狠心，估算了個方位扔了過去。

還好沒有估算偏，沈甸甸的花盆恰好砸到秋夕的額角上，她軟綿綿地倒了下去。

這一連串的動作已經耗費了葉未晴的所有力氣，她癱坐在地上，猛烈地喘著氣。

此時，羅櫻還有幾位小姐正在不遠處一個亭子內閒聊，荷香跑到羅櫻身邊，耳語了幾句。

羅櫻面色一喜，對其他幾人道：「咱們先回去吧。」

葉彤目睹一切，手指不安地絞起來，羅櫻故意拉著她先其他人走了幾步，說道：「妳放心吧，事已經辦成了，妳一切聽我的就好。我們是好姐妹，妳就不必跟我道謝了。」

葉彤抬頭看了看她，終是什麼都沒能說出。她內心煎熬，幾乎是被推著做出了這步，心裡隱約有不祥的預感，可是她也不知羅櫻的具體計劃是什麼樣的，羅櫻只對她承諾，會給她一個想要的結果。

羅櫻回到了正廳，對眾人道：「我剛拿到了珍寶閣的鑰匙，若是大家有興趣，可以跟我來參觀一下羅府的珍藏。」

有這等機會，哪能不親眼見識一下？裴雲姝對這些奇珍異寶尤為感興趣，很想看看都有些什麼好玩的，其他人也是如此想，於是一行人浩浩蕩蕩地前往珍寶閣。

走著走著，有人問道：「你們聽見了什麼聲音沒？」

「什麼聲音？我沒聽到。」

「哭聲呀！也可能是我聽錯了……」

人群霎時靜默下來，女子抽泣聲越發明顯。一切都在羅櫻預料之中，現在她就要帶領所有人見證葉未晴的慘狀！

「怎麼有人在哭？我去看看。」羅櫻蹙眉不解。

一行人循聲來到了王光所在的屋子附近，此時葉彤發現葉未晴不在這群人之中，喃喃道：「我姐姐……我姐姐不見了……」

「哦？難道是葉姑娘躲在哪裡哭？」羅櫻故意問，上前敲了敲門。「葉姑娘，是妳嗎？妳在裡面嗎？發生什麼事了？」

裡面混合著哭腔的聲音傳出來。「別、別進來！」

王光也不悅地喊道：「什麼人，別壞老子好事！滾出去！」

人群中頓時響起議論的聲音。

「他們這是在裡面幹什麼啊？」

「總歸不是好事！」

「那葉未晴看起來也是個名門閨秀，竟然不顧男女之防和男人同處一室，行這種苟且之事，真是世風日下啊！」

裴雲姝始終皺著眉看著這一切，忍不住冷冷說道：「還未見著裡面的人是誰，諸位就確定是葉姑娘了？確定人了不說，諸位甚至可以隔著門看到裡面的人在做什麼，真是令人佩服佩服。」

羅櫻笑道：「大家也沒有惡意，只是說話直了些罷了。」

葉彤臉色青一陣白一陣，心上始終有塊石頭搖搖欲墜。

裴雲姝冷哼一聲。「好一個沒有惡意。」

羅櫻道：「不過，我們羅家人不多，我也想不出除了葉姑娘之外，還有誰會躲在屋裡哭。」

「有人找我？」

羅櫻一轉頭，看見葉未晴好端端地從另一頭出現，她竟然不在這屋子裡！

葉未晴神色如常，衣服和頭髮也不見半點凌亂之處，漠然地掃了一圈人群，笑道：「怎麼了？好像聽見大家在議論我？」

人群悄無聲息，誣衊她的那幾人都低下了頭不作聲，彷彿這樣就能抹去自己言行似的。

羅櫻詫異地問：「妳——妳剛剛去做什麼了？」

「貴府景色甚美，我隨意轉了轉，沒承想竟惹來大家如此關心。」葉未晴抱著胳膊，眸中隱有譏諷之色。「大家怎麼都圍在這屋前了？」

沒有人說話，葉未晴又用目光施壓，看向葉彤。「葉彤，妳說說。」

「他們以為屋子內的人，是妳。」葉彤神情複雜，心虛地瞧向了地面。

羅櫻沈默，暗暗推敲除了葉未晴之外可能在這屋子裡的人，裡面的聲音是王光沒錯，但也確實傳出了女子的聲音。葉彤的侍女不可能認錯葉未晴，說不準就是那葉未晴發現有人過來，整理好衣服從後窗跳出又繞到這裡來的。時間雖緊迫了些，可也不是不可能。只要抓到王光，和他當面對質，也能達到一樣的效果。

羅櫻笑了笑。「說了這麼久，也不知裡面究竟發生了什麼事，進去看看就知道了。」

門沒有鎖，羅櫻竟然輕輕一推就推開了，看到裡面的情景後，難以置信地僵在門前，雙目圓睜，連嘴都來不及閉上。

見她堵在門口這般神色，其他人更是好奇，站到她身側，也做出了如她一般的表情。

只見王光正不慌不忙地穿著衣服，看著眾人也沒有半分不好意思，大大方方地迎著視線。而孫如霜身上倉促地蓋了一層錦被，雪白的臂膀和小腿露在外面，上面盡是紅色與青紫的痕跡，曖昧得讓在場未出閣的少女都捂住了眼睛。

床鋪凌亂，衣物散落在地，空氣中散發著難言的氣味。

孫如霜似乎累極了，也或是心生絕望，躺在床鋪上微合著眼，一動也不動。

所有人心知肚明發生了什麼事，羅櫻原本站在人群的最前列，現在卻被看熱鬧的人們擠到了最後。葉末晴站在她身側，輕輕嘆了口氣。

羅櫻狠狠咬著自己的牙，才抑制住沒當場把這個女人掐死。她問道：「葉末晴，妳很得意是不是？」

「我得意什麼？這事可和我沒半點關係啊！」葉末晴站到羅櫻面前，她比羅櫻要高，所以此刻是俯視著的。「不過我可提醒妳一句，在妳羅府出了這種事，妳還是想想怎麼和孫家交代吧，孫家可不會感激妳用這種方式為他們找了個『好女婿』。」

「妳別血口噴人，他們兩廂情願同我有什麼關係？」羅櫻打死不承認此事和她有關。

「哦──」葉末晴特地拖長聲，挑了挑眉。「這樣啊。」

裴雲姝不想湊熱鬧，所以一直站在人群的後方，自然將她們的對話聽了個清楚。縱使她不曾見過這些齷齪貓膩，也已經明白大概。

在葉末晴轉身的時候，裴雲姝發現了她衣服後領處的血跡，她穿了楓紅色的衣裳，所以不甚明顯，只有仔細看才能看到。

「多謝妳邀我來看這麼一齣好戲，可比盛京最好的戲班子戲碼有、趣、多、了。」葉末晴撂下這句話便轉身離去，不自覺地伸手摸了摸後腦處，仍然很痛，要盡快回去處理傷口。

羅櫻恨得牙癢癢，卻也拿葉末晴沒有辦法，這次還把孫如霜折了進去，這個蠢人！她早就知道孫如霜幫不到她，所以沒把計劃告訴她，沒想到這個蠢人居然還是壞了她的事！

「行了行了，都別看熱鬧了！」羅櫻把所有人轟散。

即使白天發生了這麼多事，也沒有影響到裴雲姝的好心情，因為她晚上要去弈王府用晚飯，只這一件事就可以讓所有不愉快化作雲煙。

她驚奇地看著桌上的菜，竟然有幾道是微辣的。「王爺何時開始吃辣了？」

周焉墨道：「最近。」

裴雲舟驚訝地打量了她一眼。「妳居然知道他不吃辣？我上次都不知道，看他辣成了那樣，哈哈哈哈……怪好笑的。」

「哥！」裴雲姝幽怨地看了他一眼。「你怎麼能這樣說。」

「好好，不笑了，我妹子天天胳膊肘往外拐。」裴雲舟斂了笑意。「聽說妳白日裡出去玩了？」

「嗯。」

「好玩嗎？」

「沒什麼意思，我都有些後悔了。」裴雲姝皺了皺眉。「這些世家千金們總愛勾心鬥角，談話間明褒暗貶針鋒相對，早知如此，我還不如去多看幾頁醫書。不過她們有比拚畫技，最後選出是我畫得最好。」

說完，她偷偷瞄了一眼周焉墨的反應。

「我妹妹如今也算得是大家閨秀了，不過還是當山野丫頭的時候最可愛。」裴雲舟笑道：「今日是誰邀請妳的？」

「羅櫻，妳認得嗎？」裴雲姝抬頭。

「認得啊！」裴雲舟點頭。「發生了什麼有趣的事，講來聽聽？」

「我就不講了吧。」裴雲姝又望了周焉墨一眼，他應該不會喜歡聽這種事情的。

「講吧。」周焉墨突然道。

裴雲姝不情願地撇了撇嘴，猶豫片刻問：「你是不是想聽葉大小姐的事啊？」

「不講就算了，吃飯。」周焉墨抿著唇角，表現得一點興趣都沒有。

「王爺，我好不容易來弈王府一趟，你還對我這麼凶……」裴雲姝有些委屈。「你想聽我就講，這件事其實也和葉大小姐有關的。羅姑娘好像和葉大小姐很不對盤，言語之間針鋒相對的，比拚畫技時，孫二小姐還差點把墨潑到了葉大小姐身上，後來葉大小姐不知去了哪兒，羅姑娘領著大家去看羅府珍藏時，路過一間屋子，發現裡面傳出奇怪的聲音，好像在行男女之事，大家都說裡面是葉大小姐……」

周焉墨聞言，突然抬起頭，目光凜然，嚇了她一跳。

裴雲姝愣了一下，周焉墨蹙眉催促道：「繼續說。」

裴雲姝只得繼續。「結果葉大小姐從後面走來，原來屋裡的人不是她，是孫二小姐！總之亂得很，不過我看到葉大小姐衣服上有血跡，實在不知道發生了什麼事。」

周焉墨放下銀箸，看向裴雲舟。「我怎麼沒聽說這件事？」

裴雲舟磕巴了半晌，才解釋道：「我、我今天把飛鸞叫走了，今日的行動，我想多一個人便多一分勝算……沒想到差點釀成大禍，這次是我的錯，幸好聽雲姝的意思沒出大事，下次我肯定不會不經過你的同意便將人調走！」

周焉墨放下筷子，站起身。

裴雲舟快速說道：「我已經讓飛鸞回去了，他現在在侯府守著，如果真出了什麼事，他肯定會來消息的。」

周焉墨邁著步子向外面走，裴雲舟心虛。「你幹什麼去，不吃了？」

「不吃了。」

裴雲姝看著好不容易得來的一頓飯被攪和成這樣，心就像被人用力揪著，彷彿她精心打扮的幾個時辰都成了笑話。

葉彤戰戰兢兢地來到疏影院，原本還抱有一絲姐姐不知她牽涉其中的想法，可是當她來到這裡，看到岸芷和汀蘭也是一臉嚴肅，就知大事不妙。

葉末晴靠在椅背上，神情複雜，看著她的眼神既不像是怨憤，也不像悲傷，倒有點像恨鐵不成鋼的無奈。

「跪下。」葉末晴冷冰冰地說。

她跪過皇室、父母和長輩，再沒跪過其他人，憑什麼要跪一個同輩分只大一歲的姐姐？她心中難免有不滿，可是又屈於葉末晴的強勢，只能慢吞吞地跪下。

「今日之事，是妳和羅櫻合謀的。」

她拋出了一個句子，卻不是問句，而是肯定句，想必已經猜到了始末，但葉彤還是不甘心地辯解。「我也不知道她會這麼做呀，她沒和我說。」

白日在羅府，羅櫻只是將她叫到了一邊，問她：「妳還想不想嫁賀宣？」

「我想呀，可是我毫無辦法。」葉彤委屈道：「賀大哥那邊不鬆口，我再怎麼努力都是徒勞。」

「妳傻呀！」羅櫻嘆了口氣。「賀家那邊肯定會選妳姐姐，賀宣不會擔著惹怒葉賀兩家的風險來娶妳。」

「那我能怎麼辦？我看這事是不成了……」葉彤難過地低下頭。

「妳還沒怎麼試便想放棄的性子可得改改了。」羅櫻不耐煩地說。「不能從賀宣那邊下手，妳不會改從妳姐姐這邊下手？」

「妳有什麼辦法？」葉彤激動地拉著她的手問。

「讓妳姐姐這邊放棄就行了，我可以幫妳，不過需要妳幫我的忙。」羅櫻誘惑道。

「可是……會不會對我姐姐不太好？」葉彤猶豫著問。

「妳姐姐和賀宣一起看妳書信的時候，可沒覺得對妳有什麼不好。」羅櫻冷哼一聲。「妳要認為不行便算了，我也不想管這些閒事，這些事都是經我手的，責任也都在我身上。」

「行，那妳就看著辦吧。」

葉彤咬了咬牙，回想著白天自己和羅櫻的對話。沒想到一時衝動答應了她，後頭會引發這一場無法收拾的禍事，當她回來找不到秋夕時，就該知道姐姐不會不追究這件事的……

葉未晴徐徐開口道：「這些日子，和妳一起玩的那幾個好姐妹裡就有羅櫻吧。」

「嗯。」葉彤低低應道。

「我猜，妳也想到羅櫻原本的計劃了，她想對付的是我，可是妳卻沒有阻止她。」葉未晴微惱，可還是控制著自己的情緒，試圖和葉彤講道理。「我們是一家人，妳為什麼這樣對我？」

「妳也知道我們是一家人！」葉彤突然抬頭，這話戳到她的痛點，望著葉未晴的眼睛裡充滿了不甘的淚水。「妳嘴上說著要靠我自己爭取，妳不會攔著不會使絆子，賀宣答應娶我妳就退出。可是妳最初便知道，除了妳之外的所有人都不會同意，妳看我笑話看得很開心是不是？」

葉未晴驚詫地看著她，沒想到她會說出這番話。

「大家都看著妳，連一眼都不看我，妳是不是開心極了？」

葉彤突然嗤笑一聲，淚水順著少女圓潤的臉蛋滾下來，原本該是天真美好的眼神，現在眼中卻盛滿了憎恨與惡毒。

葉未晴不知道，什麼時候起葉彤變成這樣，竟然會這樣想她。

若說她重來一世最大的願望是什麼，無非就是保護好自己的家人，不再讓他們受到傷害，她也一直都視從小一起長大的堂妹為需要自己保護的人。

可是葉彤卻和她的敵人聯手，一上來便布這麼大一個局！

「妳知不知道妳在說什麼？」葉未晴再也抑制不住自己的情緒，猛地站起身。

「而且就算姐姐妳嫁了那王光又有什麼不好？他父親是吏部侍郎，比賀大哥的官職要高，以後肯定會給王光謀個職位，也不會委屈了妳……」

「啪——」清脆的巴掌聲打斷了葉彤接下來的話。

葉彤的臉偏向一邊，五個指印慢慢浮現在雪白的臉頰上，又紅又腫。

她沒想到葉未晴竟然會出手打她，激動地喊道：「怎麼了，我說錯了嗎?!我哪一句說錯？妳憑什麼打我！」

葉未晴又一巴掌打回去，打了個對稱，反倒讓歇斯底里的葉彤停下來了。

「打臉很疼，是不是？」葉未晴突然笑了，舉起被石子刮得血肉模糊的指尖。「我手變成這樣，腦袋被秋夕用花盆砸破，我不疼？」

「……」

「別以為只有妳疼，葉彤。」葉未晴的語氣平靜得可怕，但所有人都知道平靜下面隱藏了多大的風暴。「妳太天真了，出了定遠侯府沒人會這樣慣著妳，別以為妳這點小把戲我看不出來，要不是我對妳手下留情，今日躺在孫如霜那個位置的——就是妳！」

葉彤又驚又氣，捂著臉逃出了疏影院。

葉未晴好像用光了全身力氣，癱坐在椅上，想著這些年的點滴，不禁感到力不從心。

究竟是哪裡出了差錯，才會演變到今天這一步？

岸芷和汀蘭見她眼眶發紅，都圍上來安慰她。「小姐，別難過了，這不是妳的錯。」

「妳們先去做別的事，讓我靜一靜。」葉未晴聲音有點啞。

屋裡只剩下她一人，她一動不動地看著蠟燭，搖曳的燭火燙得它留下滾燙的熱淚來。

院子內的侍女都有默契地遠離，不出聲以防打擾到她。

的。

她想了很多，把所有的事慢慢捋清，總歸沒有到不可挽回的地步，她還是能做些什麼

不知坐了多久，窗口響起了敲擊的聲響。

一個人影投射在窗上，只看側影也能看出這個人挺鼻薄唇，寬肩窄腰。她慢吞吞地挪到窗邊，打開窗戶後，看到了周焉墨。這人仍穿著一身玄衣，幾乎快與夜色融為一體，一雙瑞鳳眼瞧著她，似乎有那麼一點點關心的情緒。

涼氣衝進屋內，不知是入夜的清涼還是這人身上的涼意。

「還好嗎？」他問。

眼前這小姑娘頭上纏了幾圈繃帶，眼眶也紅紅的，唇色蒼白，怎麼看怎麼有些可憐。看過她機智狡黠算計人的模樣、強勢凌人的模樣，還有假裝哭泣演戲的模樣，還是第一次看見她真難過時的樣子，紅紅的眼睛像隻無害的小兔子。

「沒事。」她聲音有些奇怪。

剛才已經整理好的情緒，被他這樣一提，莫名又開始委屈起來。

「抱歉，今天飛鸞不在妳身邊。」他抿了抿唇。

「沒事，他又不是為我賣命的。」她道。

「下次不會了，會讓他一直在妳身邊。」他又問：「頭受傷了？」

「嗯。」她點頭，又補充。「小傷。」

「包得挺嚴實。」他碰了碰她的頭。「這裡？」

「左邊。」

他輕輕碰了傷口，沒有弄疼她。手搭在上面，力道很輕，好像只是找了找位置似的。

「就是這裡。」她道。

「別難過，是誰欺負妳，本王幫妳出氣去。」他的語氣霸道野蠻，似乎格外認真。

葉未晴不由得笑了出來，心裡陰霾散了大半。「誰難過了，沒難過。」

這種事情還是要自己解決，雖然他可能只是隨口一說，但還是有股暖流湧進身體，讓整個人又鮮活起來。

「那妳怎麼眼睛紅紅的？」他的眼睛看著她，蘊藏了無限風華。

「啊——」葉未晴自暴自棄地胡謅。「沒什麼，只是她們今天比畫畫，我什麼都畫不出來，丟臉了。」

「只是這樣？」周焉墨彎了彎唇。「那我不打擾妳了，大晚上的不太好。」

「你是特意來看我的？」

「不是，僅僅路過。」他彆扭地說：「走了。」

葉未晴目送著，他一躍便瀟灑地跳上了房頂，她突然發現這人身手也滿好的。

第九章

時隔多日，青雲公主再一次邀請葉未晴入宮。

她頭上的傷口已經完全結痂，從外表看不出任何端倪。

那天孫如霜和王光在屋裡的狼狽樣被太多人撞見，悠悠之口，堵也堵不上。孫家去了人將孫如霜接回，看到她一身青紫痕跡，德安長公主認為她丟了孫家的人，發了很大的火。

德安長公主一向不喜歡她，可是以前也沒有太為難過，這次委實讓孫家丟了個大面子，連街頭巷尾平民百姓都知道發生了這麼一檔子事。貴家小姐與不知廉恥聯繫在一起，最為人們津津樂道。

孫家沒有法子，只得與王家結親，因為丟人，打算婚禮一切從簡。孫如霜極度不願，但任她怎麼鬧，也沒有辦法改變和王光成親的命運。

正巧這時，有人跟她說這一切都是羅櫻設計的。她去找羅櫻，羅櫻一如往常圓滑地推脫責任，說此事與她絕對沒有半點關係，還十分動情地哭泣，同情姐妹竟然嫁了這樣一個人。

奈何孫如霜沒有證據，只能作罷，如今她每日的時間都被籌備婚禮占滿了，她開始害怕出門，害怕聽別人的指指點點。

去皇宮的路上，葉未晴撩開簾子看外頭。盛京還是一如往常的擁擠和熱鬧，不過人群裡穿插著幾個衣衫襤褸的人，不僅在人群中有，在街道的兩旁，這樣的人更多。衣服破破爛爛，身上也都是泥污，頭髮黏成團，手中拿著個破碗，有大人也有孩子，成群結隊。

葉未晴皺了皺眉，問車夫。「外面怎麼多了這些乞丐？」

「回小姐的話，那些呀，不是乞丐，是難民。」車夫道。

葉未晴仔細回憶了一下，上一世這個時候，似乎涉平一帶發生了地震。涉平附近山多，地震引發山體滑坡，造成了比想像中還大的損失。

「哪裡的難民？」葉未晴問。

「涉平的。」

果然是這樣。涉平災後處理不到位，許多流民湧進盛京，甚至還差點引發了一場動亂。之後朝廷才重視災後處理，派了二皇子、弈王和葉銳去那邊主持賑災與災後重建。

葉未晴透過窗牖向外看，幾個流民因為爭搶食物打起來了，小孩在旁邊無助地哇哇大哭，惹得附近的野狗狂吠，亂成一團。

馬車停在宮門前，葉未晴收回目光，來到了青雲公主的寢殿處。

青雲公主一臉愁悶地戳著地上的泥土，蹲在地上，沒有半點公主該有的模樣。

她看見葉未晴來了，噘嘴嚷道：「弓箭和靶子都被收起來了，沒得玩了。本宮在宮中快要悶死，幸好有葉姐姐來陪我。」

葉未晴一看，靶子確實都沒了，她問：「怎麼都被收起來了？」

「父皇最近脾氣特別不好，他來這裡看到那些東西，說什麼公主不應該練什麼射箭，就應該讀書寫字，吟詩作畫。」青雲公主一臉幽怨。「原本母妃都不反對本宮玩了，現在她也看著本宮，看得可嚴了。」

葉未晴笑著安慰道：「沒關係的，公主，不玩這些我們就玩別的。」

她心裡卻有另一番思量，算算時間，睿宗帝近來脾氣暴躁，應該是因為他的身體出現了問題，越發無力，有時會突然昏厥，且惡化很快。他找了無數大夫為他醫治，卻都無法恢復到原來的狀態，只能將他的惡化速度減慢而已。

睿宗帝心裡十分惶恐，又不敢將消息洩漏出去，是以脾氣暴躁，看什麼都不順眼。

可惜他再隱瞞消息，他的兒子們也會各自透過自己的管道知曉。睿宗帝身體狀況惡化的開始，就是周衡逐漸露出獠牙與太子一戰的起點。

從前的朝堂局勢只是一潭偶有漣漪的死水，但從現在開始，逐漸就會發展成浪潮洶湧的海面。

「好呀好呀，我們玩什麼？」青雲公主憧憬地問。

「公主有什麼想玩的？」葉未晴徵求她的意見。

青雲公主蹙眉想了許久，驟然展顏。「要不然，我們去放風箏吧！」

二人約定好放風箏，可是青雲公主這裡又沒有風箏，她們只好現做一個。青雲公主似乎對親手做東西特別感興趣，折了樹枝做骨，又裁剪布疋，畫上圖案，覆在樹枝上面，縫紉成一體。

這樣一折騰，做好風箏就是一個時辰之後了。

青雲公主嫌院子太小，非要拉著葉未晴去外面放，還嫌棄屁顛屁顛跟在後面的小太監礙事，把他們都留在院子裡。

風很大，風箏被吹得很遠，青雲公主僅僅放風箏就能這樣開心，看來平日是很缺玩伴。不知不覺，二人追著風箏跑了很遠，可是風箏卻像受到阻礙似的，直接落在了某處院子裡。

殿門上寫著三字「華清殿」，青雲公主尖叫一聲。「這、這裡就是那個鬧鬼的宮殿！」她看了看周圍，人跡罕至，半天也等不來一個宮人，青雲公主委屈巴巴地說：「我不敢進去，這裡傳言鬧鬼許久了，要不然我們就別要那風箏了。」

「那是公主親手做的風箏，若是丟了，怪可惜的。」葉未晴膽子大，不怎麼信鬼神，再說了，她這一世也沒害過什麼人，若有鬼神，應該不會找她復仇。「要不然我幫公主進去取，公主在外面等我就好。」

青雲公主拉著她的胳膊，猶豫了半晌，她很想要那風箏，可是又怕葉未晴在裡面出事。「那……那妳去吧，記得小心一點。」

葉未晴笑了笑，這公主倒是真心實意有那麼一點關心她的。

她推開門，年久失修的宮門發出吱呀的響聲，朱牆褪色，院內種著幾棵杏樹，上面結滿了青澀的果子。

風箏就掛在樹上，她輕輕一扯，便落在手中。

細看宮中建築，四周靜謐，給人一種歲月寧靜之感。奇怪的是，她在宮中住了這麼多年，沒有一處給過她這樣的感覺。

上次來這裡，她就想進華清殿看一看，可惜沒來得及，今日有機會再來，她忍不住往裡頭走，只見門框窗櫺都積滿了灰，她鬼使神差地走進一座殿內，隨即小小地驚訝片刻。這裡面十分奢華，放置的花瓶、鋪的地毯都能看出是上好的珍品，不像是區區一位美人能用得了的。

她又轉到左邊，瞳孔霎時緊縮。

只見那床鋪上竟然大半被鮮血浸過，因為年代已久，顏色陳舊，變成了暗紅色，但被子、枕頭卻疊得整整齊齊。疊成這樣，可見主人定是熱愛整潔之人，怎會容許血漬留在上面？

更奇怪的是，床的對面有一根一人粗的柱子，上面竟然繫了一道鐵索，鐵索的一端是小小的圓形鐵銬，很厚重但又很細，像是給小孩子用的，因為這個尺寸成人的手腕可戴不上。鐵銬放在一塊白毯上，白毯緊緊挨著柱子鋪設，白毯上面也沾染了一些血跡，但並不多。

處處透露著詭異。

葉未晴皺了皺眉，沒有再仔細看。眼前的一切都昭示著這裡曾經發生了什麼事，可是這事與她無關，不是她該管的。

她握緊了風箏，走了出去。

等在外頭的青雲公主看她一副從容的樣子，激動地問：「怎麼樣，裡面有鬼嗎？」

葉未晴覺得好笑。「沒有鬼。」

「那、那妳怎麼在裡面待這麼久，本宮還以為妳被鬼纏住了，又不敢進去，連看都不敢看，還在想要不要去叫人來救妳呢……」

「妳多想了，風箏纏在樹上了，我將它拿下來費了些功夫。」葉未晴哈哈大笑，將風箏遞給她。

看到風箏，青雲公主立即忘了原先的害怕，又高高興興地拉著葉未晴繼續玩風箏去。

傍晚，葉未晴回到侯府，一家人圍坐一桌用晚飯時，葉彤沒有過來。

霍氏不知道女兒和葉未晴有矛盾，還以為女兒只是又在鬧什麼彆扭，就沒有多理會。

葉未晴也沒有打算多說，如果這件事讓長輩插手，葉彤想必會更恨她吧。

此時葉安說道：「今日皇上和我說了涉平地震的事，聽說傷亡不少，皇上有意讓葉家派個人隨同奕王一道前去處理災後重建事宜，嘉兒、銳兒，你們想去嗎？」

他看了看葉嘉，又看了看葉銳。

葉嘉沒有說話，葉銳想了想，道：「我去我去！兒子想去災區做些實事，在盛京實在有些無聊。」

葉安笑道：「好吧，若你要去，為父明日便去答覆，你決定好了嗎？」

「嗯。」葉銳堅定地點頭。「對了，二殿下如今在京城，這賑災之事，他應當也會去的吧？」

「嗯，他應是會一道去的。」葉安順口又提道：「涉平刺史名叫馮山，已經在那裡很多年了，本來好像快要調回盛京了，哪知突然發生了地震，現在會留在當地先接應你們再發落。」

葉末晴聽聞這個名字時不禁一愣，她記得馮山這個人，此人日後被周衡收為麾下。其實他早前便是京城的小官，後來去做了地方官，再回到盛京時一路順風順水，這樣看來，應該早就在為周衡賣命了。

葉末晴試探地問：「我能不能也跟去涉平啊？」

「啊？」葉安差點懷疑自己聽錯。「妳不能去，太危險了！」

葉銳也嫌棄道：「現在那邊還時不時有餘震，還有山崩什麼的，所以才死了這麼多人。妳去不是添亂子嗎！」

「我去就是添亂子，你去就不添啦？」葉末晴不服氣。「你們怎麼都看不起我？我也可以幫忙的呀！」

「爹爹不是看不起妳，也不是覺得女子不如男子。只是現在那裡亂得很，災民流竄，難免有人乘機作亂。」葉安嘆了口氣。「我女兒太貌美，我擔心妳的安危呀。」

「……」葉未晴默默扒了幾口飯，看來沒得商量了。

用過飯後，她悄悄從側門溜出去，準備去奕王府找周焉墨。

高軒和飛鸞在她身後緊跟著，只不過一個走在路上，一個熟練地躍在房頂。最近高軒和飛鸞兩個人相處得異常「融洽」，互相看對方不順眼，時不時拌嘴掐架，葉未晴聽到了總能被他們逗笑。

飛鸞看到高軒非要跟出來，便不遺餘力地嘲諷。「你說你跟出來有什麼用？奔王府裡面隨便挑一個，哪個都能敵得過你，你跟不跟都一樣，不如我一個人保護葉姑娘。」

飛鸞長相清秀，小鼻子小嘴，唇帶一點嫣紅，某個角度看起來像個小姑娘似的。高軒冷笑著說：「沒錯，小姐被劫色的時候你也能幫著擋一擋。」

「高軒！我警告你，不許再諷刺我的長相！」飛鸞指著他嚷道。

「我做錯了嗎？少女們不都喜歡別人稱讚她們的長相嗎？」高軒一臉嚴肅認真地請教飛鸞。

「來來來，讓你看看，我是不是比你大！」飛鸞作勢要靠近高軒。

高軒嚇得後跳一步，飛鸞直接撲上去，兩個人扭打起來，高軒喊道：「啊啊啊救命！這裡有變、態——」

「誰家的三歲雙胞胎放出來了？大晚上的也不怕被拐。」葉未晴笑著問。

高軒和飛鸞笑成一團，雖然他們臉上都很開心，但葉未晴能感覺到高軒有心事，她其實也明白，他是阿爹身邊的人，原本該成為為國盡忠的棟梁，而不是留在她一個小姐身邊，這太屈才。

他原來的同伴都在軍中效力，而比其他人更有能力的他卻只能做個護衛，不知心理落差該有多麼大。

她認真地看著高軒，說道：「高軒，你還是回到軍中吧。」

高軒不可置信地問道：「為什麼？是我做得不好嗎？」

葉未晴微微笑了笑。「不是，你很好，就因為這樣，你才不能僅僅當一個侍衛，你守在我身邊是大材小用，委屈了你，現在我身邊有飛鸞，他有能力保護好我的。等回去我就和阿爹說我另外雇了自己的護衛，好讓他將你調回軍中，不要耽誤了你。」

高軒遲疑地看向飛鸞，飛鸞也對高軒點頭，予以肯定。

高軒心下感動非常，不知道自己內心的這些想法小姐竟然都看出來了。「多謝小姐！」

飛鸞嘻皮笑臉地說道：「那剩下的這幾個時辰，你可要保護好葉姑娘了！」

「一定！」他道。

三個人熱熱鬧鬧地進了弈王府，剛進門就看到了周焉墨，飛鸞立馬消停下來。周焉墨披著一身夜色，並肩同葉未晴一起走向正廳。

「你要去涉平嗎？」她直接問。

「嗯。」周焉墨點頭。「妳怎麼知道？」

葉未晴沒回答他這個問題，周焉墨自當是飛鸞告訴她的。

「我想去，可是我家人都不讓。」葉未晴看向他。「你有辦法讓我也跟著去嗎？」

「妳為什麼要去？」他不解。

涉平現在又髒又亂，大部分房屋都成了廢墟或者被泥土掩埋，說不準處理不好還會爆發瘟疫。若不是皇兄下了旨，無法違抗，他都找不到什麼理由說服自己去了。

「馮山。」她小聲說：「他和周衡有聯繫。」

周焉墨驀然抬眼，聯想到涉平災後處理得一塌糊塗的重建事宜，隱隱串起了線。現在涉平正混亂著，趁亂想調查什麼更方便了。

他沒有懷疑葉未晴說的話，雖然這消息他沒有打探到，但是好像每一次她提供的情報都是正確的。

「好吧，我會請皇上派一、兩個太醫隨行，到時候讓飛鸞助妳躲在他們的馬車內。」他食指輕敲桌面，幾乎立刻就給出了辦法。

葉未晴粲然一笑。和周焉墨合作就是這一點省心，他不會問太多、管太多，有時會做驍勇的前鋒，有時也是可靠的後盾。

四皇子周凌的寢宮內，此刻正歌舞昇平。

美人赤腳在柔軟的地毯上起舞，露出纖細的腰肢，透過輕薄的紗可以看到後面絕色的面容，一顰一笑極盡嫵媚之能。她們都知道坐在上面的是大周最高貴的皇子，若是能得到寵愛，便再也不愁生計。

周衡同四皇子正飲著酒，卻沒有動桌子上的菜。

四皇子貪戀的目光在那些舞姬身上流連一圈，又回過頭對周衡抱怨道：「大哥怎麼還沒來？為了等他，這一桌子好菜都不能動。」

相比之下，周衡面無波瀾。「再等等吧。」

正說著，太子便走了進來，身邊竟然還帶了太子妃，周衡和四皇子俱沒想到，愣了一下。明明該是男人說話的時候，怎麼還帶了太子妃過來？

但他們面上還要做出一副十分歡迎的樣子，四皇子喊道：「哎喲哥哥你可來了，怎麼將嫂嫂也帶過來了？」

「你不是說這裡有好吃的？我當然要帶淼淼過來。」太子說道，看向太子妃的眼神充滿寵溺。

「大哥，快坐。」周衡起身，幫他擺好凳子。

「淼淼過來了，這些舞姬就撤了吧。」太子揮揮手。「她不愛看這些。」

舞姬們停下舞姿，快到手的機會就這樣溜走，咬著唇委屈得不知道該怎麼辦。四皇子嘆了口氣，吩咐道：「妳們下去吧！」

「沒叫老二過來？」太子挾了一口菜，餵給太子妃。太子妃吃了，笑意盈盈地看向太子。

四皇子看見這恩愛的一幕，心裡卻很不是滋味。

「二哥馬上便要去涉平賑災，有許多事情要忙，不好打擾他。」周衡道。

「也是。」太子點頭。

四皇子這一頓飯吃得沒滋沒味，雖早就見過他們恩愛的樣子，但每次見到都有種自己東西被搶了的挫敗感。總想做點什麼，才能把這種挫敗感發洩出去。

趁著太子如廁的功夫，廳裡只有他們三人，四皇子也不再避諱周衡，一手攬過太子妃的肩膀，酸溜溜地道：「你們倒是恩愛，聽說有好菜，非要帶著妳。」

太子妃怕被太子撞見，稍微抗拒地推了推四皇子的胳膊。「你幹麼呀，快放開我。」

這一動作卻惹得四皇子火氣上來，另一隻手直接攀上了她的酥胸，使勁揉捏幾下，捏得太子妃渾身發軟，嚶嚀幾聲。

周衡就當沒看見，絲毫不理會他們二人。

「妳看看妳，外表這麼清純，骨子裡怎麼這麼風騷。」四皇子抬起她的下巴。「騙得過大哥，可騙不過我。」

聽到外面太子的腳步聲，四皇子鬆開了手。

太子什麼也沒察覺，只是看到太子妃滿面緋色，關切地問：「淼淼是不是喝得有點多了？若是不適，我們就早一些走。」

「沒事。」她抬頭，眼含春水。「可能只是這兒太熱了。」

周衡沈默地用手帕擦拭一下嘴角，看著眼前一幕，陷入了沈思。

天剛矇矇亮，賑災的隊伍便要出發。

涉平離盛京不算遠，朝廷的人也不需要在那邊停留太久，所以只有江氏起了個大早，在侯府門前送兒子動身。

離別之情不怎麼濃烈，葉銳打著哈欠上了馬，隨著隊伍漸漸前行，噠噠的馬蹄聲越來越遠。

葉未晴擠在曾太醫的馬車裡面，曾太醫似乎對這個周焉墨硬塞進來的人頗為忌憚，瑟縮地坐在角落裡。葉未晴顧及他的情緒，也沒怎麼說話。

葉銳來到二皇子身邊並行，兩個人有說有笑地聊了起來。周焉墨趁眾人沒注意，悄悄來到了太醫馬車旁邊。

他撩開簾子，葉未晴立刻欣喜地將臉遞上去。她和曾太醫獨處太無聊了，兩個人一句話都不說，令她睏意橫生，但她要是直接在馬車內睡過去更奇怪……

「餓不餓？」他放低聲音，可能是晨霧太涼，讓他的眼尾都顯得微紅。他騎在一匹高大的黑馬上，要俯下身才能方便和她說話。

葉未晴不自覺地吞嚥了一口口水，她確實餓得慌，早上起得太早，沒來得及吃飯。

她點點頭。「餓。」

周焉墨拿出一紙包糕點，從車窗遞了進去。她接過糕點，能感覺到裡面的溫度，居然還熱乎。從紙上面的印字來看，是從九辭茶社買的，應該剛熱過。

「這麼貼心！」葉未晴的眼睛瞬間放出亮光。「別讓我哥發現我。」

周焉墨向前看了一眼，葉銳還在同二皇子說著話，一點也沒有注意這邊。

他道：「不會。」

紙微微透著油，葉未晴迫不及待地打開，裡面整整齊齊地裝著雲片糕，軟軟糯糯白花花一片，勾人食慾。

曾太醫眼饞，但他是萬萬不敢要的，只能將頭轉到另一邊，假裝沒有看見。

葉未晴拿起一塊，咬了個半月形，香氣溢滿馬車，曾太醫更委屈了。

她突然想起什麼似的，問周焉墨。「你早上吃了沒？」

周焉墨喝了碗粥才出來，但他想了想，還是搖搖頭。「沒。」

「那你也吃點。」她將紙包伸出去。

周焉墨舉了舉自己握著韁繩的雙手示意。「我手髒。」

葉未晴默默地將紙包放在自己的腿上。他又餓又不能自己吃，那能怎麼辦？餵他吃？總不能不給他吃吧。

他幫她瞞著眾人，上了前往涉平的馬車，還貼心地幫她帶了九辭茶社的糕點。而且這雲片糕，還是她親口說過好吃的，不知是他有心記住了，還是隨便要的。

她看看曾太醫，曾太醫一驚，要他餵弈王吃東西，太可怕了吧？

曾太醫索性雙眼一閉，靠著車廂，假裝睡著了。

「……」

葉未晴無奈地嘆一口氣，只好自己來餵了，總不能就這樣餓著他。看在他幫了自己這麼多次忙的分上，就餵幾口，反正也沒人看見。

她用指尖捏著雲片糕的最邊角處，再少捏一點這雲片糕就會掉下來。所以，那糕點搖搖顫顫，掉了些碎屑在手上，遞到了周焉墨的面前。

他眼中閃過一絲笑意，葉未晴道：「我手是乾淨的，如果你不嫌棄的話……」

他俯身，直接叼著整塊雲片糕，落入口中。

指尖擦過一點柔軟，即便這樣，還是蹭到了他的唇。收回來時，那柔軟的觸感彷彿還存在。

一點碎屑沾在唇角，他輕輕伸出舌頭，舔了進去，滿足地微瞇雙眼，竟有些妖媚。

他輕輕說道：「甜。」

雲片糕甜，某人的指尖更甜。

彷彿有一股火從指尖燒了上來，灼得人心跳都亂了幾拍。葉未晴迅速將手收回來，大拇指和食指揉搓幾下，垂眸掩去眼中的慌亂。

只聽外面傳來一句。「再來一塊。」

「……」

一回生二回熟，多餵幾次，越發熟練。

等到中午車隊暫停集體休息時，葉未晴才從馬車裡鑽出來。

反正現在已經走了很遠，二哥也不能拿她怎樣。葉未晴大搖大擺地走到葉銳面前分燒餅吃，正在喝水的葉銳一口全噴了出來。「噗——」

葉銳用袖子擦了擦嘴角，睜大眼睛質問道：「妳怎麼會在這兒？不是叫妳在家好好待著嗎？何時跟著跑出來了？」

葉未晴淡然地撕了塊燒餅，小口咀嚼著。「出來就出來了，勸你早點認清這個事實。」

「妳、妳真是要氣死我！」葉銳跳了起來，瞪著眼喊道：「妳這樣讓我和爹如何交代！」

「不用你交代，我已經讓岸芷和汀蘭在府裡等著，這個時候大概已經告訴他了。」葉未晴不以為然。「等到了涉平，我再找人往家裡捎封信報平安不就沒事了？都怪你們，你們若是早點同意我來多好，也不用費這麼多事。」

周焉墨站在旁邊幸災樂禍地看著，沒打算幫腔。

反而是二皇子語氣平和地勸道：「你何必如此生氣，此行也不是那麼凶險。」

「唉，二殿下不常在盛京不知道，我妹妹上次春獵時候就差點出了事，她的馬被人動了手腳，最後也沒查出是誰下的手。在盛京、天子面前都敢這樣做，現在天高皇帝遠的，我怕她沒了侯府的庇護，再遭歹人襲擊。」葉銳氣得無處發作，只能狠狠捏了捏她的臉。「真不給我省心。」

葉末晴被掐著臉口齒不清，無奈地說：「你不放心的話，我跟緊你們不就好了。」

「災區這種混亂的地方，沒有人願意來。葉姑娘身為女子，敢為人先，值得讚頌。」二皇子很是佩服。

葉末晴尷尬地笑了笑。若不是為了馮山，她也不會來涉平跑一趟。

而且她知道周焉墨不會隻身前來，肯定身邊會有護衛，那些護衛就在眾人看不見的地方隨行。她雖然沒有看到，但是也知道飛鸞跟過來了，就在附近。

認識的朋友越發多了，她發現自己最近似乎變得更活潑些，不再像剛重生時整日沈悶悶的，倒有點像前世這個時候自己的性格。

幾日後，終於到達了涉平。

經過長久的奔波之後，眾人都很疲憊，但當他們入城之後，看到城內的景象，心情更是沈重。

城中大夫稀少，傷員眾多，很多人斷臂斷腿躺在路邊都得不到及時醫治，有的人甚至因為流血過多，已經死在了路邊，屍體也沒有處理，和活人混在一起。

很多房子坍塌，城中大半已經成了廢墟，大部分人都露宿街頭，髒兮兮的，狼狽毫無精神。

馮山特地出城迎接他們，葉銳皺眉問道：「這城中怎麼如此混亂，刺史大人沒有對災民進行處置嗎？」

「哎喲，葉小將軍不知，下官也沒什麼辦法呀！處置是肯定處置了，只是……涉平以前哪裡經歷過這樣大的地震，大家都沒什麼經驗，想管也落不到對處，這不是過了幾天了，才漸漸摸出門路嗎？」馮山圓滑地說，這語氣一聽便是經過多年官場沈浮。「下官也心疼這些百姓，看他們受苦受難，我心也痛呀！」

二皇子心疼地看著災民，不贊同地搖了搖頭。

「不過你們來了，涉平肯定就有救了，下官也確實要跟諸位大人多學一學。」馮山拱手諂媚道。

馮山找了一處空出來的宅子，先把他們領過去略微休息。小宅子地方不大，但勝在房間多。

顛簸幾日後，葉未晴終於有床睡，用寶貴的熱水沐浴完，一沾到床便睡著了。

經過短暫的調整，終於恢復了精神。

葉未晴推門出來，不敢睡得太久，畢竟她是來賑災，不是來遊玩的。肌肉的疲澀感褪去大半，但她還是忍不住打了個哈欠。

周焉墨剛出來，就看到葉未晴睡眼惺忪地打著哈欠，眼中有霧濛濛的水氣，無精打采，髮梢凌亂。因著還迷迷糊糊的，所以顯得格外無害，惹人親近，不像平時那個扎人的小刺蝟。

周焉墨盯著她有點亂糟糟的頭髮，皺眉問：「妳怎麼不梳梳頭？」

葉未晴聽見聲音，這才發現他。她側頭道：「我來得匆忙，沒帶丫鬟，自己又不太會梳。不過這樣也沒問題吧？災區哪講究這麼多，沒人看。」

「還是梳一下。」他大步走過來，推開葉未晴剛關上的門，不等葉未晴就自己走了進去。

「……」

葉未晴迷茫地跟在他身後，想說他這樣隨意進女子閨房不太好吧，可是自己掃視一周，這屋裡寒酸得什麼都沒有，東西屈指可數，也沒什麼怕人看的。更何況以前他去疏影院都熟門熟路了，再說這些倒顯得自己矯情。

周焉墨把葉未晴按在梳妝檯前的木凳上，兩三下便將她頭上的飾品拆個乾淨，烏髮散落，柔軟順滑，不需要梳就垂落到腰畔。

她模仿汀蘭所梳的髮型，就這樣被拆了。

然而始作俑者拆完之後，竟一臉悠閒地站在後面，葉未晴通過銅鏡和抱著臂的周焉墨大眼瞪小眼。

半天等不來後續，她問：「然後呢？」

「然後梳啊。」他理所應當地說。

葉未晴失笑。「鬧了這麼半天，我還以為你會梳呢。」

看不過她頭髮凌亂，把她推進屋按上凳子，俐落地拆了髮髻，還以為是來自一位手藝高超者打心眼裡的蔑視。

周焉墨不知她內心所想，疑惑問：「我怎麼可能會梳。」

葉未晴無語，拿起簪子比劃幾下，想著該怎麼把頭髮都綰起來，但是她試了幾下，這根簪子太細，不能一次把所有頭髮都綰起。她只能把頭髮分成上下兩半，把上面的綰起來，下面的披散著。

「這樣吧，這樣總不亂了。」她左右照了照鏡子，頗為滿意。

周焉墨勉強點了點頭，樣式雖然簡單，不過勝在俐落，總比原本那樣亂著好。

葉銳正各處通知開飯，他跑到葉未晴屋子門口喊道：「妹妹，飯做好了！」

葉未晴回頭應了一聲。

葉銳狐疑地往屋裡看了看，不明白周焉墨為什麼在她屋子裡。他搖了搖頭，沒多想，又去通知二皇子。

周焉墨和葉未晴一起前往飯廳，二人邊走葉未晴還問：「你說這馮山，會不會拿什麼山珍海味來招待我們？」

「不會，他雖圓滑，也不會討好得這麼明目張膽。」周焉墨淡淡地說：「在災區吃山珍海味，周景第一個饒不了他。」

「哦，那就好。」葉未晴笑看了他一眼。「不然，我心裡還很有負罪感。」

等來到了飯廳，看到了桌上的菜，葉未晴才發現自己的擔心純屬多餘，那上面只擺了燒土豆和烤紅薯，都是可以貯存很久又抗餓的食材。

燒土豆是馮山請來的廚子做的，上面澆了醬汁，色香尚可。這在災區已經算上等的食物了，外面的災民連一碗米湯都不敢奢望。

葉未晴默默地挑了個最小的紅薯，紅薯明顯剛烤好，皮還十分燙，她小心地剝開了，小口小口地吃。

二皇子習以為常，邊吃邊道：「等用完飯，我們去找馮刺史核對一下災區的物資。」

曾太醫道：「臣直接去城內的醫館坐診。」

二皇子點頭叮囑。「太醫，要注意藥的用量和病症的輕重緩急，重症者優先。」

「臣明白。」曾太醫重重點頭。

到最後，燒土豆都被吃光了，裝著烤紅薯的盤中還剩下一個紅薯。葉未晴想了想，用手帕捲起來帶走。

馮山府中沒什麼人，都被他打發去幫忙賑災了。所以周焉墨、二皇子、葉銳和葉未晴四個人到達時一路暢行無阻，也沒有人先去知會馮山，就直接闖了進去。

找了幾番，最後在書房看到馮山的影子。

他正提筆寫信，看到這四人突然出現在書房門前，一絲惶恐從他面上滑過，不過馬上就被他壓了下來。

周焉墨和葉未晴可是人精，當然察覺到了馮山的異樣。二皇子和葉銳則只當是自己來得太突然，才嚇了他一跳。

馮山馬上放下毛筆，順手將信翻過面蓋住，彎腰擺手邀四位入座。

葉未晴裝作無意地問：「馮大人這是忙著寫什麼呢？」

「啊，下官在給朋友修書一封。」馮山笑著回答。

「哪兒的朋友？」

「……盛京的。」馮山笑容中帶了警惕。

「這麼巧啊，我也給家裡寫了一封信。」葉未晴含笑道：「押運賑災物資的隊伍馬上便要出發返回盛京，我會將信給他們，讓他們幫忙帶回去，要不要也為馮大人一起送個信？」

「本王覺得甚好，這樣也省得耗費人力。」周焉墨若有所思，緊盯著馮山。

可馮山是什麼人，官場浮沈慣了，剛才一慌張露出點不該有的情緒，這下做好準備，就一絲馬腳都不再露。「不必麻煩不必麻煩，下官這信不急，原就想等涉平重建好之後再送出去的。」

葉未晴和周焉墨對視一眼，彼此交換了個眼神。

葉銳不耐煩地擺擺手。「行了，別說這些了，快給我們看看記錄物資的本子。」

馮山立刻帶著他們去了另一間屋子，拿出一本冊子供他們核對。看著這本紀錄，才知道馮山做了哪些事，他雖然還沒來得及採取什麼措施，可是已經將所有物資統整好了，上面記錄了食鹽、布疋、糧食、藥材和穀物種子等物品的數量，一看便知哪些短缺哪些富餘。

「涉平已有的，加上賑災隊伍帶來的糧食，還是沒辦法讓這麼多人吃多久。」二皇子憂心忡忡。「所幸穀物種子的數量還夠，可以的話最好盡快清理耕地，組織全城人一起耕種。」

「藥材恐怕也不足。曾太醫雖然有治療瘟疫的經驗，但那是在藥材充足的情況下。」周焉墨淡淡地用食指點了點藥材那頁。

「若是爆發瘟疫就棘手了。」葉銳道：「涉平周圍其他災區也有損失，而且這四周許多路都阻塞不通，眼下還是得求助盛京，希望在瘟疫爆發前控制住局面。」

二皇子默了片刻，他不好支使奕王，二人年齡差不多，但畢竟是長輩。他只得對葉銳說：「這樣吧，藥材的事，我請周太醫聯繫盛京，有多少先調多少來備著。至於現在，我們倆先幫忙去廢墟下挖人，把屍體運送到稍遠之處埋葬。」

他又看向周焉墨。「就請皇叔去為災民施粥。」

幾個人都點頭了，二皇子見葉未晴盯著他，他才道：「葉姑娘可以自己看看哪裡需要幫忙就去哪兒，也可以去幫皇叔施粥。」

馮山最後屁顛屁顛跟著二皇子跑了，因為他覺得這些人之中，只有巴結二皇子對他有利，不過他這圓滾滾的身材可幫不上什麼體力忙。

此時城裡的人都只能吃挖出來的儲備糧維持生計，為了活命，就算有的糧食已經沾上了泥染上了血，他們也得吃。

葉未晴和周焉墨到達災民最多的地方，兩個人衣著華貴，立刻就吸引了一大堆災民的注意。

施粥之前先要搭棚子，周焉墨領著一隊官兵親自上陣，用繩子把木頭綁在一起，立起支柱，上面再鋪一層茅草用以擋雨。許多災民都已經餓得沒了力氣，卻還是上來幫他，雖然只是幫點小忙，比如幫忙扶著木頭之類，但人一多力量也大，搭起來省力許多。

葉未晴幫不上什麼忙，在旁邊支鍋，劈著樹枝生火。她以前哪裡做過這些，又有幾個衣衫破爛的婦女主動上來幫忙，一邊做一邊教，葉未晴很快便記住了。

「多謝各位大嬸和姐姐。」葉未晴真誠地笑道。

「不客氣，應該的嘛！」她們十分熱情。「天災躲不過去，人還是要團結的嘛！」

見這位官家小姐沒什麼架子，婦女們很快就和她熟稔起來。

她蹲在地上，盯著火慢慢燃起來，偶一偏頭，看到了忙碌的周焉墨，站在一群災民中的他反而不再散發疏離感。他認真地綁著繩子，手中做著粗活，卻仍優雅得遊刃有餘。

「小郎君俊得很！不過也別盯得入迷了，連火生起來都不知道！」

一旁大嬸的取笑，讓葉未晴突然回過神，猛然轉過頭發現火已經燒得很旺。可能是被火光映的，她的臉緋紅一片，小聲地辯解道：「哪有。」

這邊的婦女因為打趣她笑做了一團，而那邊周焉墨也聽到了動靜，看著葉未晴微微彎了唇角。

一鍋粥裡大半是水，為了節省糧食，只放了少量的米。但在這困境中，香氣散發出去尤為明顯，又吸引了許多災民坐在附近，眼巴巴地盯著鍋。

周焉墨搭完棚子，用水洗了洗手，看到葉未晴拿著大勺子攪拌得頗為費力，所以走到她身邊，伸手示意了一下。

葉未晴原本胳膊就痠了，把大勺交到他手上，樂得清閒。

估算粥差不多要煮好了，災民們早已將他們圍了一圈，後面的還在向前擠，惹得圍在前面的人怒罵連連。

「別急啊，大家先排隊！」葉未晴喊。

喊這一句卻也沒起到什麼作用，連喊了好幾遍，人群才慢慢穩定下來，排起有序的長隊。

周焉墨舀起一勺粥，葉未晴就端起一只碗，遞給面前的百姓，配合相當默契。

災民們連聲道謝，葉未晴淺笑著回應。

還有領過一次的又重新排回隊伍裡，被周焉墨一眼認出來，冷眼瞪著嚇跑了出去。

葉未晴「哈哈哈」笑了幾聲，周焉墨偏頭看她的目光裡有點無奈。

粥分完了，鍋底也正好空了。

另一頭，二皇子和葉銳去廢墟幫忙挖屍體，地震過了這麼多天，裡面埋的人已沒有生還的可能，但屍體還得處理，不能直接放在那兒等著引發瘟疫。

這個活兒遠比施粥困難，他們和一眾城內的官吏一起搬木頭、搬石頭，每挖出一具面目全非的屍體，聽著親人在旁邊痛哭嚎叫，二皇子和葉銳都感覺更加悲戚。

他們二人，一個早已去過不知多少災區，另一個在戰場上見慣了血光，可看到這些情景，仍心有感觸。

今日的陽光甚至有點毒辣，二皇子和葉銳搬了十幾具屍體後已經開始脫力，他們癱坐在地上，衣服被汗濕透，用手搧著風，試圖引來一點清涼。

等汗消了點，歇得差不多的時候，葉銳道：「去找王爺吧。」

二皇子點點頭，伸出手借力拉著葉銳起來。兩個人在街上隨便問了幾個人，就問到了施粥的地點。

葉未晴遠遠地就看到了葉銳，朝他招了招手。

了。

葉銳飛速鑽進棚子裡，嘆道：「這裡面倒是挺涼快！」

葉末晴一直靜靜地待在這裡，無法切身體會他說的炎熱，不過看他們這樣，想必是累極了。

二皇子問：「有沒有水喝？」

葉銳道：「給我也來點！」

「你們倆倒是趕巧，只剩最後一點能飲用的水，只夠你們喝了。」葉末晴笑著把只剩底的水桶搬過去。葉銳和二皇子看著那些災民，各自只喝了幾小口，潤濕了嘴唇就好。

然後葉銳又看到另一個水桶，裡面的水有點污濁，他在外行軍數年，早已不在乎什麼清濁，用手掬了一捧水潑到臉上，冰冰涼涼的水給臉上降了溫，順著脖頸流入衣襟，他頂著被曬得發紅的臉使勁左右晃了晃頭，感嘆道：「啊，舒服！」

濕漉漉的衣服貼在身上，隱約突顯出他硬朗的線條，整日高強度的鍛鍊讓他的肌理極為好看，而且他長得也英氣，吸引了一眾妙齡女子的目光。

二皇子看他這樣，也想學著他潑水，可是他剛伸出手，就露出了抬木料時被磨損的手心。二皇子相比葉銳來說，還是算更細皮嫩肉一些的。

葉末晴連忙制止，指著他流血的手心道：「二殿下你手受傷了，還是別用污水洗臉。」

可二皇子實在熱得慌，汗流了滿臉也難受，遺憾地說：「沒關係吧？要是不行就算了。」

「要是感染就糟了。」葉未晴走到一旁，拿起一條毛巾。「二殿下若是難受，我可以幫你擦拭一下。」

說罷，她走到桶邊，把毛巾放進去，又拿出來擰乾。二皇子沒有阻止她，乖乖地閉上了眼睛。

帶著涼意的毛巾細細地擦遍他的臉龐，輕柔又舒適。雖然葉未晴的手指沒有碰到他，可他知道那柔荑離他不過分毫。莫名地，他有些侷促與羞赧。

二皇子掩飾得很好，沒有叫葉未晴發現，可周焉墨同他一起長大，自然逃不過他的眼睛。他心中有些鬱結，發洩似地捅了捅灶下的火，飛濺出幾點火星。

葉未晴擦完了，二皇子感受到那絲清涼遠離，他睜開眼，對上了一雙清澈的杏眼。

「多謝。」二皇子感激地笑了笑。

「舉手之勞。」葉未晴隨意地揮了揮手。

就在這當口，「咕嚕」一聲傳來，二皇子不好意思地揉了揉肚子。

葉未晴清清淺淺地笑了，問道：「二殿下可是餓了？」

「是有點，忙活幾個時辰，費體力。」

「那我給你煮點粥吧。」她看了看供飲用的水，剩下的底還夠熬點黏稠的粥。

「那就麻煩葉姑娘了。」

周焉墨疑惑地抬頭。「周景，二姪子……你要和災民搶飯吃？」

二皇子沒想到他的皇叔突然冒了這樣一句出來，愣了一下，然後拉住葉未晴。「那葉姑娘別弄了，我等到晚上再吃。」

葉未晴奇怪地瞄了周焉墨一眼，轉頭對二皇子道：「你別管他說什麼，他正因為沒和你們一起去挖屍體置氣呢，覺得自己沒用。米還有很多，我給你煮了啊！這能費多少糧食？」

周焉墨心中更為鬱結，不僅沒制止住，還得到了葉未晴親手替他挖的一個坑。

他凶巴巴地說：「我也餓了！」

葉未晴看向葉銳，葉銳擺擺手，表示自己不餓。

她倒進鍋裡兩碗粥分量的米，等熬好了，先給二皇子盛一碗，他馬上喝了一口，讚賞道：「好喝，很香。」

等她盛好第二碗要遞給周焉墨時，突然看到鍋邊站了一個小女孩，一張臉髒兮兮的，只餘一雙大眼睛瞧著她，泛著淚光。仔細一瞧，她臉上竟還被淚水沖出了兩條白印。

葉未晴收回手，溫柔地問她。「妳怎麼啦？」

「我的粥灑了……」她水靈靈的大眼睛眼淚汪汪的。

小女孩衣服上確實濕了一片，上面還沾著幾個米粒，手腕上的骨頭瘦到明顯地突出著，站在鍋邊既期待又害怕，期待葉未晴能給她一碗粥，又怕被挨罵。

葉未晴心軟得一塌糊塗，將手上的粥遞給她，摸了摸她的頭。「妳喝吧。」

「謝謝姐姐！」小女孩的眼睛一瞬間變得明亮，端著粥碗就跑遠了。

葉未晴在背後囑咐道：「跑慢點，別又灑了！」

再轉過身，就看到周焉墨冷冰冰地看著她，修長眼尾含的是無比幽怨。「本王的粥沒了。」

「……」

「葉未晴妳太偏心了。」

葉未晴突然起了狎弄之心，繞了周焉墨一圈，用打量的眼光看著他，笑道：「你真的餓了嗎？這一下午也沒忙活什麼，怎麼餓得這麼快？」

周焉墨沈聲道：「妳很希望我去搬屍體是不是？」

因為周景搬屍體辛苦，所以她言語上各種維護，還幫他小心翼翼地擦臉，而自己只得到了言語上的嘲諷，連最後煮了兩碗粥都沒有自己的分兒。

他冷哼一聲。「我明天就去搬屍體，妳自己煮粥吧。」

二皇子見狀不好，忙出來當和事佬。「這都是我安排的，若是哪裡不妥當，都是我的錯。」

「與你無關。」周焉墨冷冷地說。

「我這碗還沒喝完，皇叔不嫌棄的話，喝我這碗？」二皇子猶豫著問。

「我不餓。」

二皇子灰溜溜地站在一邊，而葉未晴完全沒有搞清楚狀況，不懂周焉墨怎麼就突然生氣了。

他現在是有點生氣沒錯吧？雖然這個人開心的時候也不太看得出來。

「我不是那個意思……你這個人……」葉未晴小聲嘟囔。「怎麼連被小女孩搶了粥都生氣啊？她沒東西吃會餓死，我們至少還有土豆、紅薯飽腹。」

她根本不明白他為何生氣。周焉墨冷冷地背對著她。

葉未晴小心地拽了拽他的袖角。「怎麼可能餓著你啊，我這兒還有個紅薯，現在給你烤熱乎了吃。」

她將紅薯扔在火堆旁邊，來回翻烤到燙手，而周焉墨全程都沒有轉過身來。

「給你，吃吧。」葉未晴手裡捧著紅薯，燙得頻繁換著手拿。

周焉墨仍然不理她。

「這紅薯多好啊！有聞到香氣了嗎？你身為弈王，可不能如此糟踐糧食，你看那些百姓看著我口水都要流下來了，我也沒把紅薯給他們吃。」葉未晴開始吹噓紅薯。「專門為你留的，不然我怎麼會把你的粥讓出去？」

周焉墨緩緩轉過身，嘴角緊緊抿著。「專門為我留的？」

「對啊！」她道：「快吃吧，不然就辜負了我一番心意。」

他默默接過去，撕開深紅色的皮，露出裡面金黃一片，香甜的氣息溢出，他慢慢啃了幾口，神情總算緩和了些。

葉未晴低頭偷偷笑了，這人真是彆扭到家了！

他啃著啃著，還抽空貼到葉未晴耳朵邊上，惡狠狠地說道：「本王若搬屍體染上瘟疫死了，也得拉著妳。」

明明是一句狠話，但他心裡又何嘗不是這樣隱密地想著呢？若是他死了，葉未晴還在世上活著，能讓她嬉笑怒嗔的再與他無關，他就覺得不甘心，很不甘心。

溫熱的氣息和低沈的嗓音讓葉未晴激靈一下，後脊緊繃，等周焉墨走遠了，她才發現惡狠狠放話的這人嘴角還沾著點紅薯瓤。

她好笑地追上前遞了一塊手帕過去，周焉墨擦了擦，然後揣進自己懷中。「妳還欠我一塊手帕，這個就當還了。」

「你真是錙銖必較……」他不說，她都忘記這回事了。

第十章

「太子殿下，隨咱家這邊走。」一個頭髮灰白的太監正在為太子引路。

總管太監張順，跟在睿宗帝身邊多年，很多重臣都要給張順一個面子，張順更是看著這幾位小皇子長大的，與皇家感情深厚。

太子周杭不疑有他，恭順地跟在張順後面走。他一向秉持仁義禮信之道，自從當上太子以來，所有人都教導他以仁義為先。

張順想到這兒不禁搖了搖頭，正是太子過於文弱，才會不知不覺就偏離了儲君的道路。只有仁義的手段，又該如何治理天下？

「張公公，你所走之路怎地如此奇怪？」太子疑惑地問。

「啊？奇怪嗎？」張順左右瞧了一圈，後知後覺地打了自己額角一下。「哎呀，瞧我這記性，老了就是不行，怎麼給記錯了！咱家是要去顯仁殿，不是去顯陽殿。」

張順轉了個小彎，又朝著另一個方向引著太子走過去了。

太子就是這樣的性格，當心中有疑惑浮現時卻不立刻提出，而是等到確定之後才出聲提示。

從顯陽殿的方向轉往顯仁殿的路上，兩人經過了偏僻的華清殿，走至園旁一處假山時，卻聽得裡面有令人面紅耳赤的聲音傳出，他們都心知肚明這是什麼聲音。

張順怒極。「是誰如此不檢點，青天白日竟在宮廷中行苟且之事，看我非把你們揪出來好好懲治不可！」

張順怒氣沖沖地向假山走去，太子滿臉疑惑，聽這聲音有些耳熟，但又立刻否定了自己的想法，不過出於謹慎，他還是追上前攔住了張順，說道：「你慢著，我去看看。」

張順聽話地站在原地，太子面色複雜地朝假山處走去。

假山裡的二人行到忘情處，根本沒有注意到外面的聲音，等到太子怒吼聲傳來，他們才立刻分開。

「你們在做什麼！」

太子妃驚詫地看著太子，面上因為動情而生出的緋紅盡數褪去。她慌張地撿起衣衫，擋住風光。

「我、我……」太子妃想解釋。

「四弟！你就是這樣對我的?!」

四皇子剛匆忙穿上衣服，前襟又被扯開。

太子揪著他的衣領，緊咬著後槽牙，臉上、脖子上青筋暴起，右手緊緊攥著拳頭，便要往四皇子身上招呼。

沒有人看過一向溫文儒雅的太子如此模樣，他是真的動怒了，一拳又一拳往四皇子身上要害處打。四皇子先是大叫，後來驚恐也漸漸轉為了憤怒，他開始回擊。

「就你他媽有拳頭是不是？老子上了你的女人，滋味可爽了！」四皇子也一拳擊在太子腹部，目眥盡裂。「她親口說我比你強！」

「你給我住口！」

兩個人在地上扭打作一團，張順不知何時人已不見了，太子妃在旁拉也拉不開，直到二人累得癱在地上，才終止了這場打鬥。

太子努力支撐著站起來，拉著太子妃的手，叱道：「妳跟我回去！」

太子妃被拽著一路踉踉蹌蹌回到寢殿，寢殿大門被太子合上的那一刻，她便腿軟到站不住地跪坐在地上。

太子也看到了外面宮人是什麼神情，興奮地、隱密地交談著，這一切都讓他心中的怒火更添一分，他從來沒有如此憤怒過。

他粗暴地扯開太子妃的衣裳，上面盡是紅色的痕跡，她的肌膚嬌弱，隨意輕輕一掐就能留下痕跡。

「妳從前總說自己身體不舒服，都是騙我的吧？」他冷笑著。「那是因為妳滿身這樣的痕跡，根本不敢叫我看到，只能編個理由來糊弄我。」

太子妃不說話，默默地哭了起來。

理智的韁繩被割斷，太子拿著不知道從哪兒抄來的棍子，往太子妃身上打了一下。即便是如此憤怒，他還是手下留情，沒有用太狠的力。

然而，只是打了幾棍，他就將手中的棍子扔得遠遠的。

太子妃蜷縮成一團，趴在地上。她再抬起頭時，就看到眼前這位儲君，雙手捂著臉，淚水從指縫中溢出，哽咽的哭聲從嗓子眼中擠了出來，扭曲又壓抑。

世界上最讓人感同身受的哭聲，並不是嚎啕大哭，而是將所有痛苦往肚子裡嚥卻溢出來的那幾聲。

太子妃情緒已經穩定了許多，於心不忍道：「你休了我吧，我配不上你。」

太子放下手，狠狠抹了幾把淚，眼眶紅得像是剛經過一場殘忍的廝殺。「我知道……妳和四弟……曾經互相心悅，在妳嫁給我之前，我就知道。可是我根本不在意，我愛妳，我可以護著妳一輩子，誰動妳一點都不行。妳記得我們……成親的時候，妳怎麼說的嗎？」

「……記得。」

一心一意，白首不離。

「我對妳不好嗎？」

「好……」

太子驟然起身，語氣激昂。「那妳為什麼還要這麼對我？」

「是我對不起你。」太子妃哭泣道：「你休了我吧。」

「妳也知道妳對不起我！妳——」太子指著她。「妳說妳髒不髒？妳怎麼這麼噁心，我……我怎麼娶了一個這麼噁心的女人?!」

太子拂袖而去，踹開門的時候，吩咐宮女道：「給我好好看著太子妃，讓她歇息，不許離開床榻半步！」

「是。」宮女瑟瑟發抖。

太子去了書房，發覺根本平復不了心情。他是知道太子妃同四弟以前的舊事的，只是他心儀徐淼已久，根本不在意這些，徐淼最終還是成為了他的太子妃。他甚至還想，以後登基了，後宮裡只有她一個人就夠了。

他也一直用心地經營這段感情，只是沒想到淼淼和四弟如今仍勾搭到一處去，還被他撞破了。

生氣歸生氣，他……他竟然還打了她。淼淼在他身邊，連一點小傷都沒受過，利器都特地被放得很遠，唯恐她傷到半分。

想著想著，他實在放不下舊情，又挪步到了御膳房，吩咐廚子熬了一碗紅豆紫米粥。

他端著紅豆紫米粥，煎熬許久才推開寢殿的大門。太子妃見他來了，故意閉著眼睛，害怕面對他。

「淼淼。」他坐在床側輕輕呼喚，即使她沒有理他，他還依舊說著。「我給妳端了碗紅豆紫米粥來，放在妳床邊了。

「我不該打妳的。我、我很抱歉。」

「我們以後好好的，不行嗎？就當這一切全沒發生過，我也不會再去找四弟了，我只想妳好好待在我身邊。

「若是妳想通了，同意我們像以前一樣，就把這碗粥喝了吧。我知道妳不喜見到我，我說完這幾句就出去。

「如果……妳還是想跟著四弟，我……我也不怨妳，我放妳走。」

太子像以前一樣幫她掖了掖被角，輕輕走了出去。

太子妃慢慢睜開眼，枕頭已經被打濕一片。她坐起來，端過那碗紅豆紫米粥，一口一口全部喝了下去，彷彿這樣才能彰顯她的決心似的。

夜色如墨，浸染重重宮闈。

周凌坐立難安，對身邊的小太監憂慮地道：「你說這可怎麼辦，太子會不會將這事捅出去？若是他捅出去了，我就一口咬定，是徐淼先勾引我的！」

小太監默然良久，才勸道：「剛才派出去打聽的人不是說，太子殿下還為太子妃熬了碗粥嗎？若是他們鬧翻了，太子殿下不會還為她熬什麼粥，根本懶都懶得理！奴才覺得，太子殿下必是還想同太子妃好好過，如此一來，太子必不會讓此事洩漏出去半點消息。」

「是嗎……也是啊！徐淼沒給我傳消息，不也正說明她那頭在安撫著呢！」四皇子突然重重拍了下腿。「可是、可是當時在場的還有張順，萬一他把事情說出去了怎麼辦？」

「四殿下不必擔心他，張總管在宮中這麼多年，當然知道什麼該說，什麼不該說。」小太監回道：「決計不會出現所有人都瞞著，他卻把這件事捅出來的情況。」

周淩緊張地搓搓腿，他不敢把這件事告訴其他兄弟，更不敢告訴母妃，按照母妃的性格肯定會罵得他狗血噴頭。這是他人生中經歷過最難熬的時刻，卻只能獨自默默承受。

尖叫聲劃破長夜，突兀地出現在一片寂靜中。

宮女跌跌撞撞地跑出來，喊道：「太、太子妃她……

「歿了！」

太子不可置信地走到她面前。「妳說什麼？」

「殿下，您、您快去看看啊！」

太子衝到床前，看到的就是雙目緊閉的太子妃，她的嘴角流下一道紫黑的血，太子摸了摸她的臉，是冰涼的。

「淼淼？」他喚道。

「奴婢喚了太子妃許久了，她都沒有醒，肯、肯定是……」

「妳給我閉嘴！」太子轉頭怒斥。「不許瞎說，快去請太醫來！」

宮人已經聞聲全都湧了進來，不敢相信短短半日的功夫，太子妃居然死了。

太子驚慌地跌坐在地上，不停喚道：「淼淼，淼淼，妳能聽見我說話嗎？妳若是聽見了就應我一聲啊！」

太子妃仍然沒有動靜，太子撕心裂肺地喊：「淼淼！」

太醫院的人匆匆趕過來，搭了一下脈，便遺憾地對太子說：「太子殿下請節哀……」

太子驟然打斷。「節什麼哀！你們看得這麼敷衍，定是沒好好看，再給我仔細看看！」

太醫見太子臉上悲傷與懷疑交替，知道事發突然，他沒有反應過來，用否認去拒絕認清事實。太醫嘆了口氣，微微搖頭，俯身說道：「太子妃確實已故去，乃中毒而死。」

太子側頭，看到了那只空了的碗，口中喃喃道：「為什麼？淼淼，妳這是為什麼啊？妳都答應我過往之事絕口不提了，怎麼會這樣？」

太子妃中毒身亡猶如平地一聲雷，誰也不敢瞞，立刻傳到了睿宗帝的耳中，皇帝當即就咳出了一口血。

張順遞過手帕道：「陛下要小心龍體。」

「唉，你說他們這都出的什麼事！一點都不讓朕省心。」

睿宗帝憤而起身，親自前往太子宮中探視情況。

太子像是癡呆了一樣，坐在太子妃的床邊，神色木然。

睿宗帝不悅地看了他一眼，不就死了個女人嗎？以後還不是想要多少有多少，何必反應如此激烈？

「說說是怎麼回事？」充滿威嚴的聲音傳來。

太醫跪在地上。「稟告皇上，太子妃是中毒身亡，但是何種毒，臣目前還查不出來。」

「中毒？怎麼會莫名其妙中了毒？有什麼可疑之處嗎？」

太醫欲言又止。「臣發現……太子妃的身上有許多被打的痕跡。」

太子囁嚅道：「那是兒臣、是兒臣打的，我們下午鬧了彆扭，兒臣一時激動就……不過後來我們和好了！」

「鬧了什麼彆扭？」睿宗帝皺眉。

「兒臣不想說。」太子低下頭。「但兒臣絕對沒有下毒謀害兒臣自己的妃子！」

「陛下！這碗裡有餘毒！」太醫突然舉起那只盛過粥的碗，手裡的銀針赫然變成黑的。

太子面色劇變，頓時反應過來這一切是安排好的局，是有人想要加害於他！他激動地指著那碗說道：「那是我給她端的粥！但是我沒有下毒，是有人想嫁禍於我！我當時心懷愧疚，才吩咐御膳房熬粥，我想得到她的諒解，我怎麼可能對她下毒?!」

睿宗帝隨便挑了個宮女問：「妳說說，妳看到的是怎麼一回事？」

「奴婢只是看到太子殿下怒氣沖沖地拽著娘娘回了寢殿，然後便將大門關上，其他的什麼都沒看到。不過，他們爭執的聲音很大，門外的人都聽得見，然後太子出去了許久，好一會兒才端著一碗粥過來，之後離開，裡面便沒了聲息。」

「你們究竟緣何爭執？」睿宗帝神色複雜地看著太子。

太子猶豫了半晌，才下定決心說了出來。「兒子、兒子當場看到了太子妃與四弟通姦……」

一言既出，滿場譁然。

睿宗帝深深皺起眉，吩咐道：「去將老四叫過來。」

過了許久，四皇子才磨磨蹭蹭過來，來的路上做好了必死的決心，各種想法在他心裡煎熬了個遍。

四皇子跪在地上，全身微不可見地發抖著，卻仍努力控制聲線。「兒臣不知大哥為何血口噴人，誣衊我和嫂嫂！大哥若是看不慣我，直說便是，何必給我潑這樣的髒水！」

「你、你莫狡辯，我明明親眼看見的！」太子指著他，指尖發顫。

「空口無憑，可還有什麼證據？」睿宗帝太陽穴一直突突地跳，他犯愁地揉了揉眉心。

「當時張公公也在場！」太子抓住救命稻草一般，求助地看向張順。

四皇子驚惶地抬頭瞧了張順一眼，知道他扯出張順，鐵證如山，自己再拒不承認也必死無疑了。

張順低頭，神色半點作不得假。「老奴今日去尋太子，只是當時太子正和太子妃置氣，把老奴打發走了，這……何來我也在場一說？老奴實在沒見到什麼太子妃和四皇子，話是萬萬不敢亂說的。」

楊淑妃聽聞四皇子出了事，立刻趕了過來，一進來便聽到這句話，心上懸著的石頭驀地落下。原本她還打算大鬧一場反咬太子，現在自然是保持沈默最好。

「明明是你領著我要去顯仁殿，經過華清殿外那處假山，才聽到他們二人的聲音！」太子說著說著，聲音漸漸變小。

是啊，去顯仁殿怎麼會路過華清殿？若他再說是張順帶錯了路，然而張順身為總管怎會犯這種錯誤？聽起來就像是一個為了圓謊而不斷擴大的謊言，最終的矛頭仍然指向他自己。

「好了！」睿宗帝怒喝一聲。「朕會好好徹查此事，皇宮之內、朕的眼皮子底下居然出了這種事，真是無法無天！」

睿宗帝拂袖而去，張順面色不變地跟在他身後，手中卻出了不少汗。

這一日，葉未晴和周焉墨早上施了一次粥後，又去曾太醫坐診的醫館幫忙。周焉墨在旁邊幫忙磨藥，葉未晴則是幫著曾太醫打打下手。她不敢再問周焉墨怎麼不去搬屍體了，他竟然也就當沒這回事。

飛鸞長腿一跨邁進了醫館，替葉未晴幫一個小男孩換藥纏繃帶。小男孩被地震時掉下來的石塊劃傷了胳膊，傷口不深但長，飛鸞常年給自己包紮，駕輕就熟地處理著傷口。

葉未晴去旁邊洗了手，打算歇一會兒，剛坐下來，便聽見飛鸞向周焉墨報告：「剛傳來的消息，太子妃死了。」

周焉墨略微驚訝地挑眉，葉未晴卻反應平平，這一切都在她意料之中，只不過發生得比上一世早那麼一點。

也可以理解，周衡遲遲得不到葉家的助力，只能迫不及待地另外下手，把太子背後的部分勢力拉攏到自己這邊。

飛鸞把事情經過講述一遍，周焉墨不由得笑了。只怕這世上知道太子妃和四皇子通姦的人，除了那幾個見證者和幕後黑手，只有他們兩個。畢竟，他們可是親臨過現場。

周焉墨意味深長地看了葉未晴一眼，葉未晴只感覺到毛毛的，有些彆扭地說：「你看我做什麼？」

「沒什麼，看妳都不行？」周焉墨說完，低下頭搗著草藥，雙手都浸上了深綠的汁液。

藥材緊張，所以醫館內用了許多山上新採的草藥。

葉未晴剛才被他直接的視線盯得有些不好意思，但在他面前，她偏就愛逞強。「行行，您隨便看。」

周焉墨果然抬起頭，直接盯著她問道：「妳認為幕後黑手是誰？」

葉未晴噎了一下，視線偏移到另外一邊。「除了周衡，還能是誰。」

語氣極為肯定。

周焉墨明知她說的是對的，卻還記著昨日的仇，偏道：「理由？要我說，周景也不是不可能，人在外地，手在盛京，這樣一來還能顯得他嫌疑最小。」

「二殿下不是那樣的人。」葉未晴皺眉。「若他有心皇位，這些年何必在外賑災？吃力不討好。」

「說不準。」周焉墨偏頭嗤了一聲。「有些人就是會表面做樣子，這樣的人自古以來還少？」

葉未晴不贊同道：「他不是，他是真正的君子，我很敬佩他。」

身處洪流之中，卻能找到自己的方向，十幾年來堅定不移，萬般艱難，不亂於心，當今世上誰做得到？

不滿的情緒湧上，周焉墨危險地眯眼。「妳喜歡他這樣的？」

原來她竟然喜歡這種正人君子、仁義為先、憂國憂民的嗎？細想一下，他確實和這幾個詞都搭不上邊。

「這、這和我喜歡不喜歡有什麼關係！」葉未晴不滿地嘟囔道。

周焉墨舔了舔唇，偏頭笑了。「我渴了，餵我喝水。」

「你自己沒有手？」葉未晴沒好氣地道。

「手髒了。」他惡劣地舉起雙手，和那天要雲片糕吃時如出一轍。想到昨日周景手不方便，眼前這小姑娘就幫他擦臉，也不知出於什麼惡劣的心理，他就想討回來一次。

「那你就去洗手。」葉未晴瞪了他一眼。

「一屋子病人等著看病呢，妳捨得耽誤他們？」他瞥了眼門口排的長隊。

葉未晴看著那些流著血和一瘸一拐的人，噤聲了，無奈地拿著白瓷碗倒了一杯水，送到他的唇邊。

「妳接著說，為什麼覺得是老三？」他說完，才將唇瓣貼在白瓷碗的邊緣，慢慢地啜飲。

「猜的啊！太子妃之死還不能完全動搖太子的勢力，最大的影響便是讓太子與徐家反目。周衡一定還留有後招，想透過揭發其他事情，將太子打到不能翻身。太子失勢，他是最大受益者，這是周衡一貫的行事風格，而四皇子是個蠢貨，在這局棋中，從頭到尾都是受人擺布的那一枚。」

她說著這些話的時候，眼中光芒自信又張揚，黑曜石般的瞳孔彷彿要把人吸進去。她隨意綰起的頭髮垂下來一綹，順著臉頰彎彎地勾到唇角上，無論那兩片像帶露的花瓣似的薄唇如何開合，那髮梢都在那兒撓癢癢似地勾著，叫人心都生癢。

周焉墨特意放緩了喝水的速度，直到一碗都被他喝完，葉未晴已經說了許多話。可是他後面的都沒有聽進去，一顆心早不知飛到哪裡去了。

葉未晴把碗撤走，抱怨道：「你喝得可真慢，簡直和貓咪舔水有得一拚。」

周焉墨低笑一聲。「小姑娘，妳猜得就準？」

葉未晴無比確定地點頭。「就是準。」

「既然妳猜得這麼準，妳猜猜我現在想做什麼？」他不懷好意地問，眼神從她的唇上一掠而過。

葉未晴敏銳地感覺到他視線中的進攻性與危險性，臉漫上一抹不易察覺的紅暈。她稍微後退了一小步，思索該怎麼回答。

飛鸞則捂住雙眼，背對他們，心中默唸沒看到，沒看到……

在這氣氛凝結的時刻，葉銳大咧咧的聲音傳來。「你們忙得怎麼樣？」

葉未晴驟然後退一步，望了葉銳一眼，然後找了張椅子坐下，臉上仍然有些燙燙的，她強作鎮定。「幫著打了點下手，也不知幫助大不大。」

「哦。」葉銳點了點頭，看著他們倆的眼神有些古怪。「我和二殿下給災民搭了幾個暫時可以歇息的棚子，最起碼能讓他們擋一擋雨。」

二皇子站在葉銳身後不遠處，點了點頭，繼而去關注那些傷患了。

葉銳側頭看了看正背對著他們的周焉墨，又回頭看妹妹，猶豫地問道：「你們倆……」

葉未晴蹙眉解釋道：「我倆沒什麼關係，你別多想。」

「那就好。」葉銳長吁一口氣，低聲道：「雖然妳還未和賀家訂親，但也是遲早的事，我就擔心妳此行將婚事耽擱了，妳多注意一些，畢竟快要嫁人了。」

「知道了！」葉未晴笑道：「哥，你管得比娘還多！」

他們兩個的對話很模糊，具體沒有指出是誰，但周焉墨眼神頓時一凜，不悅地皺了皺眉，也不打算裝沒聽見。

他走到葉未晴的身後，手臂在她坐著的椅背上一搭，彷彿將人圈在懷中似的，佔有慾噌噌地冒了出來。但葉未晴在前面感受不到，只給了葉銳直接的視覺衝擊。

他就是故意做給葉銳看的。

同在邊關出生入死兩年的時間，葉銳和周焉墨已經頗為相熟。從昨日開始，他就覺得周焉墨的行為有點奇怪，看著二殿下的眼神總是有點冷冷的。而自家妹妹同這位王爺也委實親近了些，還特地給周焉墨開小灶烤紅薯……若是他去搶那紅薯，也未必搶得過來。

周焉墨靠在椅子上，一臉正色道：「葉銳，她說得沒錯。」

葉銳咧了咧嘴，露出一個勉強的笑容。

嘴上說著沒關係，身體倒是很誠實嘛。

信你才有鬼！

這陣子皇宮內人心惶惶，太子被軟禁在寢殿中，任何人不得探望。太子妃娘家的人憤怒地去討要說法，看到自家女兒渾身青紫的屍體後，個個恨不得手刃太子。

所以換個角度想，睿宗帝軟禁太子，實際上也是變相在保護他。

宮人被輪流審問，但半點蛛絲馬跡都問不出來，四皇子每日抓心撓肝似的，煎熬得不行，他把所有的事情都對楊淑妃交代了，楊淑妃正各處打聽消息，活動人脈。

四皇子仍惴惴不安，偷偷摸到了周衡的書房。

「殿下，四殿下在外面求見。」

周衡聞言抬頭，吩咐道：「讓他進來吧。」

四皇子掛著個有求於人的笑容進來，打招呼。「嘿嘿嘿，三哥……」苦笑中頗有些懇求的意味。

「怎麼了？」周衡放下手中書簡，抬頭明知故問道。

「三哥你知道的，還是因為那件事。」四皇子搓搓手，忐忑地問：「三哥有沒有聽到什麼風聲呀？」

「我能聽到什麼？」周衡沒好氣地說：「早知道會出事，你還是管不住自己下面那玩意兒。」

「求求你了三哥，幫我一把吧，我實在走投無路。」四皇子撲上來拽著他的衣服，作勢要跪下。「父皇一向看不慣我，若是他知道真相，肯定不會護著我！再惹上徐家和大哥，我肯定會沒命的！」

周衡乜了他一眼。

「三哥我真的給你跪下了，這麼多兄弟裡只有你對我好，你不幫我我還能去找誰啊！」四皇子涕泗橫流。

周衡假裝為難地嘆了口氣。「好吧，我不幫你還有誰能幫你？不過四弟你可記住，為兄幫你可是冒著得罪父皇和大哥的危險，若是最後我遭到他們的毒手，你可得記得幫我收屍。」

「謝謝三哥！」四皇子磕了一個巨響的頭。「我就知道三哥對我最好！」

等把四皇子送走，周衡吩咐侍衛道：「讓張順過來一趟。」

張順作為地位崇高又資深的總管太監，現在已經沒有幾個人可以讓他跪了，但他一進周衡的書房，就恭敬地跪在周衡身前。

他掐著手心虛冷的汗，問道：「三殿下，可還有什麼吩咐？」

「之前吩咐你的照辦，別露出馬腳。」周衡從袖中甩出一個小紙包，丟在張順身前。「再下一包這個。」

張順將紙包揣進懷中，戰戰兢兢地問：「那、那老奴的家人什麼時候可以……」

「別總催，」周衡不悅地問：「磨光我的耐心，你是故意想讓他們死？」

張順立刻伏在地上。「臣多嘴！殿下勿生氣！」

「等你辦完這些事，我自然會將他們放了。你放心，用不了多久。」周衡思及此，微微笑了。

這幾日，涉平災後重建有序，得到了初步成果。葉未晴和二皇子的接觸也變多了，半夜醒來有時還會撞見二皇子披著夜色剛剛回來。他犧牲睡覺的時間去幫災民做事，真可謂盡心盡責。

周焉墨雖然嘴上仍然不待見二皇子，但葉未晴覺得他們之間似乎生出了一種惺惺相惜之感，有時候周焉墨的眼中還包含著讚賞之意。葉未晴偷偷提過，卻被他一口否認。

生活平淡而充實，災難中的平淡尤為可貴，讓人產生了想一直待在這裡的想法，可是葉未晴知道，她必須回盛京那個漩渦，還有許多事情沒有完成。

盛京的消息再一次傳過來，葉未晴皺著眉提議道：「我們來涉平應該已讓周衡起了疑心，不過他現在被太子的事纏身，對涉平的看管可能會鬆一些，我們若是想要找馮山犯罪的證據，現在就是最好的時機。」

「那妳認為該何時行動？」周焉墨抿了口茶，沖泡的茶葉是他從盛京帶過來的。

「今晚。」葉未晴淡淡道。

周焉墨看了眼外面的天空，太陽已經西移，用不了多久便會跳到地平線以下，他點了點頭。「雖有些倉促，不過也可以，妳就在這裡等消息吧。」

「不行，我要一起去。」葉未晴眼神堅定。

周焉墨知道葉未晴只要下定決心就沒人拗得過她，只得同意。「那妳得聽話。亥時來找我。」

等到亥時，葉未晴進入周焉墨的房間，發現裡面站了七、八個蒙面黑衣人，她知道其中有飛鸞、白鳶，另外還有幾個陌生的面孔。

周焉墨也蒙著面，正纏著腕上帶子，帶子另一端咬在口中。束完之後更便於行動，區別於他平時愛穿的廣袖，更顯肩寬窄腰俐落感。

他準備好之後，幫葉未晴蒙上面，而後拿起懸掛在一旁架子上的佩劍，下命令。「出發！」

一群人悄無聲息地走了出去，隱沒在夜色中，彷彿是沒有實質的影子。葉未晴跟在周焉墨身邊，只聽他偏頭低聲道：「跟在我身邊。」

不知為什麼，聲音有點溫柔。

周焉墨的手放在她的腰側，輕輕一提，兩個人便帶頭躍過了刺史府的牆。看他如此俐落矯捷的身手，也難怪出入侯府如入無人之境。

只不過攬著她的那隻手攬得有點緊，肩膀能感受到他硬邦邦的胸膛，彷彿被擁進懷中一樣。

黑夜不僅隱去了赧然的情緒，也放大了致命的感官。

潛入刺史府的過程十分順利，周焉墨的手下沒有發出半點聲音，個個訓練有素，武功高強。

一進入馮山的書房，周焉墨做了個手勢，屬下們便立刻四散，輕聲地翻起東西。

清冷的月光打到地上，讓人能隱約看到室內的模樣。葉未晴翻找半天無果，沿著牆邊走了幾趟，卻越看越覺得牆上供著的小佛像有些詭異。

刺史府裡有很多房間，完全可以再開闢一個小佛堂，沒有地方的話也不應該將佛像供奉在書房內……

葉未晴心下激動，知道自己離證據越來越近，她上前嘗試著轉了一下佛像，果然瞬間牆上便開了一道只容一人通過的門！
門轉動發出微微細響，在靜謐的環境中顯得極為突出。瞬間，所有人的注意力都被吸引到此處。
周焉墨留了一部分人在外面，帶著葉未晴和另一部分人進了密室。
密室再無月光，周焉墨拿出了一顆夜明珠照亮四周，葉未晴默默估算了一下，那顆夜明珠有她半個拳頭大小，價值連城，她豔羨地小聲道：「真有錢啊！」
周焉墨微微勾了勾唇，戲謔道：「妳若是嫁過來，就是妳的。」
屬下們。「……」
這麼緊張刺激執行任務的時刻，居然還在談情說愛？他們何曾見過弈王這般說話，紛紛驚恐地看著他。
葉未晴不自然地咳了咳。
一行人來到密道的盡頭，只見盡頭放了幾本書，葉未晴叫道：「就是這個！」
粗略地翻了一下，只有中間的是記著貪污錢財銀兩的帳本，其餘的都是掩人耳目的書籍。
拿了帳本往外走，密道的入口處卻突然傳來三下敲擊聲。周焉墨面色驀然一變，不管不顧地拉起葉未晴的手，帶著她迅速往外跑。「被發現了！」
他們衝到外面時，還沒有人過來，看來只是有人發覺有入侵者，但還不明確知道他們在哪裡。

周焉墨鬆了一口氣，帶著葉未晴向外逃。

這是馮山的聲音，他穿著中衣，衣衫不整地赤腳跑出房間，大喊著。

「誰！誰在那裡！」

隨著他聲音響起，背後響起了密密麻麻的腳步聲，刺史府內的守衛都被驚醒了。

「他們動作沒那麼快，肯定抓不到我們。」葉未晴回頭比量距離，胸有成竹地分析。

「嗯。」周焉墨淡淡應道。

走了幾步，他忽然心有所感，翻開帳本瞄了一眼，又翻了幾頁，面色驟然異樣。方才他們幾個忙著出來，完全沒有仔細檢查。

「這、這是……假的！馮山真是隻老狐狸！」葉未晴湊過去一看，馬上便反應過來，不免有些慌亂。「這可怎麼辦？」

周焉墨眸中顏色瞬間暗沈下來，彷彿醞釀著疾風驟雨，很快便要降臨人間。

他片刻沒有猶豫，把假帳本往葉未晴懷中一塞，重重地揉了一把她的頭，又對他的屬下下令。「所有人立刻回去。」

葉未晴沒有反應過來，但白鳶立刻就懂了他的意思，縱使猶豫，但本能讓她垂首。

「是。」她拉著葉未晴的胳膊，將人往回去的方向帶。

葉未晴回首，只見周焉墨提著劍往回走，劍刃反著清冷月光，他邁的每一步都決絕果斷，他做的決定從來都不拖泥帶水。

只不過，總把自己置於最危險的位置。

「那你呢？」她喊道。

「等我回去。」他望過來一眼。

不祥的預感從她心中升起，不知是出於本能的直覺，還是對於情況的估計。他自己一個人……一個人怎麼行？

她反抗不了白鳶的力氣，只得聲音顫抖地問：「你們、你們怎麼能讓他一個人去？那裡太危險了！」

白鳶沈聲道：「葉姑娘，我們沒有擅作決定的權力。我們……只能服從命令。」

他的屬下被訓練得如同他自己一樣，沈著冷靜。即使面臨再危險的境況，也本能地遵守命令，不讓情感擾亂內心。

「那妳覺得，他能……」葉末晴頓了一下。「活著回來嗎？」

白鳶沒有說話，逕自帶著她拐過牆角，葉末晴又匆匆回望一眼。

見她失魂落魄的模樣，白鳶勸道：「葉姑娘不必如此，更不用自責。王爺這麼安排自有他的道理，不是為了保護妳才讓我們都回來的，事實上他自己一個人行動更隱密，縱然危險，但王爺會自己衡量哪個更重要。」

葉末晴輕輕點頭。「嗯。」

憂色還是化不開。

偌大的涉平放眼望去，竟然只有幾點燈籠光影，只能隱約靠月光視物。葉末晴拚了命地跟著白鳶跑，就在這漆黑的夜裡，任何風吹草動都極為明顯。因此，她在第一時間便聽到了利器剮蹭刺耳的聲音——那是刀劍在出鞘，一聲聲重疊在一起，她判斷不出到底有多少人。

原本隱藏在暗處的敵人，慢慢出現，將他們包圍成一圈。葉末晴粗略地數了一下，大概有四十多人。

而她這邊，只有不超過十個。

飛鸞斂去嘻嘻哈哈的表情，清秀的一張臉嚴肅起來竟也有幾分懾人的模樣。

他們幾人也站成了圓形，將葉末晴護在中央，與敵人纏鬥。

刀劍碰撞發出「叮叮噹噹」的聲音，敵人身手也很強，抬腿時帶起腿風颯颯，劍刃揮動間形成道道光斑，在地面牆面上游走，如若粼粼波紋，應當是很美的場面，如果不考慮這是一場殊死搏鬥的話。

敵人有人倒下，己方也有人倒下。周焉墨的屬下武功更勝一籌，但對方人數太多，估計不出勝算。

眼見著這邊只剩下白鳶和飛鸞二人，但對方還有五、六個人，葉末晴也不禁感到心慌。

白鳶剛解決完一邊的敵人，突然身子一顫，軟綿綿地倒下了，葉末晴趕緊去接住她的身子，手扶在她的後腰，卻不知被什麼尖銳的東西刺痛，她摸了摸，發現竟然是一根針！

她急匆匆地對著飛鸞喊道：「小心暗器！」

沒想到周衡的人竟然使暗器，如他一樣陰險狡詐！白鳶中了暗器，不知道別人是不是也中了暗器，黑燈瞎火中細細的一根針實在無法辨別。

飛鸞應對著五個人，無暇顧及身後，葉未晴站在他一旁，看到有一個人偷偷繞過來想偷襲，就在他舉刀要砍下去的時候，她使出渾身力氣用力一踢，他手腕吃痛，刀直接飛了出去。

葉未晴踢完這一腳，正想趕緊跑到飛鸞身側，誰知腳剛邁出一步，竟有個人緩緩從地上爬起，一把用匕首刺向她！

大腿突然吃痛，葉未晴驚呼一聲，發現大腿上赫然插著一把匕首，瞬間又被拔了出去，鮮血汩汩地冒出來，將衣襬染了個通紅。

一陣劇痛讓她的意識開始模糊，被踢飛武器的人轉而向她出掌，她頸上受到重重一擊後，完全失去了意識。

周焉墨又一次潛入刺史府，在案邊椅子的軟墊下面找到了真正的證據。

回去的路上，遠遠便看到了一地屍體，地上的血流了好遠，裡面許多人蒙著面，但衣角處是眼熟的圖案，那是影部的專屬。

他瞳孔驟然一縮，指尖發涼，這些都是他的下屬、他的心腹……眼睛瞄到不遠處最中間躺著的唯一一個沒有穿著黑衣的人，認出那衣服是那樣熟悉，他的手不受控制地顫抖起來。

他急急地奔向葉未晴，抬起她的身子，只見她的臉上毫無血色，眼睛緊緊閉著，就像安詳地睡著了。

他搖了搖她的肩膀，聲線哽咽顫抖。「阿晴？」

她卻沒有反應。

「阿晴！」他喊著，從來沒有如此慌張過。

地上的血分不清是誰的，流了一大片，將她的衣服幾乎染透。他把她橫抱起來，垂下的下襦一滴滴地滴下鮮血，每一滴好像都化成了刀子，一片片地剜在他心上最柔軟的地方。

他沒有時間思考自己為什麼如此慌張，如此悲傷，完全脫離了他一貫自持的情感。

他見過那麼多刀光血影的場面，也見過無數的人死在他面前，他以為自己早已經不會再為誰而難過，可是抱著她回去的一路上，心好像都是空的。

回到了自己的房間，他把她小心翼翼地放在床榻上，而後跑去敲曾太醫的門。

曾太醫被這急促而激烈的敲門聲吵醒，迷迷糊糊地去開門，然而就是這樣短暫的等待周焉墨都等不了。

曾太醫看到周焉墨那張異常冰冷的臉，瞬間清醒。

「有人受傷了。」周焉墨的語氣前所未有地駭人。

曾太醫跟隨他來到房間，看到床榻上渾身浴血的葉未晴嚇了一跳，不過才短短的功夫，床褥都被染紅了。

曾太醫立刻著手為她檢查，周焉墨不好停留在屋內，關上房門在院子內守著等消息。

月光把他的影子投得老長，更顯形單影隻。

他的身上也受了幾道刀傷，但此刻他恨不得再捅上自己幾刀來解恨。他恨不得能和葉未晴換一換，讓他來躺在床上，人事不省。

歷經幾番波折才得到的貪污帳冊還揣在他懷內，他掏出那厚厚的一本帳本，洩憤似地重重扔在地上，惹得灰塵層層飛舞。

早知道他就不去刺史府內尋證據，不帶著葉未晴來，不從馮山那兒下手了！

反正不這樣做，他也有辦法對付周衡的。

大門外突然響起腳步聲，他的屬下互相攙扶著走了回來，有幾人折損，另外的中了暗器毒針，白鳶、飛鸞也在此列。白鳶傷勢還好，飛鸞明顯更加虛弱，他強撐著打敗最後幾人，才昏了過去。他們都不知道葉未晴傷勢怎麼樣，但是醒來後看到她消失，都知大事不好。

他們跪在周焉墨面前請罪。「屬下辦事不力，請王爺責罰。」

周焉墨閉著眼，強忍著情緒，額角一跳一跳地抽跳著，沒有說話。

葉銳被外面的動靜吵醒，迷茫地走出房間，看到這陣仗，不解地問：「你們這是？」

周焉墨睜開眼，眼眶血紅，渾身戾氣。

葉銳看了看這些人一身的傷，彷彿猜到什麼，立刻質問道：「我妹妹……是不是也受傷了？」

「……是。」他聲音沈痛。「曾太醫在裡面救治。」

葉銳是她的哥哥，不該瞞他。

葉銳怒火攻心，攥著拳頭一拳便朝著周焉墨揮去，吼道：「你害她受傷了！你該死的！」

白鳶接過葉銳這一拳，化解了他的攻勢。接下來，饒是葉銳再怎麼打，還是被白鳶纏住，傷不到周焉墨半毫。

葉銳打了許久，才粗喘著氣停了下來，恨恨地望著周焉墨。「這麼晚了，你們到底幹什麼去了？晴兒為什麼會受傷？」

「等她醒來，」周焉墨向門內投了一眼。「讓她自己跟你說，她會醒的。」

葉銳知道這個時候和他爭辯無用，只能把話都收起來。他把臉埋進雙手中，緩緩蹲下。

周焉墨下意識地摩挲自己的左手腕，那裡平日被袖子擋住，誰也看不到裡面是什麼。不知從何時起，每當他不安時，就會下意識地做這個動作，好像這樣就能使他漂泊不定的心安定下來，就有人支撐著他走完前路。

那裡繫著一條長命縷，是他花了點心思才要來的。

曾太醫突然打開房門，額角上掛著密密麻麻的汗，神情卻輕鬆了。「葉姑娘沒事了，她傷口在腿上，沒有傷及要害，只是失血稍多。我已經給她包紮好止住血了，諸位大人不要擔心。」

周焉墨和葉銳頓時鬆了一口氣，兩個人快速衝到屋內。葉未晴還在床上安安靜靜地躺著，身上血衣顏色刺眼，面色蒼白。

葉銳皺著眉問：「怎麼還沒醒？」

「過不了多久就會醒了。」曾太醫見他一臉不信的樣子，解釋道：「葉小將軍，我沒有騙你，令妹真的沒什麼事，也不用人在這兒守著，養個幾天後，包准活蹦亂跳的。」

葉銳這下放心了，睏意頓時湧上，對周焉墨說道：「那就這樣吧，她占著你的床，你就先去她屋子裡睡吧，這地方也沒有其他空房可以給你。」

周焉墨點點頭，目送葉銳出去。

然後，他看向白鳶。「給她換身乾淨的衣物，床褥也換一套，沒有新的，就把她屋裡那套拿過來。」

除了白鳶外的所有人都自覺地站在門外，飛鸞在剛才等待的時間裡已經給自己包紮完畢，他撿起地上被無情扔掉的帳冊，交還到主子的手裡。

知道葉未晴沒事之後，周焉墨的脾氣頓時便消減了，所以飛鸞他們竟然沒有再挨罵。

原本他們幾個對付那些人是沒問題的，誰知道他們會使暗器，幸好葉姑娘沒事，否則他們死一萬次都不夠。

白鳶忙完，周焉墨坐在床沿上，靜靜看著葉未晴。

葉銳讓他去隔壁房裡睡，但他不想，他只想在這裡等她醒來，現在他也終於有時間梳理心中的情感了。

所有的情感彷彿突然迸發，但他仔細想想之後才發現不是，一點一滴都有跡可循。最開始，只是覺得她有趣，後來漸漸地看她和賀宣在一起竟然會感到不舒服，和二皇子稍微親密一點，他也看不過去；到剛才誤以為她傷重欲死，竟激起他恨不得手刃周衡萬遍，呼之欲出毀天滅地的感覺。這個小姑娘在他心裡的分量越來越重了，幾乎重過他自己。

讓屬下先行護送她回來，其實也是怕她傷到分毫。涉險的事，他一個人做就可以了。

周焉墨摸了摸她的額頭，有一點發熱，白鳶把棉被為她蓋得緊緊的，在夏日裡肯定會熱。他把她的被子稍微拉下一點點，掖到腋下，又輕輕地把兩隻胳膊放到被子上面。

「妳的長命，還給妳。」

他輕輕扣住她的手，十指交纏，把好不容易要來的、一直頗為寶貝的長命縷從左手解下，繫在她的右手。

希望這樣，就能保她長命無憂……

——未完，待續，請看文創風814《棄婦好威》下（完）

莫顏

花樣百出
本本驚喜

❖ 1/21出版，
書展期間特價75折！

棄婦瑤娘被人追殺而死，
幸而她救的小狐狸(妖?)犧牲一條尾巴讓她重生！
自此瑤娘和小狐狸成了好友，還多了個狐狸精萬人迷的外掛，
讓專門收妖的道士靳玄對她難以抗拒，但又嘴硬不承認。
說起靳玄，八歲被師父騙入門下，十四歲接下掌門人之位，
如今長成二十二歲少年郎，沒有道士該有的仙風道骨，
反倒英武昂藏，還很care自己的打扮，重點是把捉妖當經商，
沒辦法，小門派窮得揭不開鍋，要想發揚光大，只能當「奸商」！

文創風 819《瑤娘犯桃花》【重生之四】

靳玄一身正氣凜然，渾身是膽，人們說他天地不怕，只有他自己知道，他怕瑤娘。
他俊凜魁偉，氣宇軒昂，眾人皆讚他不近女色，只有他自己清楚，他心癢瑤娘。
連三歲小孩都知道，靳玄最討厭狐狸精，女人勾引他，無異於自取其辱，
只有靳玄心裡明白，他的貞操即將不保、色膽已然甦醒，因為他想要瑤娘。
偏偏瑤娘不勾引他，因為她討厭他，只因他一時嘴快，罵她是個狐狸精……
瑤娘清麗秀美，賢淑婉約，從不負人，只有別人負她，但她從不計較，
她對人總是溫柔以待──只有一個人例外。
「瑤娘。」
「滾。」
靳玄黑著臉，目光危險。「妳敢叫我滾？」
「你不滾，我滾。」
「……」好吧，他滾。

小編推推：【重生之三】文創風770《仙夫太矯情》

晚月覺得自己真是閒得沒事幹，才會發神經去勾引段慕白！
他身為冷心冷情的劍仙，斬妖除魔從不手軟，
修為到他這種程度，怎麼可能輕易動情？
美人計不成，她賠掉自己的小命，死在劍仙的噬魔劍下，魂飛魄散。
誰知一覺醒來，她重生了──重生這事不稀奇，變成段慕白的徒弟才嚇人！

過年 2020 書展

光輝鼠年，點書成金

不管是新朋友還是舊相識，歡迎來抽抽試手氣！

抽獎方式　只要上網訂購並完成付款，系統會發e-mail給您，附上抽獎專用之流水編號，買一本就送一組，買十本就能抽十次，不須拆單，買愈多中獎機率愈大

得獎公佈　2/12(三)會將得獎名單公佈於官網

獎項

❖鼠一書二獎

3名《廚娘很有事》全二冊　2/4出版

3名《富貴不求人》全三冊　2/11出版

❖非金莫鼠獎

3名　狗屋紅利金500元

5名　狗屋紅利金200元

❖ 小叮嚀

(1)請於訂購後**三日內**完成付款，最後訂購於2020/2/3前完成付款才算有效訂單喔！

(2)寄送時間：若欲在過年前收到書，請於**1/19前下訂並完成付款**。
　1/20後的訂單將會在1/30上班日依序寄出。

(3)活動期間親自至本社購買亦享有相同折扣，請先電話聯絡確認欲購書籍，以方便備書。

(4)購書滿千元(含)以上免郵資。未滿千元部分：郵資65元(2本以下郵資50元)／
　超商取貨70元，限7本以內／宅配100元。

(5)特賣書籍因出書時間較久，雖經擦拭、整理，仍有褪色或整飾痕跡，故難免不如新書亮麗。
　除缺頁、倒裝外無法換書，因實在無書可換，但一定會優先提供書況較良好的書給大家。
　若有個人原因需要換書，需自付來回郵資。

(6)各書籍庫存不一，若遇缺書情形可選擇換書或退款。

(7)歡迎海外讀者參與(郵資另計)，請上網訂購或是mail至love小姐信箱
　(love@doghouse.com.tw)詢問相關訊息。

狗屋有權修改優惠活動的實施權益及辦法。

2019年12月出版

沖喜夫妻

文創風 810～812

她的玉雕手藝不是一般的好，是好到不行那種，
雖說那都是現代的事，在古代，她就是小村姑一個，
但即便沒玉石也沒雕刻工具亦非難事，都能一一解決，
她打算先參加選寶大會，待順利打出名號來便能接單賺錢，
接著再參加等級更高的玉器大比，開啟她的致富成家之路啊……

雕琢復雕琢　片玉萬黃金／福祿兒

白薇含恨而死，而她的魂魄穿越千年而來，替了原身重活這世，
當時和她躺在喜床上的俊美丈夫叫沈遇，是兄長的好友，據說傷重命危，
由於他無父無母，於是心善的白家二老就讓他入贅沖喜，免得無人收屍，
若沖喜成功便皆大歡喜，萬一不成，他也能進白家墳地，和她做個伴，
但這本該昏迷的男人突然睜大眼瞪她，還險些捏斷她手腕，哪裡像快死啦？
婚後，面對這個沈默寡言、古板正經的丈夫，白薇實在有點捉摸不透啊，
都以為他是個無親無故的，結果人家說了，還有妹妹及外祖家的親人在，
好吧，原來是自家人誤會了，她才會陰錯陽差地娶了他，
但反正他那時也沒反對，只說有朝一日她若得遇良人，婚事便作罷，
於是她也沒多想，覺得他就是個頗有能力兼有幫妻運的普通鏢師而已，
結果及至要進京為他外祖祝壽才發現，他的身分根本不簡單啊！
老人家是朝中的一品大臣，就連他父親同樣來頭不小，是威遠侯呢，
雖然她玉器事業做很大，到底跟人家門不當戶不對，莫非真要另擇佳婿？
可愈是跟他相處，她愈覺得他就是那個良人，要放手跟割她肉似的，
何況兩人怎麼看都是一對絕配的沖喜夫妻，要不……就弄假成真吧？

813

棄婦好威 上

國家圖書館出版品預行編目資料

棄婦好威 / 飲歲著. --
初版. -- 臺北市 : 狗屋, 2020.01
冊 ; 公分. --(文創風)
ISBN 978-986-509-070-8(上冊:平裝). --

857.7　　108020202

著作者	飲歲
編輯	李佩倫
校對	黃薇霓
發行所	狗屋出版社有限公司
地址	台北市104中山區龍江路71巷15號1樓
電話	02-2776-5889～0
發行字號	局版台業字845號
法律顧問	蕭雄淋律師
總經銷	知遠文化事業有限公司
電話	02-2664-8800
初版	2020年1月
國際書碼	ISBN-13　978-986-509-070-8

本著作物由北京晉江原創網絡科技有限公司授權出版

定價250元

狗屋劃撥帳號：19001626

網址：love.doghouse.com.tw　E-mail：love@doghouse.com.tw